A filha secreta

A filha secreta

Shilpi Somaya Gowda

Tradução de
Maria Beatriz de Medina

EDITORA RECORD
RIO DE JANEIRO • SÃO PAULO

2012

CIP-BRASIL. CATALOGAÇÃO NA FONTE
SINDICATO NACIONAL DOS EDITORES DE LIVROS, RJ

G744f
Gowda, Shilpi Somaya, 1970-
A filha secreta / Shilpi Somaya Gowda; tradução de Maria Beatriz de Medina. - Rio de Janeiro: Record, 2012.

Tradução de: Secret daughter
ISBN 978-85-01-09302-8

1. Romance canadense. I. Medina, Maria Beatriz. II. Título.

12-2782
CDD: 819.13
CDU: 821.111(71)-3

Título original em inglês:
Secret Daughter

Copyright © 2010 by Shilpi Somaya Gowda

Texto revisado segundo o novo Acordo Ortográfico da Língua Portuguesa.

Todos os direitos reservados. Proibida a reprodução, no todo ou em parte, através de quaisquer meios. Os direitos morais da autora foram assegurados.

Editoração eletrônica: Ilustrarte Design e Produção Editorial

Direitos exclusivos de publicação em língua portuguesa somente para o Brasil adquiridos pela
EDITORA RECORD LTDA.
Rua Argentina, 171 - Rio de Janeiro, RJ - 20921-380 - Tel.: 2585-2000,
que se reserva a propriedade literária desta tradução.

Impresso no Brasil

ISBN 978-85-01-09302-8

Seja um leitor preferencial Record.
Cadastre-se e receba informações sobre nossos lançamentos e nossas promoções.
Atendimento e venda direta ao leitor:
mdireto@record.com.br ou (21) 2585-2002.

Para os meus pais, por darem tanto em suas vidas a fim de que tudo fosse possível na minha

Prólogo

Ele aperta com força o papelzinho gasto, tentando comparar as letras ali escritas com a placa vermelha pendurada na porta à sua frente. Olha várias vezes do papel para a porta, com cuidado para não correr o risco de errar. Quando tem certeza, toca a campainha, e um som agudo ecoa lá dentro. Enquanto espera, passa a mão sobre a placa de latão junto à porta, sentindo com os dedos as letras em relevo. A porta se abre de repente e ele recolhe a mão e dá outro papelzinho à moça que aparece na sua frente. Ela lê o bilhete, olha-o e se afasta para deixá-lo entrar.

Com um leve sinal de cabeça, ela indica que ele deve segui-la pelo corredor. Ele confere se a camisa está enfiada na calça, sob uma ligeira pança, e passa os dedos pelo cabelo agrisalhado. A moça entra numa sala, entrega o papelzinho a alguém lá dentro e depois lhe indica uma cadeira. Ele entra, senta-se e cruza os dedos.

O homem atrás da escrivaninha o examina pelos óculos de aro fino.

— Creio que o senhor procura alguém.

PRIMEIRA PARTE

Aurora de luto

Dahanu, Índia — 1984
Kavita

No cair da noite ela foi até a cabana abandonada sem falar com ninguém, quando começou a sentir os primeiros puxões inconfundíveis dentro de si. O lugar está vazio, a não ser pela esteira na qual agora está deitada, os joelhos puxados até o peito. Quando a onda de dor seguinte lhe sacode o corpo, Kavita enfia as unhas nas mãos cerradas e morde o galho de árvore preso entre os dentes. A respiração é pesada, mas regular enquanto ela espera que o aperto diminua na barriga inchada. Fixa o olhar na sombra amarelada lançada sobre o chão de terra pela lâmpada tremeluzente, sua única companheira nas horas escuras da noite. Ela tentou abafar os gritos até que ficou insuportável. Ela sabe que logo, com a vontade de empurrar, os gritos acordarão a parteira da aldeia. Ela reza para o bebê nascer antes da aurora, pois o marido raramente acorda antes do nascer do sol. É a primeira das duas únicas orações que Kavita ousa fazer por esta criança, com medo de pedir demais aos deuses.

O ressoar profundo do trovão distante ecoa com a ameaça de chuva que pairou o dia inteiro. A umidade pende no ar, condensando-se em gotículas de transpiração na testa. Quando o céu finalmente se abrir e o aguaceiro começar, será um alívio. Para ela, as monções sempre tiveram um cheiro próprio: cru e terroso, como se o solo, as plantações e a chuva se misturassem todos no ar. É o cheiro de vida nova.

A contração seguinte vem de repente e lhe tira o fôlego. O suor se transforma em manchas escuras na blusa de algodão fino do sári, que força a fila de colchetes miúdos entre os seios. Desta vez, ela ficou maior comparada à vez anterior. Em particular, o marido ralhava com ela por não se cobrir mais, mas, perante outros homens, ela o ouviu se gabar dos seios da esposa, comparando-os a melões maduros. Para ela, era uma bênção que dessa vez o seu corpo estivesse diferente, já que isso levou o marido e os outros a acharem que o bebê seria menino.

Um medo súbito a inunda, o mesmo medo sufocante que sentiu durante toda essa gravidez. *O que acontecerá se todos estiverem errados?* A segunda oração, a mais desesperada das duas, é para que ela não dê à luz outra menina. Ela não aguentaria aquilo de novo.

KAVITA NÃO ESTAVA PREPARADA PARA O QUE ACONTECEU da última vez. O marido entrou violentamente no quarto minutos depois de a parteira cortar o cordão umbilical. Ela percebeu nele o odor doce e enjoativo de vinho de sapoti. Quando Jasu avistou o corpo da menininha se contorcendo no colo de Kavita, uma sombra lhe cruzou o rosto. Ele deu as costas.

Kavita sentiu a alegria nascente dar lugar à confusão. Tentou falar, articular alguma coisa a partir do turbilhão de pensamentos que lhe tomava a cabeça. *Tanto cabelo... Sinal de boa sorte.* Mas foi a voz de Jasu que ela ouviu, coisas terríveis que nunca escutara dos seus lábios, uma série de obscenidades que a assustou. Quando ele se virou para encará-la, ela viu os olhos avermelhados do marido. Ele se moveu na direção dela com passos lentos e decididos, balançando a cabeça. Ela sentiu um medo desconhecido crescer dentro dela, emaranhado com choque e confusão.

A dor do parto deixara seu corpo fraco. A mente se esforçou para entender. Ela só o viu se lançar na direção dela quando era tarde demais. Mas não foi rápida o bastante para impedir que ele arrancasse o bebê de seus braços. A parteira a segurou quando ela se jogou para a frente, os braços estendidos, gritando ainda mais alto do que quando sentiu a cabeça do bebê lhe rasgar a carne para abrir caminho. Ele saiu correndo da cabana em meio aos gritos da filha que respirava o ar deste mundo pela primeira vez. Naquele momento terrível, Kavita soube que também seria a última.

Com suavidade, a parteira a empurrou para trás para que se deitasse.

— Deixe-o ir, minha filha. Deixe-o ir agora. Está feito. Agora você precisa descansar. O sofrimento foi muito.

Kavita passou os dois dias seguintes encolhida na esteira de palha tecida no chão da cabana. Não ousou perguntar o que acontecera à sua filha. Se foi afogada, sufocada ou simplesmente deixada para morrer de fome, Kavita só torcia para que a morte tivesse chegado depressa, misericordiosa. No final, seu corpinho miúdo teria sido enterrado, seu espírito sem sequer receber a liberdade da cremação. Como tantas menininhas, a sua primogênita seria devolvida à terra muito antes da hora devida.

Durante aqueles dois dias, Kavita não recebeu visitas, a não ser a parteira, que vinha duas vezes por dia lhe trazer comida e panos limpos para absorver o sangue que fluía de seu corpo. Ela chorou até os olhos secarem, até achar que não tinha mais nenhuma lágrima para derramar. Mas aquela seria apenas a aurora do seu luto, marcado por outro duro lembrete quando os seios produziram leite alguns dias depois e o cabelo caiu no mês seguinte. E, a partir daquela noite, toda vez que via uma criança pequena o coração parava dentro do peito e ela se lembrava.

Quando abandonou o pesar, ninguém reconheceu a sua perda. Não recebeu palavras de apoio nem gestos de consolo dos outros aldeões. No lar que dividia com a família de Jasu, só recebeu olhares de desdém e conselhos não solicitados sobre como conceber um menino da próxima vez. Há muito Kavita se acostumara a ter pouco domínio sobre a própria vida. Casaram-na com Jasu aos 18 anos e a colocaram na labuta diária de buscar água, lavar roupa e preparar refeições. O dia inteiro ela fazia o que o marido lhe pedia, e, quando se deitavam juntos à noite, sucumbia também às suas exigências.

Mas, depois do bebê, ela mudou, ainda que em pequenas coisas. Punha um pouco mais de pimenta vermelha na comida do marido quando estava zangada com ele e, com uma satisfação silenciosa, o observava limpar a testa e o nariz durante todo o jantar. Quando ele a procurava à noite, às vezes ela o recusava, dizendo que estava em um daqueles dias. A cada rebelião, sentia a confiança crescer. Assim, quando soube que estava grávida de novo, resolveu que dessa vez tudo seria diferente.

Limpa

São Francisco, Califórnia — 1984
Somer

A revista de medicina cai da mão de Somer e ela aperta a barriga. Levanta-se do sofá e, aos tropeços, vai até o banheiro, apoiando-se no longo corredor do apartamento vitoriano. Apesar das dores agudas que a forçam a se dobrar, ela abre o roupão antes de sentar-se no vaso sanitário. Vê o sangue vermelho vivo escorrendo sobre a pele pálida da coxa.
— Não. Meu deus, por favor, não. — Seu apelo é baixinho, mas insistente. Não há ninguém lá para escutar. Ela aperta as pernas juntas e prende a respiração. *Fique totalmente imóvel, talvez a hemorragia pare.*
Não para. Ela esconde o rosto nas mãos, e as lágrimas vêm. Ela observa a poça vermelha se espalhar no vaso sanitário. Os ombros começam a se sacudir, e os soluços ficam mais altos e mais demorados, até que o corpo todo é tomado por eles. Ela consegue ligar para Krishnan depois que a cólica alivia um pouco. Quando ele chega, ela está enrolada como uma bola na cama de dossel desfeita. Entre as pernas, enfiou uma toalha de rosto, antes macia e da cor de creme de baunilha, presente de casamento de cinco

anos atrás. Escolheram juntos esse tom específico — nem branco hospital, nem bege monótono — uma tonalidade elegante de creme, agora encharcada de sangue.

Kris se senta à beira da cama e põe a mão no ombro dela.

— Tem certeza? — pergunta baixinho.

Ela faz que sim.

— Igual à vez passada. Cólica, hemorragia... — Ela começa a chorar de novo. — Mais sangue desta vez. Acho que é porque estou mais adiantada...

Kris lhe entrega um lenço de papel.

— Tudo bem, querida. Vou ligar para o Dr. Hayworth e ver se ele pode nos encontrar no hospital. Precisa de alguma coisa? — Ele estende um cobertor sobre ela, ajeitando-o em torno dos ombros. Ela faz que não com a cabeça e rola para o outro lado, para longe de Krishnan, que se comporta mais como médico do que como o marido de que ela precisa desesperadamente. Fecha os olhos e toca o baixo-ventre, como faz incontáveis vezes por dia, mas esse gesto, que costuma lhe dar alívio, agora parece um castigo.

A PRIMEIRA COISA QUE SOMER VÊ QUANDO ABRE OS OLHOS é o suporte de soro ao lado da cama. Ela os fecha de novo depressa, torcendo para recuperar o sonho de empurrar um bebê num balanço na pracinha. *Era menina ou menino?*

— O procedimento correu bem, Somer. Agora está limpa, e não vejo nada que me leve a pensar que você não possa tentar de novo daqui a alguns meses. — O Dr. Hayworth, em seu jaleco branquíssimo, a olha de cima, ao pé da cama. — Tente descansar. Volto para vê-la antes da alta. — Ele dá um tapinha de leve na perna dela, por cima do lençol, antes de se virar para ir embora.

— Obrigado, doutor. — Vem uma voz do outro lado do quarto, e Somer percebe pela primeira vez a presença de

Krishnan. Ele anda até a cama e se inclina sobre ela, pondo a mão em sua testa. — Como se sente?
— Limpa — diz ela.
Ele franze a testa e inclina a cabeça para o lado.
— Limpa?
— Ele disse *limpa*. O Dr. Hayworth disse que agora eu estava limpa. Como eu estava antes? Quando estava grávida?
— Seus olhos se concentram na lâmpada fluorescente que zumbia acima de sua cabeça. *Menina ou menino? Olhos de que cor?*
— Ah, querida. Ele só quis dizer... Você sabe o que ele quis dizer.
— É, sei o que ele quis dizer. Quis dizer que tudo se foi: o bebê, a placenta, tudo. O meu útero está ótimo e vazio de novo. *Limpo*.
Uma enfermeira entra no quarto, sorridente.
— Hora do analgésico.
Ela faz que não com a cabeça.
— Não quero.
— Querida, você devia tomar — diz Krishnan. — Vai ajudar a se sentir melhor.
— Não quero me sentir melhor.
Ela dá as costas para a enfermeira. Eles não entendem que não foi só o bebê que ela perdeu. Foi tudo. Os nomes em que pensa quando se deita na cama à noite. As amostras de tinta para o quarto do bebê que guardou na gaveta da escrivaninha. Os sonhos de ninar o filho nos braços, ajudá-lo a fazer o dever de casa, torcer na lateral do campo de futebol. Tudo isso se foi, sumiu na neblina espessa lá fora. Isso eles não entendem. Nem a enfermeira nem o Dr. Hayworth, nem mesmo Krishnan. Só a veem como uma paciente a ser tratada, um maquinário humano a ser consertado. Apenas mais um corpo a limpar.

SOMER ACORDA E AJUSTA O CONTROLE DA CAMA DO HOSPITAL para se sentar. Ela tem uma vaga consciência do riso enlatado que vem de uma televisão no canto, algum programa de jogos que Krishnan deixou passando antes de ir à lanchonete. Nunca pensou que pudesse se sentir tão desconfortável num hospital, lugar onde passou cinco anos inteiros da vida. Costumava sentir uma onda de empolgação ao descer os corredores estéreis e ouvir o zumbido do alto-falante. O ritual de vestir o jaleco branco ou pegar a ficha dos pacientes lhe dava uma injeção de confiança. Era algo que ela e Krishnan tinham em comum, essa noção de propósito e mestria por serem médicos. Agora, ela sabe que essa é outra coisa que irá afastá-los ainda mais. Ela não gosta de ser a paciente; detesta não poder dar um jeito nisso.

Ela não deveria estar aqui, neste hospital que escolhera justamente pela especialização em obstetrícia. Oito mil partos por ano. Vinte bebês nascidos aqui hoje. Hoje, enquanto o bebê morto era raspado dela, no andar abaixo, todas as mulheres do setor tinham um bebê dormindo no quarto. Parece tão fácil para todo mundo: as mães que vê no consultório todo dia, as amigas, até a idiota daquele programa de TV, acenando para os filhos na plateia.

Talvez seja o jeito da natureza lhe dizer alguma coisa.
Talvez não seja mesmo para eu ser mãe.

Nunca mais

Dahanu, Índia — 1984
Kavita

Outra dor vem agora, desta vez ainda mais aguda, com os gumes afiados feito lâminas serrilhadas. Kavita não consegue mais prender a respiração entre as ondas de dor que vêm uma atrás da outra. As coxas tremem, as costas latejam, e agora ela não consegue evitar o grito de angústia. Quando esse som chega aos seus ouvidos, não se parece mais uma voz humana. Este corpo não é mais seu, ele é movido por impulsos primitivos que pertencem à terra, às árvores, ao ar. Lá fora, um relâmpago súbito ilumina o céu escuro e uma explosão de trovões sacode o chão debaixo dela. O galho na boca se parte com a pressão dos maxilares fechados, e ela sente o sabor amargo da madeira nua e verde lá dentro. A última coisa que sente é um calor molhado a lhe envolver o corpo.

Quando volta a abrir os olhos, Kavita sente a parteira lhe arrumando as pernas e se posicionando entre elas.

— *Beti*, você devia ter me chamado mais cedo. Eu teria vindo. Há quanto tempo está aqui sozinha? Pelo que vejo, a cabeça do bebê já está apontando. Agora não vai demorar muito. A segunda vez é bem... — A voz dela se esvai.

— *Daiji*, escute. Não importa o que aconteça, não deixe meu marido levar este bebê. Prometa... *Prometa!* — guincha Kavita.

— *Hahnji*, claro, como quiser — diz a parteira. — Mas agora, filha, é hora de empurrar.

Ela tem razão. Kavita faz força para baixo poucas vezes e escuta um grito tranquilizador. A parteira trabalha depressa para limpar e enrolar o bebê. Kavita luta para se sentar, tira do rosto os fios úmidos de cabelo e pega a criança no colo. Acaricia o cabelo preto e emplastrado do bebê e se deslumbra com os dedinhos que tentam agarrar o ar. Puxa o corpinho para perto do dela, absorve o aroma, e depois põe a boquinha junto ao seu seio. Assim que a criança começa a sugar com ritmo sonolento, Kavita desenrola devagar o pano que envolve o corpinho.

Ninguém ouviu as minhas orações. Kavita fecha os olhos e o corpo treme com lágrimas caladas. Ela se inclina para a frente, agarra a mão da parteira e sussurra:

— *Daiji*, não conte a ninguém. Vá depressa buscar Rupa e a traga aqui. *Ninguém*, escutou bem?

— *Hahnji*. Sim, minha filha. Abençoadas sejam você e a criança. Agora, por favor, descanse. Vou trazer comida.
— A parteira sai para a escuridão. Para por um instante, arqueia um pouco as costas, depois pega a maleta de aço com o equipamento e se afasta.

QUANDO AS PRIMEIRAS LUZES DA AURORA SE ESGUEIRAM pela cabana, Kavita acorda e sente a dor pulsante na pelve. Ajeita o corpo e o olhar cai sobre a recém-nascida que dorme em paz ao seu lado. O estômago ronca. De repente, está faminta. Estende a mão para o prato de arroz ali perto e come. Satisfeita, mas ainda exausta, ela se deita e escuta os sons da aldeia que retoma a vida lá fora.

Não demora para a porta se abrir e a luz forte do sol se derramar ali dentro. Jasu entra, os olhos brilhantes.

— Onde está ele? — Ele acena com um ar brincalhão.

— Onde está o meu pequeno príncipe? Vamos, vamos... Me deixe ver! — Ele anda até ela, os braços estendidos.

Kavita se enrijece. Segura o bebê com força junto ao peito e, desajeitadamente, tenta se sentar.

— Ela está aqui. A sua princesinha está bem aqui. — Ela vê trevas nublarem os olhos dele. Seus braços tremem ao envolver com força o bebê, protegendo o corpinho.

— *Arre*! Outra menina? Qual é o seu problema? Deixe eu ver! — berra ele.

— Não, não deixo. Esta você não vai levar. — Ela escuta sua voz estridente, sente a tensão lhe inundar os membros. — Ela é o meu bebê, o *nosso* bebê, e não vou deixar que você a leve. — Ela vê a perplexidade nos olhos dele, que examinam o rosto dela buscando entender. Ela nunca falou com ninguém, muito menos com o marido, em tom tão desafiador.

Ele dá alguns passos na direção dela, depois sua expressão se suaviza e ele se ajoelha.

— Olhe, Kavita, você sabe que não podemos ficar com este bebê. Precisamos de um menino para nos ajudar no campo. Na atual situação, mal podemos sustentar um filho, como fazer com dois? A filha do meu primo tem 23 anos e ainda não se casou, porque ele não tem dinheiro para o dote. Não somos uma família rica, Kavita. Você sabe que não podemos.

Os olhos dela voltam a se encher de lágrimas, e ela balança a cabeça até elas caírem. A respiração fica entrecortada. Ela inspira e expira várias vezes, olhos fechados com força. Quando os abre de novo, olha firmemente o marido.

— Desta vez, não vou deixar você levar o bebê embora de novo, não vou. — Ela endireita as costas, apesar da terrível dor. — Se tentar, se apenas *tentar*, terá de me matar primeiro. — Ela dobra os joelhos, puxando-os para a frente do corpo. Pelo canto do olho, vê a porta e imagina os cinco passos rápidos necessários para alcançá-la. Força-se a não se mexer, a não desviar de Jasu o olhar feroz e decidido.

— Kavita, vamos, você não está pensando direito. Não podemos fazer isso. — Ele ergue os braços no ar. — Ela será um fardo para nós, um peso para nossa família. É isso que você quer? — Ele se levanta, assomando sobre ela de novo.

A boca de Kavita está seca. Ela tropeça nas palavras que não tem permissão de formar, a não ser nos cantos distantes da mente.

— Me dê uma noite. Só uma noite com a minha filha. Você pode vir buscá-la amanhã.

Jasu fica em silêncio, olhando os próprios pés.

— *Por favor*. — O som martelando seu crânio fica mais alto. Ela quer gritar para se fazer ouvir acima dele. — Esta menina é nossa. Nós a fizemos juntos. Eu a carreguei dentro de mim. Me dê uma noite antes de levá-la. — De repente, o bebê acorda e grita. Jasu ergue os olhos, despertado do transe. Kavita põe a criança no seio, restaurando o silêncio entre eles.

— Jasu — diz ela, assinalando a seriedade pelo uso atípico do primeiro nome dele. — Agora me escute. Se não me permitir nem isso, juro que darei um jeito de nunca mais ter outro filho. Destruirei o meu corpo para nunca mais gerar outro filho seu. Nunca mais. Entendeu? Então, o que vai fazer? Quem se casará com você, com a sua idade? Quem mais lhe dará o seu precioso filho? — Ela o encara até ele ser forçado a desviar os olhos.

Sem muito esforço

São Francisco, Califórnia — 1984
Somer

— Olá, sou a Dra. Whitman. — Somer entra no pequeno consultório e vê uma mulher se esforçando para controlar um bebê que se debate. — Qual é o problema hoje?

— Ele está assim desde ontem, chorando, irritado. Nada do que faço o acalma, acho que está com febre. — A mulher usa o cabelo preso num rabo de cavalo frouxo e veste um jeans e um casaco de moletom manchado.

— Vamos dar uma olhada. — Somer espia a ficha. — Michael? Já viu que lanterninha bacana? — Somer liga e desliga a luz do otoscópio até prender a atenção do menino e ele tentar pegá-lo. Ela sorri e abre bem a boca. Quando o menino a imita, ela insere o abaixador de língua. — Ele está comendo e bebendo normalmente?

— Está. Ou melhor, acho que está. Não tenho muita certeza do que é normal, porque estamos com ele há poucas semanas. Nós o adotamos com 6 meses. — O súbito sorriso de orgulho da mãe quase camufla as olheiras.

— Hum-hum. Que tal isso, rapaz? Quer brincar com esse palitinho legal? — Somer entrega o abaixador de língua ao menino, pega rapidamente o otoscópio abandonado e examina os seus ouvidos. — E até agora, como está indo?

— Ele logo se apegou a nós, e agora quer sempre colo. A gente se amarra um no outro, não é, mocinho? Mesmo com você acordando três vezes ontem à noite — diz a mãe, cutucando a barriga gorducha do menino. — O que dizem é verdade.

— O que é? — Somer tateia as glândulas linfáticas do menino, para ver se estão inchadas.

— A gente não sabe até acontecer. É o amor mais forte que se pode imaginar.

Somer sente uma dor conhecida no peito. Ergue os olhos do estetoscópio nas costas do menino e sorri para a mãe.

— Ele tem sorte de ter você. — Ela puxa do bolso o receituário. — Bom, ele está com uma infecção um bocado feia no ouvido direito, mas o outro parece limpo e o peito e os pulmões estão bem. Esse antibiótico deve resolver, e hoje à noite ele se sentirá muito mais confortável. — Ela toca o braço da mãe quando lhe entrega a receita.

É por isso que Somer adora seu trabalho. Consegue entrar numa sala com um bebê chorando e uma mãe ansiosa e saber que, ao sair, ambos se sentirão melhor. Foi no estágio de pediatria a primeira vez que acalmou uma criança histérica, uma menina diabética de veias colabadas que precisava de um exame de sangue. Somer segurou a mão da menina e lhe pediu que descrevesse as borboletas que via quando fechava os olhos. Conseguiu tirar a amostra de sangue na primeira picada e já pusera o curativo antes que a menina terminasse de descrever as asas. Os colegas, que faziam todo o possível para evitar os "manhosos", ficaram impressionados. Somer adorou.

— Obrigada, doutora — diz a mãe, com alívio visível.

— Eu estava preocupadíssima. É duro não saber o que há de errado com ele. É como se ele fosse um pacotinho misterioso, e estou começando a conhecê-lo um pouquinho a cada dia.

— Não se preocupe — responde Somer, com a mão na maçaneta. — Todos os pais se sentem assim, não importa como tiveram os filhos. Tchau, Michael.

Somer volta à sala e fecha a porta, embora já esteja vinte minutos atrasada. Pousa os instrumentos e depois a cabeça na escrivaninha. Ao lado, vê o modelo plástico de um coração humano que Krishnan lhe deu quando se formaram na faculdade de medicina.

— Estou lhe dando o meu coração — disse ele, de um jeito que não soou cafona como soaria vindo de outra pessoa. — Cuide bem dele.

Foi há quase uma década, sob as luzes fracas e amareladas da Biblioteca Lane da Escola de Medicina de Stanford, que os dois se viram pela primeira vez. Ficavam lá noite após noite, e não apenas durante a semana, quando o restante da turma estudava, mas também nas noites de sexta-feira, em vez de sair para jantar, e nos fins de semana, quando os outros iam passear. Havia apenas uma dúzia deles, os fregueses da Lane: os mais estudiosos, os que trabalhavam duro. Quando se lembra, Somer percebe que eram os que tinham algo a provar. Todos pensavam em Somer como a deslocada. Com o nome meio hippie e o cabelo louro sujo, era fácil para os colegas a desdenharem como cabeça-oca. Isso costumava irritá-la, esse tipo de pressuposto. Mas ela aprendera, com o passar dos anos, a lidar com isso. Ignorara a sugestão do professor de química do ensino médio para deixar o rapaz que era seu colega de laboratório fazer as experiências. Sofrera a implicância decorrente de ser a única menina nas aulas de matemática avançada. Estava acostumada a ser subestimada; transformava em combustível a baixa expectativa dos outros.

— *Summer*, como verão em inglês? — perguntou Krishnan quando ela se apresentou. — Inverno, primavera... essas coisas?
— Não exatamente. — Ela sorriu. — É *S-o-m-e-r*. — Ela esperou que ele entendesse. Gostava de ser um pouco diferente. — Nome de família. E você é... Chris?
— É. Bom, Kris, com K. É apelido de Krishnan, mas pode me chamar de Kris.

Na mesma hora ela gostou do sotaque meio britânico, que soava cosmopolita comparado ao seu sotaque californiano comum. Adorava ouvi-lo responder perguntas em sala de aula, não só pelo sotaque sedutor, mas também porque as respostas eram infalível e lindamente certas. Alguns colegas o achavam arrogante, mas Somer sempre achara a inteligência excitante. Só mais tarde, na festa de Gabi, na primavera, notou as covinhas dele. Somer tomara lentamente o ponche tropical incrementado com rum. Sabia que esse tipo de bebida subia depressa. Kris, por outro lado, parecia já ter consumido várias doses quando se aproximou dela.

— Então, me disseram que Meyer também pediu a você que trabalhasse no laboratório dele durante o verão. — A fala estava um pouco arrastada quando ele se inclinou na direção dela, sentado de pernas cruzadas na cadeira branca de plástico do jardim.

Ele também? O coração de Somer balançou um pouco. Um convite do professor Meyer era um dos prêmios mais cobiçados entre os calouros.

— É, você também? — perguntou ela, tentando soar neutra. Dava para sentir os olhos de Krishnan a se demorar nos guizos minúsculos que contornavam o decote da blusa camponesa e ficou contente por ter arranjado tempo para se trocar.

Ele balançou a cabeça e tomou outro grande gole da bebida cor-de-rosa.

— Não, vou passar o verão na Índia. É a última chance que tenho antes do estágio. A minha mãe manda cortar a minha cabeça se eu não for.

Então, quando ele sorriu, as covinhas apareceram. Ela sentiu um formigamento correr da boca do estômago até a cabeça e se perguntou se já não bebera ponche demais. Lutou contra a vontade de estender a mão e arrumar o cabelo preto e desalinhado que caía nos olhos dele e o deixava com cara de menino. Krishnan, como lhe diria mais tarde, ficou embasbacado com a maneira de os olhos verdes dela faiscarem à luz das tochas polinésias e com o modo como ela riu de tudo o que ele disse naquela noite.

Começaram a estudar juntos toda noite, treinando-se antes das provas, estimulando-se para ir ainda melhor. Kris gostava de seus embates intelectuais e não parecia se importar quando, às vezes, ela o superava. Era uma mudança agradável em relação ao namorado anterior, que, depois de dois anos enfrentando juntos as aulas preliminares do curso pré-medicina e toda a preparação para as provas do vestibular, rompeu o namoro quando ela passou em Stanford e ele não. Somer levou anos para perceber que não era ela que devia se sentir mal por isso.

Por melhor que fosse dividir com Kris a intensidade dos estudos, era do lado carinhoso dele que ela mais gostava: o jeito como falava, quando ficavam deitados à noite, sobre as saudades que tinha dos irmãos ou de andar junto ao mar com o pai. "Como é lá?", perguntava-lhe várias vezes. A Índia parecia fascinante. Ela imaginava coqueiros altos a se balançar, a quente brisa tropical e frutas exóticas. Nunca saíra do país, a não ser para ir ao Canadá visitar os avós. Sempre quisera uma família grande, como a que ele descrevia: os dois irmãos com quem fazia tudo, o monte de primos que formavam um time improvisado de críquete nas reuniões familiares. Como filha única, Somer tinha um relacionamento especial com os pais, mas era impossível não ver que perdera a camaradagem dos irmãos.

Aqueles primeiros anos de faculdade de medicina foram deliciosamente simples, os dias e as noites passados num círculo íntimo de amigos. Tinham um único objetivo e eram todos estudantes levando a mesma vida modesta. Estudavam o tempo todo e todo o seu mundo cabia nas fronteiras do campus de Stanford. A Guerra do Vietnã terminara, Nixon caíra e o amor livre estava na moda. Somer passou horas mostrando a Kris como dirigir pelo lado direito da rua. Mais tarde, ele lhe diria como gostara de ela não o deixar constrangido por ser diferente. Mas, no ponto de vista dela, eles eram mais parecidos do que diferentes: ela era uma mulher num mundo de homens, assim como ele era um estrangeiro nos Estados Unidos. Além disso, antes de tudo, ambos eram dedicados estudantes de medicina.

Quando chegou a época dos primeiros exames de fim de semestre, Somer estava profundamente apaixonada. Era a primeira vez na vida que isso acontecia sem muito esforço da parte dela. Logo, a vida dos dois estava tão entrelaçada que ela não conseguia imaginar o futuro sem Krishnan. Quando chegou o último ano de faculdade, começaram a discutir as opções de residência — pediatria para ela, neurocirurgia para ele. O campus de São Francisco da Universidade da Califórnia tinha bons programas em ambas as especialidades, mas a concorrência era grande.

— Quais são as chances? — perguntou Krishnan.

— Não sei. Seis vagas para o meu programa, talvez cinquenta candidatos. Dez por cento para mim. Certamente menos para você.

— E se nos inscrevêssemos juntos? — perguntou ele.

— Como um casal. Um casal casado.

Ela o fitou.

— Eu... diria... que a probabilidade seria maior. — Ela meneou a cabeça de leve. — Espere aí... é isso mesmo que você quer?

Ele deu de ombros, uma sugestão de sorriso no rosto.

— É, você não?

— É. — Ela também sorriu. — Sei que já falamos sobre isso, mas agora?

— Bem, faz sentido, não faz? É só uma questão de tempo, se ambos temos certeza. — Ele pegou as mãos dela e a olhou nos olhos. — E eu tenho certeza. Sinto muito não ter nada para tornar oficial. Sei que não é o pedido de casamento mais romântico do mundo. — Ele sorriu.

— Tudo bem — respondeu ela. — Não preciso de nada disso.

— Eu sei. — Ele beijou as mãos dela. — É por isso que amo você.

Eles fizeram uma viagem rápida até o tribunal, com planos de um casamento de verdade depois. Após a formatura, encontraram um apartamentinho perto do hospital da universidade, ansiosos para começar juntos o próximo capítulo da vida.

Soa uma batida forte na porta da sala.

— Dra. Whitman?

— Sim. — Somer recoloca o modelo de coração na escrivaninha e se levanta. — Já vou.

Uma longa viagem

Dahanu, Índia — 1984
Kavita

A luz da manhã mal rompera quando Kavita e Rupa partiram da aldeia. As feridas de Kavita são novas e o corpo ainda se recupera, mas, apesar da preocupação da irmã, ela está decidida a fazer a viagem. Ontem, Rupa concordou em levá-la até o orfanato da cidade grande. Rupa tivera quatro filhos em seis anos, e, no ano passado, quando a quinta filha nasceu, ela encontrou um orfanato em Bombaim. Kavita sabia, embora ninguém na aldeia falasse disso. Implorou a Rupa que a levasse, apesar do risco envolvido. Mesmo que sobrevivessem à viagem e à cidade grande, teriam de enfrentar a ira dos maridos quando voltassem.

Já faz calor e as ruas de terra absorveram quase toda a chuva, restando apenas algumas poças pelos cantos para contar história. Elas também sumirão até o fim do dia, sugadas pelos raios do sol que desperta. Viajar até a cidade grande pode levar várias horas a pé, mas, na aldeia seguinte, elas têm sorte de pegar carona com um homem num carro de boi que levava a safra de arroz para lá. Sobem atrás, no meio de uma dúzia de sacos de aniagem, usando as pontas soltas dos sáris para proteger os olhos e a boca das nuvens de poeira levantadas pelos cascos dos animais. A estrada de terra é pedregosa, e o sol escaldante cai sobre elas ao subir mais no céu.

— *Bena*, deite-se um pouco. Descanse — diz Rupa, estendendo as mãos para pegar o bebê. — Deixe que eu o seguro. Vamos, deixe ela com a *masi*. — Ela dá um sorriso fraco.

Kavita faz que não, observando os campos com um olhar vago. Sabe que a irmã tenta poupá-la da dor do que a espera. Rupa lhe disse como foi difícil entregar o próprio bebê no orfanato no ano passado, e ela já tinha quatro filhos. Confidenciou a Kavita que ainda pensa naquele bebê quando se deita, sua própria filha perdida em algum lugar do mundo. Mas Kavita não vai abrir mão do pouco tempo que lhe resta. Suportará o que for preciso em Bombaim, mas não antes.

MESMO QUANDO ERAM PEQUENAS, KAVITA SE COMPORTAVA mais como adulta do que as outras crianças. Em vez de sair pulando nos primeiros aguaceiros das monções, ela corria para tirar as roupas penduradas na corda. Quando encontraram uma pilha de cana-de-açúcar cortada na beira de um campo, Rupa agarrou tudo o que conseguia carregar e chupou cana até chegar em casa. Kavita pegou apenas um pedaço e usou-o para preparar o chá da tarde para os pais. Quando chegou a época de encontrar um noivo, a família de Kavita fez o possível para compensar sua aparência comum.

— Não se esqueça — lembrou Rupa à irmã enquanto contornava cuidadosamente os seus olhos com *kajal* escuro —, quando o encontrar, erga os olhos um pouquinho, não a ponto de encontrar os dele, só o bastante para que ele veja os seus. — A irmã torcia para que o futuro noivo se encantasse pela melhor qualidade de Kavita, os extraordinários olhos castanhos bem claros, quase amarelos.

Mas Kavita achava difícil sorrir, mesmo com o pudor que lhe fora ensinado, quando as famílias interessadas vinham visitar. Depois, o rapaz sempre achava razões para recusar o casamento. Só quando deram um jeito de encontrar um dote desproporcional os pais conseguiram arranjar um marido para Kavita, cumprindo o que consideravam o seu dever mais importante. Embora Jasu fosse um homem difícil, Kavita sabia que tinha de ser grata. Outros maridos da aldeia eram preguiçosos, surravam as esposas ou gastavam o que ganhavam com bebida. E ninguém queria sofrer o destino das pobres velhas que moravam sozinhas, sem a proteção de um homem.

A CADA SACOLEJO DO CARRO DE BOIS NA ESTRADA DE TERRA, mais uma pontada de dor lhe perpassa a bacia. Kavita sangra desde pouco depois de começarem a andar de manhã. Limpa o sangue que escorre pela perna com as dobras do sári antes que Rupa perceba. Sabe que chegar ao orfanato da cidade grande é a única chance de Usha. *Usha*, aurora. O nome lhe veio nas calmas horas da madrugada, depois que a parteira as deixou a sós. Ecoou na sua cabeça enquanto fitava a bebezinha, tentando decorar cada detalhe do seu rosto. Em meio aos primeiros raios de luz que se esgueiraram na cabana, enquanto os galos cantavam o romper do dia, Kavita deu em silêncio o nome à filha.

Que poder existe em dar nome a outro ser vivo, percebe ela ao olhar a criança. Quando se casou com Jasu, a família dele mudou o nome dela para Kavita, que agradou a eles e ao astrólogo da aldeia mais do que a Lalita, o único nome que os pais lhe escolheram. O nome do meio e o sobrenome vinham do pai; esperava-se que fossem trocados pelos do marido. Mas ela ainda se sentia ressentida com Jasu por lhe tirar também o primeiro nome.

Usha é escolha só de Kavita, o nome secreto da sua filha secreta. A ideia lhe traz um sorriso ao rosto. Aquele único dia passado com a filha era precioso. Embora estivesse exausta, não dormiu. Não queria perder nenhum momento. Kavita segurava o bebê bem junto do corpo, observava o corpinho subir e descer com a respiração, traçava com a ponta dos dedos as sobrancelhas delicadas e as dobras da pele macia. Ninou-a quando chorou, e, naqueles poucos momentos em que Usha ficou acordada, Kavita se viu, inconfundível, nos olhos pintados de ouro, mais belos na filha do que em si. Mal podia acreditar que essa criatura adorável era dela. Não se permitiu pensar além daquele dia.

Pelo menos, essa menininha teria permissão de viver — a oportunidade de crescer, de ir à escola, talvez até de se casar e ter filhos. Kavita sabe, junto com a filha, que está abandonando toda esperança de ajudá-la no caminho da vida. Usha jamais conhecerá os pais, mas tem uma chance de viver, e isso terá de bastar. Kavita tira do pulso frágil uma das duas finas pulseiras de prata que sempre usa e a enfia no tornozelo de Usha. "Sinto muito não poder lhe dar mais, *beti*", sussurra ela sobre a cabeça cheia de cabelos da filha.

Um pressuposto justo

São Francisco, Califórnia — 1984
Somer

Somer franze a testa para si mesma no espelho. Tenta alisar a saia ainda justa na cintura e nos quadris, que não voltaram ao normal nem depois de dois meses, mais um lembrete cruel da sua perda. O cabelo louro cai sobre os ombros, largado; ela não consegue se lembrar de quando o lavou pela última vez. Como último esforço, troca as sandálias baixas por um par de escarpins Chanel e passa um pouco de batom. *Não preciso parecer tão horrível quanto me sinto.*

Ela chega à casa onde dois maços de bolas de encher azul-claras amarradas na grade da varanda anunciam É UM MENINO! Respira fundo e toca a campainha. Quase na mesma hora, a porta se escancara e uma morena de vestido florido lhe dá um grande sorriso.

— Oi, sou a Rebecca, todo mundo me chama de Becky. Entre. Pode deixar, eu levo isso. — Ela estende a mão para a caixa coberta por um alfabeto em tons pastel debaixo do braço de Somer. — Não é o máximo para Gabriella?

Becky bate palmas e balança de leve na ponta dos pés. Somer olha em volta e vê uma sala cheia de mulheres como Becky, todas segurando pratos decorados com sapatinhos azuis.

— De onde você conhece a Gabi? — pergunta Somer, pensando que não ouve a amiga ser chamada pelo nome inteiro desde o primeiro dia da faculdade de medicina.

— Ah, somos vizinhas. Aqui é um lugar maravilhoso para morar com crianças, sabe, muito mais fácil do que na cidade. Ficamos tão contentes quando Gabriella e Brian se mudaram para cá! Mais coleguinhas para o pequeno Richard. — Ela ri, passando a mão pelo cabelo castanho ondulado. — E você?

— Faculdade de medicina — responde Somer. — Fomos colegas de turma. — Ela procura uma rota de fuga, espiando a mesa do bufê com uma poncheira cheia de uma mistura azul de aparência duvidosa. Fica aliviada ao ver Gabi andando com dificuldade e tenta não fitar de modo claro demais a barriga enorme.

— Oi, Somer — diz Gabi, inclinando-se de lado para tentar abraçá-la. — Obrigada por fazer essa grande viagem até aqui no subúrbio. Vejo que já conheceu Becky.

— Gabriella, eu estava mesmo dizendo à sua amiga como adoramos morar em Marin — comenta Becky. — É casada, Somer?

— É, ela teve pena de um dos nossos colegas... um reles neurocirurgião — responde Gabi no seu lugar, com uma piscadela. Somer se prepara para a próxima pergunta inevitável, mas ela vem depressa demais.

— Tem filhos?

Somer engole em seco. É como se alguém abrisse a porta do congelador na sua cara num dia de muito calor.

— Não... ainda não — responde Somer, a garganta se apertando.

— Ah, que pena — diz Becky, franzindo o rosto numa cara de pena exagerada. — É realmente o máximo. Bom, quando estiver pronta para o grande salto, venha se unir a nós aqui. — Becky sai para atender à porta, e Somer sente uma vontade momentânea de lhe arrancar um punhado daquele robusto cabelo castanho.

— Somer, sinto muito... — Gabi põe a mão no cotovelo da amiga.

— Tudo bem — responde ela, cruzando os braços. Sente o nó crescer na garganta e o rosto corar. — Já volto. Preciso ir ao banheiro.

Ela escapole pelo corredor, mas, em vez de parar no banheiro, continua andando direto pela porta da frente, emaranhando-se nas bolas azuis ao passar correndo por elas na direção da calçada. Senta-se no meio-fio. Não consegue encarar tudo aquilo de novo. Não consegue passar pelo concurso de provar comida de bebê nem pelo jogo "adivinhem o tamanho da barriga de Gabi". Não consegue ver todo mundo fazendo ohh e ahh a cada roupinha fofinha. Não consegue escutar as mulheres discutindo estrias e dores do parto como ritos de passagem. Todos agem como se ser mulher e ser mãe estivessem inextricavelmente interligados. Um pressuposto justo, que ela mesma já teve. Só que agora ela sabe que é uma mentira enorme.

A PRIMEIRA VEZ QUE ABORTOU FOI UM ALÍVIO. ESTAVAM com poucos anos de casamento, ainda faziam residência, quando uma linha cor-de-rosa no teste de gravidez de farmácia provocou discussões. Tinham planejado esperar até Somer terminar a residência em pediatria, quando um deles teria uma renda regular e um horário de trabalho razoável. Assim, quando a gravidez terminou algumas semanas depois, eles disseram um ao outro que era melhor que fosse assim. Mas, de certa forma, aquela gravidez não planejada que lhes foi tirada tão inesperadamente quanto chegara mudou tudo. Somer se viu observando grávidas por toda parte, as barrigas protuberantes anunciando-se com orgulho.

Depois do aborto, ela se encheu de culpa por ter ficado em dúvida. É claro que, como médica, sabia que pensamentos conflituosos não provocam aborto. Mas os manuais de obstetrícia se esqueceram de descrever a enorme sensação de pesar que substituíra a minúscula partícula de bebê que crescia dentro dela. Não explicavam como podia se sentir totalmente perdida sem algo que só conhecia havia um mês apenas. Algo despertara nela com aquela primeira gravidez, um anseio profundo que devia estar lá o tempo todo. Fora criada para acreditar que ser mulher não tinha de limitar suas aspirações. Passou a carreira toda pensando que não era uma mulher como as outras. Agora, pela primeira vez na vida, sentia-se exatamente como as demais.

Somer passava todo o tempo livre lendo sobre fertilidade em revistas de medicina — eliminando todas as causas possíveis de aborto, fazendo gráficos dos ciclos de ovulação e mudando a alimentação. Contava a Kris cada nova descoberta, mas logo percebeu o desinteresse vítreo nos olhos do marido. Ele ainda fazia residência em neurocirurgia e não tinha a mesma empolgação dela quanto a ter um filho. Felizmente, Somer tinha ímpeto suficiente para os dois, e não lhe pareceu importante que, pela primeira vez desde que se tinham conhecido, não trilhassem a mesma estrada.

AGORA, SENTADA SOZINHA NUMA CALÇADA NO SUBÚRBIO em vez de tomar ponche azul, Somer sabe que aquele dia, três anos atrás, se tornou a linha divisória da sua vida. Antes daquele aborto, ela se lembra de ter sido feliz — com o trabalho, a casa com vista para a Golden Gate Bridge, os amigos que encontravam nos fins de semana. Parecia suficiente. Mas, desde aquele dia, sentia que faltava alguma coisa, algo tão imenso e poderoso que sobrepujava tudo o mais. A cada ano que passava e a cada teste de gravidez negativo, aquele vazio nas suas vidas crescia até se tornar um membro nada bem-vindo da família, enfiando-se entre ela e Krishnan.

Às vezes, ela gostaria de voltar à felicidade ingênua da vida anterior. Mas, na maior parte do tempo, anseia por avançar para um lugar aonde o corpo não parece ter vontade de levá-la.

Shanti

Bombaim, Índia — 1984
Kavita

Quando o condutor do carro de bois deixa Kavita e Rupa na cidade grande, o sol está alto e elas sentem sede e fome. São engolidas por barulhos caóticos: caminhões que buzinam, vendedores que berram. A rua está lotada de caminhões transbordantes, animais de criação variados, bicicletas intrépidas, riquixás e motonetas. Param para dividir um coco, primeiro bebendo a água e depois esperando que a polpa macia da fruta seja tirada da casca. De ambos os lados, a rua é ocupada por barracos improvisados com teto de zinco; mulheres se agacham na frente, cozinhando em fogueirinhas e esfregando roupas em baldes de água suja.

Rupa pergunta ao *chaat-wallah* como chegar ao Orfanato Shanti, mas ele simplesmente balança a cabeça enquanto olha as duas mulheres com os pés visivelmente descalços e a roupa rural. Ela pergunta a um taxista ocioso encostado no carro, que cospe na rua o suco de bétele e olha Kavita de cima a baixo. Todos tentam verificar se o bebê é deformado, se Kavita é solteira ou apenas pobre demais para ficar com a criança. Finalmente, um velho barbado que torra amendoins na esquina as ajuda. Enfia os grãos quentes em cones de jornal enrolados à mão e, entre os gritos de "*sing-dhana, garam sing-dhana*", diz a elas aonde ir.

Rupa segura com força a mão de Kavita e leva as duas por calçadas cheias de gente e ruas movimentadas. Kavita se esforça para acompanhar a irmã, parando apenas uma vez para amamentar o bebê. Rupa ergue os olhos para o céu que escurece e para as pessoas que correm em torno delas. Inclina-se e diz:

— *Challo, bena,* segure-a assim. — Rupa ajuda a irmã a posicionar o bebê que mama, para que possa continuar andando. — Temos de nos apressar. Este lugar não vai ser seguro para nós depois de escurecer.

Kavita obedece e anda mais depressa. Sabe que, daqui a algumas horas, depois de terminar a refeição da noite e se sentar junto ao fogo bebendo e fumando *beedis* com os outros homens, Jasu procurará por ela. Ela só lhe dirá que não precisa se preocupar com o bebê, que já deu um jeito. Talvez ele fique zangado, talvez até bata nela, mas que punição é essa comparada ao que ela já sofreu? Durante quase duas horas, Kavita e Rupa andam sem falar. Finalmente, chegam ao prédio de dois andares com tinta azul descascando. Em pé diante do portão, as pernas de Kavita parecem de chumbo e os pés se arrastam a cada passo. Ela se vira para a irmã, balançando a cabeça.

— *Nai, nai, nai...* — repete.

— *Bena,* venha, é preciso — diz Rupa, baixinho. — Não há mais nada a fazer. O que se pode fazer? — Rupa a puxa pela mão até a porta e toca a campainha. Kavita fita a placa de letras vermelhas, esculpindo na memória as marcas ilegíveis que prometem *SHANTI*, paz. Uma velha corcunda com um sári de algodão desbotado e estampado de laranja abre a porta, segurando uma vassoura de cabo curto.

Kavita observa Rupa falar com a velha, mas só consegue escutar o som tilintante nos ouvidos. *Quem cuidará do meu bebê? Essa mulher? Ela amará Usha?* A boca de Kavita está seca e empoeirada. A velha faz um gesto para que a sigam até lá dentro e as conduz até o fim do corredor. Uma mulher alta de sári de seda azul está em pé à porta do escritório.

— *Shukriya.* Obrigado, Sarla-ji. Até mais ver. — A voz de um homem vem de algum lugar de dentro do pequeno escritório. A mulher alta se vira para ir embora. Com o sári elegante e os brincos de brilhante, parece tão deslocada no orfanato quanto um tigre-de-bengala. Ao ver as irmãs, sorri e cumprimenta de leve com a cabeça, depois passa por elas.

Dentro do escritório, um homem de meia-idade com um tufo de cabelo preto franze os olhos para uma máquina de escrever através dos óculos com armação de chifre.

— *Sahib* — diz Rupa —, temos um bebê para o seu orfanato.

O homem ergue os olhos na direção da porta. Primeiro se fixa em Rupa, depois em Kavita em pé atrás dela e, finalmente, no bebê que está no colo.

— Sim, sim, claro. Por favor, sentem-se. Eu me chamo Arun Deshpande. Vocês devem ter feito uma longa viagem — diz ele, notando a aparência desalinhada das duas. — Aceitam chá ou água? — pergunta, fazendo um gesto para que a velha traga.

— Sim, obrigada — responde Rupa pelas duas.

Com essa pequena demonstração de gentileza, Kavita começa a chorar em silêncio, as lágrimas riscando duas linhas no rosto coberto de pó. Está com sede — sim, claro que está com sede. A cabeça lateja de calor e fome. Os pés doem com cortes e bolhas por andar pela cidade. Está exausta da viagem e do parto e das horas de esforço antes do parto. Dormiu pouco nos últimos dias. Está cansada disso tudo, e mais ainda dos olhares que viu em tantos rostos que encontrou hoje, olhares de vergonha.

— Só algumas perguntas — diz ele, pegando uma prancheta e uma caneta. — Nome da criança?

— Usha — diz Kavita baixinho. Rupa a olha, cheia de tristeza e espanto.

Arun anota.

— Data de nascimento?

Essas são as últimas palavras que Kavita escuta com clareza. Segura Usha junto de si, a cabeça do bebê enfiada debaixo do queixo, e começa a balançar de leve. A distância, ouve Rupa responder. Kavita fecha os olhos, e o seu choro fica mais alto até que as perguntas de Arun e as respostas de Rupa esmaecem num murmúrio ao fundo e ela quase esquece que eles estão lá. Quase esquece onde está. Kavita continua dessa maneira, chorando e balançando, esquecida da dor persistente na bacia e das solas rachadas e ensanguentadas até ser interrompida por Rupa a lhe sacudir o ombro.

— *Bena*, está na hora — diz Rupa, pegando suavemente o bebê no colo de Kavita. Agora, Kavita só consegue ouvir gritos. Enquanto sente Usha ser tirada de suas mãos, só ouve gritos dentro da cabeça, depois guinchos saídos da própria boca. Ouve Usha chorar. Vê Rupa gritar com ela, observa a boca da irmã se mexer, fazendo as mesmas palavras caladas várias vezes. Sente Rupa puxá-la com firmeza pelos ombros e empurrá-la pelo corredor rumo à porta da frente. Os braços de Kavita ainda estão estendidos, mas nada seguram. Depois que o portão de metal se fecha ruidosamente atrás delas, Kavita ainda consegue ouvir o choro agudo de Usha ecoando lá dentro.

Sem opção

São Francisco, Califórnia — 1984
Somer

— Querida, você me escutou? — Kris apoia no colo as duas mãos dela, os dois sentados, um de frente para o outro, no sofá da sala. Somer tenta recordar o que ele acabou de dizer. — Eu disse que temos mais opções — repete ele.

Ela olha em volta da sala e nota que ele acendeu algumas velas e fechou as persianas da janela. Uma garrafa de vinho tinto e duas taças estão na mesa de centro, perto de um grosso envelope pardo. Ela ouve o som do tráfego na hora do rush e o bonde N-Judah guinchando lá fora. *Quando tudo isso aconteceu? Não faz só uma hora que estávamos no consultório do médico?*

Somer finalmente insistiu para irem a um especialista em fertilidade. Estava cansada de esperar a natureza seguir o seu curso, cheia de abrir garrafas de vinho todo mês como prêmio de consolação por outro exame de gravidez negativo. Argumentava que, se soubessem qual era o problema, seriam capazes de resolver. Desconfiava que a culpa era dela. Kris vinha de uma família grande e todos os seus irmãos já tinham alguns filhos. Somer era filha única, embora os pais nunca discutissem a questão.

Naquela tarde, no consultório do médico, receberam o diagnóstico que ela temia. *Era* culpa dela. *Insuficiência ovariana precoce.* Menopausa. Agora tudo fazia sentido. Durante o ano anterior, ela tivera ciclos irregulares: menstruações que não vinham seguidas por outras fortes. Achou que eram os hormônios flutuando com os sintomas do início da gestação, mas durante todo esse tempo era o seu sistema reprodutor que parava lentamente. Dali a mais um ano, disse o médico, a menopausa estaria completa. Quando chegar à idade de 32 anos, não terá mais a capacidade de gerar filhos, a única coisa que a define como mulher. *Então o que serei?* Ela passou a vida toda competindo com os meninos, compensando sua feminilidade, parecia até provocar o destino.

— Já pensou no que discutimos? — pergunta Kris. — Adoção? A minha mãe diz que o orfanato pode agir depressa, talvez em menos de nove meses — diz ele com um sorriso torto. Ele tem pensado nesse orfanato de Bombaim que a mãe patrocina. Acredita-se que o processo é rápido quando pelo menos um dos futuros pais é indiano e pode provar que tem um bom patrimônio.

— Isso não é engraçado. — Ela descansa a cabeça nas almofadas. — Você está desistindo de nós.

— Não, querida, não estou...

— Então por que não para de puxar o assunto? Podemos continuar tentando. O médico disse...

— ... que a probabilidade é baixíssima.

— Baixa, não impossível. — Somer puxa as mãos de volta para o próprio colo.

— Querida, tentamos tudo. O Dr. Hayworth disse que você não é boa candidata para aquela nova técnica de inseminação artificial, e, mesmo que fosse, não quero que façam experiências com o seu corpo. Querida, veja o que isso está fazendo com você. Isso não é bom para nós. Veja, você quer uma família, não quer?

Ela faz que sim, enterrando as unhas na palma da mão para segurar as lágrimas.

— Então, você pode continuar se matando para engravidar com baixíssima probabilidade de sucesso ou podemos começar o processo de adoção, e no ano que vem, por essa época, você pode estar com um bebê no colo.

Ela faz que sim novamente, mordendo o lábio inferior.

— Mas vou *sentir* que o bebê é meu?

— Veja, há famílias de todos os tipos — diz ele. — Não é o sangue que faz a família. Quer mesmo que o nosso filho tenha o meu nariz enorme ou que seja canhoto?

Ele sorri, como costuma fazer para conseguir o que quer, mas ela não está com vontade de ceder desta vez.

— Você será uma mãe extraordinária, Somer. Basta deixar acontecer. — Kris se aproxima, tentando espiar os olhos dela, como se pudesse encontrar ali uma resposta. — O que acha?

O que acho? Ela não sabe mais.

— Vou pensar nisso, está bem? É muita coisa para aceitar de uma vez só — diz ela, fazendo um gesto para indicar o envelope pardo. — Agora eu gostaria de sair para correr e esvaziar um pouco a cabeça. Tudo bem? — Ela se levanta sem esperar resposta.

SOMER DESCE CORRENDO OS DEGRAUS DO LADO DE FORA na direção da extensão verde do Golden Gate Park. Não estava com vontade de correr, mas precisava sair de lá. Kris vem falando em adoção há meses, e ela vem adiando a conversa. Sabe que tem de pensar no assunto, mas é difícil abandonar a ideia de ter um filho só seu: gerar um bebê, dar à luz, amamentar, ver-se refletida no próprio filho. *Como abrir mão disso tudo?* Para Kris é mais fácil. Não foi ele quem falhou.

Ela chega ao bebedouro, ofegando muito, e percebe que já correu quase 5 quilômetros. Normalmente, dá uma volta de 3 quilômetros na JFK Drive, mas hoje está com vontade de correr até o oceano. Ela para junto ao bebedouro, que ganha vida em um gargarejo lento e depois lhe joga água no rosto. O tráfego de início da noite no parque continua a passar por ela: um patinador de cabelo rastafári, uma equipe de ciclistas de competição, mães com carrinhos, garotos de bicicleta. Faz três anos que começou a correr nessa rota. Faz três anos que tenta ter um bebê. Se a primeira gravidez tivesse continuado, hoje teria um filho pequeno. Seria como aquelas mães, ajudando os filhos a andar de velocípede.

Insuficiência ovariana precoce. Os olhos começam a ficar marejados, ela os limpa depressa com a manga e volta a correr. Tem apenas 31 anos, como é que ficou sem tempo para isso? Quatro anos de faculdade de medicina, mais três de residência. Fez tudo o que achava que devia fazer. Ser médica era a única coisa que sempre quis na vida, até agora. Como saberia que o corpo a trairia? A verdade chegou a ela num jorro, com tanta força quanto a água do bebedouro. Kris tem razão. O médico tem razão. Ela recebeu a resposta e não pode dar um jeito.

Quando chega em casa, Kris saiu. Um bilhete na mesa de centro explicava que ele tinha sido chamado no hospital. Ela se senta no chão de madeira fria, as pernas em V diante do corpo. Inclina-se para a frente num profundo alongamento e, assim que a ponta do nariz toca o joelho, começa a sufocar com o soluço que sobe pela garganta. O desenho dos tacos do chão se borra com as lágrimas que lhe enchem os olhos. Ela deixa sair os gritos profundos e horríveis que esperavam logo abaixo da superfície. Essas lágrimas vivem se acumulando, se intensificando dentro dela. Ela as empurra para baixo várias vezes, cem vezes por dia — toda vez que escuta uma voz de criança ou examina o corpinho de um paciente — até que chega aquele momento. Sempre acontece quando menos espera, num momento em que não está fazendo nada: lavando a caneca de café, desamarrando os sapatos, penteando o cabelo. E então, quando ela menos espera, as lágrimas finalmente desembestam incontroláveis, vindas de algum lugar profundo, bem profundo, que ela mal reconhece.

Depois de uma chuveirada, Somer se senta no sofá e vê que agora a garrafa de vinho está aberta. Ela se serve de um copo, pega o envelope pardo mandado pela mãe de Kris e despeja o conteúdo. Lê e descobre que muitas crianças nos orfanatos indianos não são órfãs de verdade, mas foram entregues por pais que não podem ou não querem criá-las. As crianças podem ficar no orfanato até os 16 anos, quando são obrigadas a partir para abrir espaço para novas crianças. *Dezesseis?*

Ela escuta o eco das palavras de Kris. *Você será uma mãe extraordinária. Basta deixar acontecer.* Somer enche o copo novamente e continua a ler.

Consolo

Dahanu, Índia — 1985
Kavita

Kavita se levanta antes da aurora, como faz toda manhã nos últimos meses, para tomar banho e fazer a *puja* enquanto todos ainda dormem. Essas primeiras horas do dia têm sido o seu único consolo desde que voltou de Bombaim.

Depois que ela e Rupa voltaram do orfanato, Kavita ficou taciturna e impenetrável. Mal dizia uma palavra a Jasu e se afastava sempre que ele a tocava. Antes, como recémcasados, a estranheza entre eles era de esperar. Mas agora a evasão mútua se baseava em ver coisa demais no outro. Depois de abrir mão de dois bebês, só restavam a Kavita ressentimento e desconfiança pelo marido. Queria que ele sentisse a vergonha e o arrependimento que ela trouxera de Bombaim no lugar de Usha. E sabia que o desafio de fugir do seu alcance, mesmo que temporariamente, mostrara a Jasu a profundidade da sua força. Nos meses seguintes, embora ficasse meio atabalhoado, ele lhe dera o tempo e o espaço de que precisava. Foi a primeira demonstração genuína de respeito que ele lhe fez nos quatro anos de casamento. Os pais de Jasu não fizeram tal concessão, e o desapontamento latente se transformou em críticas implacáveis a ela por não ter um filho homem.

Kavita sai e abre a esteira nos degraus de pedra áspera, onde se senta de frente para o sol nascente a leste. Acende a pequena *diya* mergulhada em *ghee* e a varinha fina de incenso e fecha os olhos em oração. O fio de fumaça perfumada sobe lentamente em círculos pelo ar em torno dela, que inspira profundamente e pensa, como sempre, nas meninas que perdeu. Toca o sininho de prata e canta baixinho. Vê o rosto e o corpinho delas, escuta os seus gritos e sente os dedinhos se enrolarem nos seus. E sempre escuta o som do grito desesperado de Usha ecoando atrás das portas fechadas do orfanato. Ela se permite perder-se nas profundezas do pesar. Depois de cantar e chorar por algum tempo, tenta vislumbrar os bebês em paz, onde quer que estejam. Imagina Usha como uma menininha, o cabelo preso em duas tranças amarradas com fita branca. A imagem da menina em sua mente é claríssima: sorrindo, correndo e brincando com crianças, comendo as suas refeições e dormindo ao lado das outras no orfanato.

Toda manhã, Kavita senta-se no mesmo lugar diante da casa, de olhos fechados, até que os sentimentos tempestuosos cheguem ao máximo e depois, bem devagar, se acalmem. Ela espera até respirar regularmente outra vez. Quando abre os olhos, o rosto está molhado e o incenso queimou até tornar-se uma pequena pilha de cinzas macias. O sol é uma bola alaranjada brilhante no horizonte, e os aldeões começam a se mover em torno dela. Kavita sempre termina o *puja* tocando com os lábios a pulseira de prata que sobrou no pulso, reconciliando-se com a única coisa que lhe resta das filhas. Esses rituais diários lhe trouxeram consolo e, com o tempo, uma certa cura. Ela consegue passar o resto do dia com as imagens tranquilas de Usha na mente. Cada dia se torna mais suportável. Conforme os dias se transformam em semanas e as semanas em meses, Kavita sente a amargura em relação a Jasu se reduzir. Depois de vários meses, permite que ele a toque e depois que a procure à noite.

Quando engravida de novo, Kavita não se permite pensar nesse bebê da mesma maneira que antes. Não apalpa os seios sensíveis nem toca a barriga que cresce. Nem sequer conta logo a novidade a Jasu. Quando a ideia da vida que cresce dentro dela lhe vem à mente, apenas a empurra para longe, como o pó que varre do chão a cada dia. É uma prática que dominou nos muitos meses passados depois de Bombaim.

— Seria uma boa ideia ir à clínica desta vez, não? — diz Jasu, quando ela finalmente lhe conta. Kavita percebe uma urgência velada na voz dele.

Uma nova clínica médica na aldeia vizinha oferece ultrassonografias às mães grávidas, aparentemente para verificar a saúde do bebê. Mas todos sabem que quem vai lá quer saber o sexo do filho que ainda não nasceu. O procedimento custará 200 rupias, um mês de renda da plantação, além de um dia inteiro de viagem. Terão de usar todo o dinheiro que pouparam para comprar novas ferramentas agrícolas, mas, apesar da dificuldade, Kavita concorda.

Ela sabe que, se o exame mostrar outra menina crescendo em seu útero, todos os resultados possíveis serão lancinantes. Jasu pode exigir que faça um aborto, bem ali na clínica, se tiverem dinheiro. Ou pode simplesmente repudiá-la, obrigando-a a suportar a vergonha de criar a filha sozinha. Ela seria rejeitada, como as outras *beecharis* da aldeia. Mas ser excluída do lar e da comunidade não seria tão ruim quanto a alternativa. Ela não consegue enfrentar a agonia de dar à luz, pegar o bebê no colo e tê-lo arrancado de si outra vez.

No fundo da alma, Kavita sabe que simplesmente não sobreviverá a isso.

Algo poderoso

São Francisco, Califórnia — 1985
Somer

Somer fica sentada na borda da banheira, os pés descalços contra o piso frio de azulejos verde-água, os dedos fechados em torno da conhecida varinha plástica. Apesar das lágrimas, consegue ver as duas linhas paralelas com a mesma clareza de oito meses atrás, quando soube que estava grávida. Hoje seria a data do parto. Seria um dia de comemoração para ela e Krishnan, mas em vez disso ela chorará sozinha. A expressão de preocupação dos outros se desfez algumas semanas depois do aborto. A única prova do bebê que perdeu é o teste de gravidez de farmácia que tem agora na mão e o vazio persistente que não conseguiu preencher.

O ressoar distante da sirene de neblina a traz de volta, e, no outro quarto, ela escuta o alarme do rádio-relógio de Kris, identificando o som como o do noticiário matinal da National Public Radio. Ela se levanta e enfia a varinha plástica no bolso do velho roupão acolchoado. Sabe que Kris está perdendo a paciência com ela, cada vez mais exasperado com o que vê como sua obsessão. Está ansioso para seguir em frente. Ela estende a mão para a escova de dentes quando Kris abre a porta do banheiro.

— Bom dia — diz ele. — Por que se levantou tão cedo?
Ela abre o chuveiro e tira o roupão.
— O meu voo é às 8.
— Certo. Mande um alô aos seus pais.
Ela entra no boxe e abre a água até ficar tão quente quanto ela pode aguentar.

SOMER VÊ O SEDÃ VOLVO CINZENTO ASSIM QUE PARA NO desembarque do aeroporto de San Diego. A mãe sai do carro e dá a volta para encontrá-la na calçada.
— Oi, querida. Ah, é bom ver você!
Somer passa por cima da bolsa de viagem e cai nos braços abertos da mãe. No mesmo instante, sente-se derreter dentro do abraço. Enterra o rosto no cardigã macio da mãe e no leve perfume de Oil of Olay. Sente-se com 9 anos outra vez e começa a chorar.
— Ah, querida — diz a mãe, fazendo cafuné em Somer.

— VOU FAZER UM CHÁ — ANUNCIA A MÃE ASSIM QUE chegam em casa. — E fiz um bolo de banana.
— Parece bom. — Somer se instala numa cadeira Windsor junto à mesa da cozinha.
— Então Kris está de plantão neste fim de semana? Que pena, estamos com saudades dele.
Os pais dela gostavam de Kris. Ela não sabia como reagiriam quando levou para casa o namorado indiano, mas eles o haviam aceitado. Ambos os pais foram criados em Toronto durante o grande aumento da imigração na década de 1940 e tiveram vizinhos que falavam russo, italiano e polonês. Sempre tiveram a mente aberta, antes mesmo que virasse moda. Como médico, o pai sentiu afinidade imediata com Kris e o respeitava por se tornar cirurgião.
— Seu pai tentou reduzir o número de consultas noturnas, mas aí voltou a elas uma vez por semana, depois duas,

e, agora, está tudo como antes. — A mãe balança a cabeça enquanto enche a chaleira.

Desde que Somer se lembra, o pai usava um cômodo do primeiro andar da casa, adaptado para receber os pacientes. Alguns eram pacientes que tratava na clínica durante o dia, em emergências fora de hora. Mas, em geral, eram pessoas que não consultariam um médico de outra maneira: imigrantes recentes sem plano de saúde, mães adolescentes expulsas de casa pelos pais, idosos assustados demais para ir ao hospital à noite. Não demorou para correr a notícia de que o consultório doméstico do Dr. Whitman estava sempre aberto e que ele não cobrava de quem não podia pagar. A infância de Somer era cheia de lembranças do toque da campainha durante o jantar ou um jogo familiar de Scrabble.

— Olhe aquela ali, Somer — dizia o pai quando ia atender à porta depois de formar uma palavra de sete letras. — Use essa numa frase quando eu voltar.

Era comum encontrarem na varanda da frente, ao lado do jornal da manhã, tortas recém-assadas ou cestas de frutas deixadas por pacientes agradecidos. Para o pai, a medicina era mais do que uma profissão; era uma missão. Era indistinguível do resto da vida, e Somer aprendeu com ele. Quando tinha 8 anos, ele lhe ensinou a usar o estetoscópio e a escutar as batidas do próprio coração. Com 10, ela sabia ajustar a braçadeira do medidor de pressão. Nunca pensou em ser outra coisa além de médica. O pai era seu herói. Ela esperava ansiosamente os fins de semana, quando se aconchegava a ele na poltrona *bergère* de couro marrom enquanto ele lia.

— E você, mãe? Como vão as coisas na biblioteca? — Somer nota os pés de galinha em torno dos olhos da mãe.

— Ah, movimentadas como sempre. Estamos reorganizando a seção de referência para abrir espaço para móveis doados. Para o próximo outono, estou organizando uma série de oficinas sobre a biografia de mulheres famosas: Eleanor Roosevelt, Katharine Graham.

— Que legal. — Somer sorri, embora nunca tenha entendido como a mãe continua interessada num emprego tão trivial.

A mãe traz para a mesa duas canecas fumegantes, acompanhadas de grossas fatias de bolo de banana.

— Então, o que está acontecendo, querida? Você parece preocupada.

Somer passa as mãos em volta da caneca e toma um golinho de chá.

— Bom, nós... eu... eu não posso ter filhos, mãe.

— Ah, querida. — A mãe pousa a mão no braço de Somer. — Vai acontecer, basta esperar. É bastante comum sofrer abortos. Muita gente...

— Não. — Somer faz que não com a cabeça. — Não posso. Fomos fazer exames com um especialista. Tenho menopausa precoce. Meus ovários não produzem mais óvulos. — Somer olha a mãe nos olhos em busca da explicação que não conseguiu encontrar em lugar nenhum, e vê que eles se enchem de lágrimas.

A mãe limpa a garganta.

— Então é isso. Não há mais nada que se possa fazer?

Somer faz que não e baixa os olhos para o chá.

— Sinto muito, querida. — A mãe segura a mão dela.
— Como vocês estão? Como está Kris?

— Kris é muito... clínico a respeito da coisa toda, sempre o médico. Acha que sou sentimental demais sobre isso.
— Ela para antes de dizer que não consegue mais falar com ele sobre o assunto, que, se não der um jeito de seguir em frente, tem medo de perder Krishnan também.

— Para os homens, pode ser difícil entender — diz a mãe, observando a caneca. — Foi difícil para o seu pai.

Somer ergue os olhos.

— Por isso você não teve mais filhos?

A mãe toma um gole antes de responder.

— Tive um aborto antes de você e, depois de você, nunca mais engravidei. Naquela época não havia exames, e apenas aceitamos. Achamos que foi muita sorte ter você, mas me senti mal por não lhe dar um irmão ou irmã. — A mãe enxuga uma lágrima.

Somer sente uma onda de culpa por todas as vezes que desejou um irmão.

— Não foi culpa sua, mãe — diz. *Não foi culpa sua. Não é culpa minha.* As duas ficam alguns momentos num silêncio confortável até que Somer ergue os olhos para a mãe. — Mãe, o que acha de adoção?

A mãe sorri.

— Acho uma ideia maravilhosa. Está pensando nisso?

— Talvez... há todas aquelas crianças na Índia que precisam de uma família, de um lar. — Ela olha as mãos, gira a aliança no dedo. — Só que é difícil pensar que nunca vou dar à luz, nem gerar uma vida. — Ela engasga com as lágrimas que sobem.

— Querida — diz a mãe —, você fará uma coisa tão importante quanto: *salvar* uma vida.

O rosto de Somer se amassa como um lenço de papel e ela começa a chorar.

— Eu queria tanto ser mãe.

— Você será, e uma mãe excelente — diz a mãe, cobrindo a mão de Somer com a sua. — E, quando for, garanto que será a coisa mais importante que você já fez.

No voo de volta, Somer examina o material da agência de adoção indiana, concentrando-se no rosto sereno das crianças. Mudar o rumo de uma dessas vidas seria algo poderoso: criar oportunidades que não existem, melhorar a vida de alguém. Isso faz com que se lembre por que se tornou médica. Uma citação de Gandhi adorna o interior do folheto: "Temos de ser a mudança que queremos ver no mundo."

Talvez haja uma razão para toda a nossa dor. Talvez seja isso que temos de fazer.

Gastar e poupar

Palghar, Índia — 1985
Kavita

Na manhã do exame, Kavita está ansiosa, o estômago inquieto. Ela põe a mão protetora sobre o abdômen intumescido quando se aproximam da clínica. Na porta, há uma placa; GASTE 200 RUPIAS AGORA E POUPE 20 MIL RUPIAS DEPOIS; uma referência clara a evitar o dote associado às filhas. Fora isso, a porta discreta por onde passam poderia pertencer a um alfaiate ou a uma sapataria. Lá dentro, há casais juntos, em pé. Kavita nota que ela é que tem a gestação mais avançada, agora no quinto mês.

Jasu se aproxima da recepção, troca palavras, tira do bolso um maço de notas e moedas e o entrega ao recepcionista, que conta o dinheiro, guarda-o numa caixa de metal e, com um movimento de cabeça, manda Jasu de volta para a sala de espera. Kavita se afasta para abrir espaço para ele contra a parede. Enquanto esperam, ela mantém os olhos concentrados no chão áspero de concreto. O som de soluços abafados a obriga a erguer os olhos, e ela vê uma mulher correndo rumo à porta da frente, vinda dos fundos da clínica. O sári está puxado sobre a cabeça, e um homem solene a segue. Kavita volta a olhar o ponto no chão e, com o canto do olho, vê os dedos do pé de Jasu se encolherem.

O recepcionista chama o nome deles e, com a cabeça, indica os fundos da clínica. Quando passam pela única porta, veem-se num cômodo com tamanho suficiente apenas para uma mesa de exames improvisada e um carrinho com uma máquina. O técnico entrega a Jasu várias folhas de papel que nenhum deles sabe ler e manda Kavita se deitar na mesa. O gel que ele passa na barriga é frio e desconfortável. Ela sente uma pontada surpreendente de gratidão quando Jasu fica ao lado dela. Quando o técnico move o aparelho em torno da barriga firme, os dois tentam entender as imagens granuladas em preto e branco. Jasu franze os olhos para a tela, inclina a cabeça e, ansioso, olha várias vezes para o técnico, querendo uma pista do que está no útero de Kavita. Depois de alguns minutos, o técnico diz:

— Parabéns, um menino saudável.

— Uah! — grita Jasu, rindo. Dá um tapinha no ombro do técnico e beija a testa de Kavita, um raro gesto público de afeição. A única reação de Kavita é de alívio.

NAS SEMANAS DEPOIS DO EXAME, QUANDO AOS POUCOS ELA absorve a ideia de que poderá manter esse bebê, finalmente Kavita se permite sentir uma ligação com a criança. Essa sensação dá lugar a uma expectativa cautelosa, auxiliada pelo entusiasmo desregrado do marido. O comportamento de Jasu muda depois daquele dia na clínica. Ele começa a abrir mão dos seus *rotlis* a mais no jantar para que ela tenha mais para comer, e cuida para que Kavita descanse quando nota que ela segura a base da coluna. À noite, quando se deitam, ele esfrega os pés inchados dela com óleo de coco e canta baixinho para a barriga que cresce. Ela sabe que boa parte da mudança do comportamento dele é porque ela terá um menino, mas quer acreditar que essa não é a única razão. Enquanto Jasu cuida dela nos últimos meses de gravidez, Kavita sente o resto da frieza por ele se derreter. Ela vê a capacidade dele de ser um marido carinhoso, um bom pai. Ele também mudou depois daquela primeira noite na cabana do parto, há quase dois anos. Kavita sabe que não pode culpá-lo inteiramente pelo que aconteceu. Ele não é diferente nem pior do que os outros homens da aldeia, onde os filhos são favorecidos, como sempre.

FICA CLARO QUE O FILHO DELES NÃO SERÁ EXCEÇÃO. A chegada é esperada por todos na família. Desta vez, tudo é diferente. Kavita é alimentada e mimada até sentir as primeiras dores do parto, e a parteira é chamada na mesma hora para dar apoio. Jasu fica junto da porta e corre para o lado dela assim que escuta os primeiros gritos do bebê. Seguindo a tradição, Jasu toca os lábios do menino com uma colher de prata mergulhada em mel, antes mesmo que cortem o cordão umbilical. Inclina-se para beijar a testa de Kavita. Com os olhos brilhando, Jasu nina o novo filho no colo.

Kavita enxuga as lágrimas. Esses rituais que divide com Jasu e o filho são belos e comoventes, mas a alegria não pode transcender o seu pesar. Durante anos, ela sonhou com este momento. Agora que chegou, está manchado pela tristeza do passado.

Gestar e entender

São Francisco, Califórnia — 1985
Somer

Tudo é teórico até o dia em que chega o envelope. Quando Somer o vê na pilha de correspondência, o coração dá um salto. Ela põe uma garrafa de champanhe na geladeira e desce correndo os degraus na direção do hospital. Prometeram fazer isso juntos, mas agora, enquanto corre com o envelope nas mãos, os dedos coçam de vontade de abri-lo depois de tantos meses de espera.

Em primeiro lugar, houve noites incontáveis passadas à mesa da cozinha, examinando pilhas de papelada, preenchendo formulários, reunindo históricos escolares, recibos do pagamento de impostos, declarações financeiras e fichas médicas. Depois veio o exame da agência de adoção: entrevistas, visitas domiciliares e avaliações psicológicas. Somer lutou contra a vontade de se ofender quando o assistente social investigou cada canto de seu apartamento, olhando não só onde seria o quarto do bebê como espiando também os armários de remédios e até farejando discretamente a geladeira.

Engoliram o orgulho e pediram a ex-professores e colegas de estudos e de trabalho que os conheciam como casal que atestassem sua adequação para pais adotivos. Até a delegacia de polícia local teve de dar aprovação. Era injusto e insultuoso ser submetido a tantas provas e desnudar a alma enquanto a maioria dos casais podia ter filhos sem avaliação nenhuma. Mas fizeram tudo o que foi mandado, apresentaram o pedido e depois esperaram. Disseram apenas que provavelmente seria uma criança maior, talvez não com saúde perfeita, quase certamente uma menina.

Somer chega ao hospital ofegante e vai diretamente para a costumeira enfermaria de Kris.

— Você o viu? — pergunta a uma enfermeira no balcão, mas não espera resposta. Verifica a sala dos médicos, que está vazia, depois espia a sala de descanso, acorda rapidamente um residente adormecido e, finalmente, volta ao balcão das enfermeiras.

— Eu mando uma mensagem para você — diz a enfermeira.

— Obrigada. — Somer senta-se em uma das cadeiras de plástico rígido ali perto. Bate os pés no chão pintalgado, forçando os olhos a se afastarem do envelope. Escuta a voz de Kris e o vê descendo o corredor na direção dela. Dá para saber pelo rosto dele — o ar sério nos olhos, o pulsar dos músculos do maxilar — que está repreendendo o residente tristonho que anda ao seu lado. Mesmo quando a vê, o rosto continua sério até ela se levantar e erguer o grande envelope. Uma sugestão de sorriso surge em seus lábios. Ele manda o residente embora e vai na direção dela.

— É o que estou pensando?

Ela faz que sim. Ele a conduz pelo cotovelo até a escada mais próxima. Sentam-se juntos no degrau de cima, abrem o envelope e puxam uma pilha de papéis com uma foto polaroide presa no alto com um clipe. O bebê da foto tem cabelo preto e crespo, e os olhos amendoados têm uma cor espantosa, quase amarela. A menina usa apenas um vestido simples, uma tornozeleira fina de prata e tem uma expressão curiosa no rosto.

— Céus — sussurra Somer, uma das mãos voando até a boca. — Ela é linda.

Krishnan remexe os papéis e lê:

— Asha. É o nome dela. Dez meses.

— O que isso significa? — pergunta ela.

— Asha? Esperança. — Ele ergue os olhos para ela, sorrindo. — Quer dizer esperança.

— Sério? — Ela dá um risinho, chorando também.

— Então ela tem de ser nossa. — Ela segura a mão dele, entrelaçando os dedos, e o beija. — É perfeito, mais que perfeito. — Ela descansa a cabeça no ombro dele enquanto observam a foto juntos.

Pela primeira vez em muito tempo, Somer sente uma leveza no peito. *Como é que já estou apaixonada por essa criança a meio mundo de distância?* Na manhã seguinte, eles mandam um telegrama para o orfanato avisando que vão buscar a filha.

A EUFORIA OS CARREGA PELAS INTERMINÁVEIS 27 HORAS de voo até a Índia. Somer está empolgada com muitas coisas: visitar a Índia pela primeira vez, conhecer toda a família de Krishnan, ver onde o marido cresceu e os lugares que descreve há anos. Porém, mais do que tudo, ao fechar os olhos, ela imagina o momento em que pegará o seu bebê no colo pela primeira vez. Ela guarda a foto de Asha no bolso e a olha muitas vezes. Aquela única foto fez evaporarem as dúvidas e deu vida a tudo. Ela fica acordada à noite, imaginando o rosto doce da filha. No trabalho, consultou os gráficos de crescimento e se preocupou com o peso de Asha. Agora a casa está pronta e eles receberam informações de outros pais por meio da agência, mas ainda não sabem direito o que esperar quando chegarem à Índia. Foram avisados do nervosismo com estranhos, do choque cultural, do retardo do desenvolvimento, da desnutrição — as dificuldades dessa adoção são tantas que é impossível enumerar. Ainda assim, enquanto os outros passageiros suspiram e erguem os olhos com as crianças que gritam no avião, Krishnan e Somer apertam-se as mãos e trocam um olhar empolgado.

Quando desembarcam em Bombaim, o aeroporto faz Somer mergulhar em uma mistura pungente de ar do oceano, especiarias e suor humano. Ela combate a sonolência enquanto é empurrada por uma multidão na fila desordenada da imigração. Antes de chegarem à esteira das bagagens, vários homens surgem ao redor deles como um enxame, puxando as roupas e falando depressa. Somer começa a entrar em pânico e segue Krishnan pelo labirinto humano, observando como ele navega calmamente entre as pessoas, as filas e o que parecem ser alguns pequenos subornos pelo caminho.

Quando conseguem sair, o clima quente e úmido cai como um xale indesejável sobre os ombros nus de Somer. As ruas próximas ao aeroporto zumbem de carros e buzinas. Ela e Krishnan se instalam no banco de vinil rachado de um táxi desmantelado. Ela observa o marido abrir a janela manualmente e faz o mesmo. Krishnan respira fundo e se vira para ela com um sorriso.

— Bombaim — diz ele, com um grande sorriso. — Em toda a sua glória. O que acha?

Somer apenas faz que sim. Krishnan aponta coisas pelo caminho — uma mesquita elegante a distância, a famosa pista de corridas. Mas ela só consegue ver os prédios dilapidados e as ruas imundas que passam como um interminável rolo de filme pela janela. A primeira vez que param no trânsito, um enxame de mendigos com roupas esfarrapadas cerca o carro, estendendo a mão pela janela aberta dela até que Krishnan se inclina para fechá-la.

— É só ignorá-los. Não olhe e eles vão embora — diz o marido, com os olhos fixos à frente.

Somer olha a mulher em pé fora do carro, com um bebê emaciado no quadril, fazendo em silêncio um gesto com os dedos até a boca. A mulher está a menos de 30 centímetros. Somer consegue sentir a fome e o desespero dela, mesmo pelo vidro. E se obriga a não olhar.

— Você se acostuma. — Ele estende a mão para pegar a dela. — Não se preocupe, estamos quase lá.

Somer está curiosa para ver a casa onde Krishnan cresceu. Ele nunca lhe deu muitos detalhes sobre a família além do básico: o pai é um médico muito respeitado, a mãe dá aulas particulares e faz caridade. Ela só os encontrou uma vez seis anos antes, quando eles foram para o casamento em São Francisco.

Embora os pais tenham se hospedado com eles durante uma semana inteira, foi um período caótico com o trabalho e os preparativos para o casamento. Quando Somer tinha oportunidade de falar com eles, a conversa girava em torno do clima (por que faz tanto frio no verão), os planos para o casamento (uma cerimônia informal para quarenta convidados no Golden Gate Park) e quais restaurantes próximos serviam comida vegetariana (a pizzaria e a padaria). Toda manhã, a mãe de Kris fazia chá no fogão e examinava o conteúdo escasso dos armários da cozinha. O pai dele estudava o jornal como se pretendesse ler cada palavra ali impressa. Somer sentia um alívio culpado quando saía todo dia para trabalhar. Em certo momento, perguntou a Kris se havia algo errado. Era como se os pais dele escondessem alguma coisa.

— Eles não estão acostumados com as coisas daqui — foi a resposta. — Só estão tentando entender.

Agora, olhando pela janela o horizonte de Bombaim, Somer se pergunta se será capaz de fazer o mesmo.

Ambições

Bombaim, Índia — 1985
Sarla

Sarla Thakkar olha o espelho enquanto enrola no coque costumeiro o cabelo que chega à cintura e o prende bem firme no lugar. Toca de leve os fios brancos nas têmporas. *Ora, por que não? Sou avó, afinal de contas.* Ela levanta da cama o sári amarelo recém-passado e o enrola com agilidade em torno do corpo até que a ponta bordada de rosa fique perfeitamente alinhada no ombro esquerdo. Inclina-se para se aproximar do espelho e aplicar um pequeno *bindi* amarelo e dourado exatamente no meio da testa. Depois de passar batom, recua para olhar e então se lembra de dizer a Devesh que limpe as manchas daquele vidro. Ela manteve os criados ocupados o dia todo. Sabem que tudo tem de estar em ordem para a chegada do filho mais velho dos Estados Unidos. Embora lamente com os outros que Krishnan tenha se instalado tão longe de casa, antes de tudo ela se orgulha. Ele sempre teve grandes ambições, mesmo quando criança.

Quando menino, Krishnan seguia o pai nas rondas do hospital, puxando-lhe ansioso a ponta do jaleco branco quando queria perguntar alguma coisa. Os três filhos eram inteligentes; mas Krishnan era particularmente competitivo. Corria da escola para casa para declarar que tirara a nota mais alta em ciências ou que ganhara a competição de matemática. Conforme o sucesso nos estudos continuava, as ambições de Krishnan se expandiram e ele sonhou em estudar no exterior. Quando foi aceito na faculdade de medicina nos Estados Unidos, tiveram de obter recursos para que ele fosse: a riqueza deles na Índia não valia tanto em dólares americanos. Os alunos estrangeiros não tinham direito a empréstimos, e os pais não queriam que um emprego distraísse Krishnan dos estudos. Ela mal conseguia acreditar que uma década se passara desde aquele dia no aeroporto em que se despediram dele.

NUMA CARAVANA DE QUATRO CARROS, 16 MEMBROS DA família foram juntos até o aeroporto. O carro do último motorista levava apenas a bagagem de Krishnan, inclusive uma mala grande cheia de sacos hermeticamente fechados de folhas de chá, temperos em pó e outros produtos secos. Naturalmente, Sarla se preocupava muito com o que o filho comeria nos poucos anos que passaria no exterior. No aeroporto, todos ficaram juntos antes do voo de Krishnan. As crianças corriam em círculos jogando *kabbadi*, se divertindo com o modo como as vozes ecoavam nos corredores de teto alto. Sarla levara meia dúzia de marmitas de aço para que os adultos pudessem tomar *chai* quente com petiscos. Nenhuma ocasião, principalmente se fosse tão importante quanto aquela, estaria completa sem uma refeição para marcar o evento. Sarla se ocupou alimentando todo mundo, organizando as fotos em grupo, verificando a hora — qualquer coisa para não ficar emocionada. Se soubesse na época que o filho partia da Índia para sempre, teria se permitido mais emoção. Foi o marido que se despediu do filho da forma mais comovente. Normalmente estoico, ele prendeu

Krishnan num abraço durante muito tempo. Quando o soltou, os olhos estavam úmidos. O restante da família afastou o olhar respeitosamente, e até as crianças se acalmaram.

— Não se preocupe, papai. Vou deixar o senhor orgulhoso — disse Krishnan, a voz falhando.

— Já estou orgulhoso — disse o pai. — Hoje, estou muito orgulhoso. — Krishnan se virou para acenar para o grupo de parentes que foi lhe desejar boa viagem. Não foram só os seus sonhos que o impulsionaram na viagem para os Estados Unidos.

Nunca se questionou que ele voltaria para a Índia depois da faculdade para trabalhar com o pai e se casar. Com o diploma americano e o potencial de ganho, Krishnan poderia escolher a jovem disponível que quisesse. Mas, quando Sarla começou a procurar possíveis esposas, ele a desencorajou, afirmando que estava ocupado demais com os estudos para pensar em casamento. Então, de repente, pouco antes da formatura, ele telefonou para dizer que encontrara uma mulher por conta própria, uma *americana*, com quem planejava se casar. E ficaria lá por causa dela — era a mensagem implícita.

Sarla e o marido eram pessoas instruídas e progressistas: em princípio, não se opunham ao casamento por amor, mas aquele parecia apressado. Não queriam que Krishnan cometesse um erro; essa moça vinha de uma cultura totalmente diferente, e eles nem conheciam a família um do outro. Quando foram para os Estados Unidos para o casamento, seus temores sobre Krishnan e a noiva se confirmaram. O casamento foi pequeno e tranquilo, a casa que dividiam era sem alma, a comida sem gosto. Sarla e o marido se sentiram hóspedes naquela casa, e não como uma família. Não entendiam o que acontecera com o filho.

Ainda assim, agora ele está casado e é seu dever apoiar o filho e a esposa. No ano anterior, quando Krishnan indagara sobre adoção, Sarla viu a oportunidade para reatar a ligação. Talvez não tivesse perdido o filho totalmente para os Estados Unidos. Toda vez que visitava o orfanato, recebia notícias extraoficiais da equipe sobre a chegada de novos bebês. Quando viu pela primeira vez a menininha de olhos incomuns, apontou-a para o diretor. Aqueles olhos lhe lembravam a mulher de Krishnan; teve a sensação de que a criança poderia combinar bem com eles.

Sarla sempre sonhara com uma filha, uma companhia feminina nessa casa cheia de homens. É claro que jamais trocaria um dos seus filhos, mas muitas vezes, quando eram pequenos, ela se via desejando uma menina com quem dividir não só as joias como também as lições de vida. Ser mulher na Índia é uma experiência totalmente diferente. Nem sempre se pode ver o poder que as mulheres têm, mas ele está lá, no controle firme das matriarcas que ainda dominam a maioria das famílias. Não fora fácil para Sarla percorrer o caminho feminino: tornara-se uma mestra naquela estrada, mas sem ter a quem ensinar. Achava que poderia desenvolver essa relação com uma das noras, mas as outras, como Somer, não combinavam bem com o papel. E quando tiveram bebês, elas buscaram as próprias mães, deixando-a novamente na companhia de homens.

Mas agora, divaga Sarla enquanto dá uma olhada no relógio, prevendo a chegada de Krishnan, ela finalmente terá uma neta.

Temporada de monções

Bombaim, Índia — 1985
Somer

Na primeira manhã em Bombaim, Somer acorda de estômago virado. Rola para outra posição, mas isso não ajuda. *Droga*. Ela tentou tomar cuidado no jantar de ontem com a família de Krishnan, mas ficou claro que não se dá bem com a comida apimentada. Não foi a única coisa que a fez se sentir deslocada. Todo mundo comia com os dedos, enquanto ela pediu timidamente um garfo. Só conseguiu entender parte da conversa do jantar, porque toda hora os parentes de Krishnan voltavam a falar em guzerate. Era como esquiar na neve e, de repente, dar com um trecho gramado. Ela ficou perdida, e Krishnan não se deu ao trabalho de traduzir para ela.

Seja como for, nada disso importa, diz a si mesma. Estão ali por uma única razão: buscar Asha e levá-la para casa. *Concentre-se. Não se preocupe com o resto.* Nesta tarde, haverá a entrevista com o órgão de adoção do governo, último passo no processo de aprovação. Somer sente uma reviravolta súbita no estômago e mal consegue chegar ao banheiro a tempo.

Eles chegam dez minutos mais cedo ao órgão de adoção e depois esperam mais quarenta minutos na recepção. Somer olha o relógio de pulso e o que fica pendurado acima da porta.

— Relaxe, eles sabem que estamos aqui — diz Krishnan. — É assim mesmo que as coisas funcionam.

Finalmente, são levados para uma sala que cheira a fumo velho e suor.

— *Achha*, Sr. e Sra. Thakkar, *namaste*. — O homem de camisa social de mangas curtas amareladas e uma gravata curta faz uma leve reverência. — Por favor, fiquem à vontade. — Ele mostra duas cadeiras do outro lado da escrivaninha.

— Sr. Thakkar, o senhor é daqui, não é?

— Sou — responde Krishnan. — Cresci em Churchgate e estudei no Xaviers.

— Ah, Churchgate. A minha tia mora lá. — O homem lhe faz uma pergunta em outra língua. Hindi? Krishnan responde na mesma língua, e eles trocam perguntas e respostas assim algumas vezes sem que Somer entenda nada. O funcionário público consulta a pasta, dá uma longa olhada em Somer e se vira para Krishnan.

— E a sua esposa? — pergunta, com um sorriso afetado. — O senhor a conheceu lá, nos Estados Unidos? Garota da Califórnia, hein?

Ela escuta a resposta de Krishnan, mas a única palavra que pesca em inglês é "doutora".

O funcionário público volta a olhar a pasta e diz sem rodeios, como se lesse:

— Sem filhos? — Depois, olhando diretamente para Somer: — Nenhum bebê?

O rosto dela cora com a vergonha já conhecida neste país onde a fertilidade é tão louvada, onde toda mulher tem um filho de cada lado. Ela faz que não. Depois de mais algumas perguntas a Krishnan, o funcionário público lhes diz que voltem pela manhã para acompanhar o caso. Krishnan a pega pelo braço e a leva para fora do prédio.

— O que foi aquilo tudo? — pergunta ela assim que saem.

— Nada — responde ele. — Burocracia indiana. Aqui é tudo assim. — Ele acena para um táxi.

— O que quer dizer com "assim"? O que aconteceu lá? Eles nos fizeram esperar uma hora, aquele sujeito claramente não leu a nossa ficha e, além disso, mal falou comigo!

— É porque você é...

— Sou o quê? — interrompe ela, irritada.

— Olhe, aqui tudo funciona diferente. Sei lidar com isso, confie em mim. Não dá para vir para cá com essas suas ideias americanas...

— Eu não vim para cá com coisa nenhuma. — Ela bate com força a porta do táxi e sente o carro todo vibrar.

Quando voltam ao órgão de adoção na manhã seguinte, são informados de que houve um atraso no processo de aprovação. Somer sente todas as suas dúvidas voltarem. Tenta afastá-las, mas elas circulam como um persistente enxame de mosquitos ao redor das mangas maduras da banquinha de frutas da esquina. Voltam ao prédio todo dia, às vezes até duas vezes, para fazer a coisa andar. Cada visita deixa Somer mais frustrada. Ela vê os olhares dos funcionários de lá: o ceticismo ao avaliar seu potencial de mãe, o modo como a voz muda quando falam com Krishnan e não com ela.

É a temporada das monções. A chuva despenca em cortinas fechadas até os becos se transformarem em torrentes caudalosas de água e detritos. Ela nunca vira chuva assim, outra das muitas primeiras vezes desde que chegou a Bombaim. Tem sido um ataque aos seus sentidos: cheiros que a invadem de repente e um calor que quase dá para provar, espesso como pó na língua. Além de se sentir impotente diante da burocracia indiana, como nova punição, o aguaceiro torrencial a mantém presa ao apartamento dos pais de Krishnan.

Um número interminável de pessoas circula pelo apartamento. Há os avós de Krishnan, os pais dele e os dois irmãos com mulheres e filhos, 14 pessoas no total. Do outro lado do corredor, mora o tio de Krishnan, com família igualmente extensa. A porta da frente dos dois apartamentos vive destrancada e, muitas vezes, escancarada, e a sensação é de um único espaço de moradia labiríntico, com gente rodando o tempo todo. Os parentes de Krishnan são educados, oferecem-lhe chá e bugigangas o tempo todo, mas Somer nota que param de falar quando ela entra. Por mais esforço que faça, ainda se sente pouco à vontade perto deles.

Além da família, há os criados: uma que se agacha e vai de cômodo em cômodo, varrendo o chão com um feixe de juncos; outra que vem todo dia lavar roupa à mão e pendurá-la na varanda; a cozinheira; o mensageiro; o entregador de jornais; o entregador de leite, entre outros. Ela se acostuma a ouvir a campainha tocar várias vezes por hora e, assim, acaba aprendendo a ignorá-la como um som irrelevante do funcionamento normal do dia. A realidade dessa Índia se choca com as imagens que guarda na memória, suas esperanças e expectativas. Com o passar dos dias, ela anseia pelos confortos simples de casa: um prato de flocos de milho, uma Coca-Cola geladíssima, uma noite sozinha com o marido.

Enquanto Somer observa esse homem que pensou conhecer, fica claro que há nele um lado que é totalmente estrangeiro. Esse Krishnan veste túnicas largas de algodão branco e esvoaçante da manhã à noite, toma chá com leite em vez de café preto e faz habilmente as suas refeições com as mãos. Não fica nem um pouco desconfortável com a falta total de privacidade. Ela acha isso curioso, essa pessoa que parece gostar do barulho de uma casa lotada, tão diferente do homem tranquilo que conheceu em Stanford, morando num dormitório espartano com apenas um colchão no chão e uma escrivaninha de segunda mão. Somer começa a se perguntar se realmente o conhece.

Vitória

Dahanu, Índia — 1985
Kavita

O bebê gorgoleja enquanto Kavita passa óleo de coco em suas pernas gorduchas de rã. Ele se remexe e agita vigorosamente os braços no ar, como se aplaudisse a mãe por essa prática diária. Ela massageia seu corpo delicado, primeiro esticando totalmente uma das pernas, depois a outra. Em círculos, esfrega a barriga, que mal é maior do que a palma da mão dela. A cada dia, esse é o momento em que ela se deleita ao ver cada parte extraordinária do corpo dele. Nunca se cansa de olhá-lo, inspecionando cada detalhe perfeito: a curva suave das pestanas, as covinhas nos joelhos e cotovelos. Ela o banha num balde de madeira, jogando copinhos de água morna sobre o seu corpo, tomando cuidado para não atingir os olhos. Quando termina de vesti-lo, a mãe vem avisar que o jantar está pronto. Kavita está na casa dos pais desde o nascimento do filho, gozando o luxo de se concentrar no bebê, livre das responsabilidades domésticas.

Quando entra na sala da frente, vê Jasu ali sentado, o cabelo recém-untado e penteado. Ele se levanta com um grande sorriso para recebê-los. Na mesa entre eles, ela vê que ele trouxe uma guirlanda nova de jasmins para o seu cabelo. Ontem, foi uma caixa de doces. Ele tem vindo aqui todo dia há quase duas semanas e sempre lhe traz algo. Agora, ao andar na direção dele, ela é atingida pelo seu sorriso, tão aberto quanto os braços dele, que se estendem para o filho.

— Diga oi para o papai — diz ela, entregando-o a Jasu. Sem saber como lidar com um recém-nascido, ele segura o bebê com um carinho quase hesitante.

Jasu come vorazmente o jantar, enfiando grandes pedaços na boca, depressa demais para saborear a comida. Ela desconfia de que não vem comendo muito nas outras refeições, mas o marido não a pressionou para voltar para casa. Ele lhe disse que espera que ela passe os costumeiros 45 primeiros dias com a mãe. Hoje em dia, nem todos os maridos são tão pacientes. Enquanto observa o filho no colo do pai, pensa na sorte que tem esse menino, que vida cheia de afeto terá. Amanhã, os parentes se reúnem para o *namkaran* do bebê, a cerimônia de lhe dar nome. Todos ficaram contentíssimos com o nascimento do primeiro filho deles, trazendo doces comemorativos, roupas novas para o bebê, chá de funcho para aumentar a produção de leite. Deram a ela todos os presentes tradicionais como se fosse o primeiro bebê, a primeira criança. *E as outras vezes que levei um bebê no útero, dei à luz, peguei a criança no colo?*

Mas ninguém reconhece isso, nem mesmo Jasu. Só Kavita tem um buraco doído no coração pelo que perdeu. Ela vê orgulho nos olhos de Jasu quando ele segura o filho e se força a sorrir enquanto faz uma oração silenciosa por essa criança. Torce para lhe dar a vida que merece. Reza para ser uma boa mãe para o seu filho, reza para lhe restar no coração amor materno suficiente para ele, reza para que não tenha morrido com as filhas.

Na manhã seguinte, a casa zumbe de atividade. A mãe de Kavita levantou-se cedo para fritar *jalebis*, as guloseimas doces e grudentas essenciais nas comemorações. Os familiares chegam numa torrente contínua, cada um em busca de Kavita e Jasu para lhes dar parabéns e presentes. Quando chegam, os pais de Jasu chamam Kavita em particular e lhe dão um pacote embrulhado em papel pardo e amarrado com barbante.

— É um novo *kurta-pajama* — diz a mãe de Jasu —, para o bebê usar no *namkaran*. — Ela dá um sorriso tão grande que os molares perdidos ficam visíveis. Kavita abre o embrulho com cuidado e tira uma roupa de seda marrom bordada com linha dourada. Um colete cor de creme coberto de espelhinhos redondos e um par de sapatos pontudos pequeníssimos completam a vestimenta. Kavita acaricia o tecido macio. É seda genuína, e o bordado foi feito à mão. A roupa é linda, pouco prática, uma extravagância que os pais de Jasu não podem se permitir com facilidade. Ela ergue os olhos para agradecer à sogra e vê orgulho nos olhos da mulher mais velha.

— Estamos tão felizes, *beti* — diz a mãe de Jasu, puxando Kavita para o seu peito grande num abraço espontâneo.
— Que o seu filho tenha uma longa vida e lhe traga muita felicidade, como Jasu nos trouxe.

— *Hahnji, sassu.* Obrigada. Vou vesti-lo agora mesmo.
— Kavita não se lembra de já ter visto tamanha demonstração de generosidade e emoção por parte da sogra. Sente o rosto corar, um aperto que cresce no peito enquanto ela se afasta. Abre caminho entre os convidados, todos tomando *chai* e admirando o bebê. Ela só sentiu amor pelo filho durante essas semanas em que ficou sozinha com ele. Mas agora a adulação dos outros a desagrada, a comemoração deslavada em sua homenagem lhe enche a boca com um gosto amargo, o amargor da madeira verde e crua.

Quando o *pandit* chega para a cerimônia, as duas dúzias de parentes se juntam em torno dele na sala de estar lotada. Jasu e Kavita ocupam o seu lugar no chão perto do *pandit*, com Jasu segurando o bebê no colo. O *pandit* acende o fogo da cerimônia e começa oferecendo orações a Agni, o deus do fogo, para purificar os procedimentos. Começa a cantar, invoca o espírito dos ancestrais e lhes pede que abençoem e protejam a criança. A voz melódica do sacerdote é calmante. Kavita olha fundo as chamas e se transporta aos degraus de pedra dos seus *pujas* matutinos. O aroma de incenso misturado a *ghee* sobe no ar, e ela fecha os olhos. Imagens relampejam pela mente — o rosto de Daiji entre os seus joelhos, a placa de letras vermelhas à porta, o barulhento portão de ferro do orfanato.

— Dia e hora exatos do nascimento do bebê? — escuta o sacerdote perguntar num lugar distante. Jasu lhe responde, e o *pandit* consulta a carta astrológica para determinar o horóscopo do menino. Kavita sente o corpo se tensionar ainda mais. Essa leitura determinará tudo na vida do filho — saúde, prosperidade, casamento e, hoje, o seu nome. Depois de alguma deliberação, o *pandit* olha a irmã de Jasu, sentada ao lado dele.

— Escolha um nome começado com V.

Todos os olhos da sala se voltam para ela, que pensa um instante. Então, um sorriso surge em seu rosto, e ela se inclina para sussurrar no ouvido do bebê o nome escolhido.

— Vijay — diz ela com um grande sorriso. Jasu se vira para a multidão e ergue o filho para todos verem. O *pandit* faz um gesto de aprovação com a cabeça e todos dão vivas, repetindo o nome uns para os outros. Em algum lugar, no barulho da multidão, Kavita escuta uma voz solitária, o grito penetrante de um bebê. Olha o filho, que dorme. Os olhos dardejam pela sala, tentando encontrar a origem do grito, mas ela não vê nenhuma outra criança. Jasu põe o bebê num berço decorado com guirlandas de vistosas cravinas alaranjadas, crisântemos brancos e vermelhos, e começa a balançá-lo de um lado para o outro. As outras mulheres na sala avançam lentamente e os cercam. Kavita é engolfada pelas vozes que cantam, mas nem isso afoga o grito agudo que ela ainda escuta. Por um instante, tem a ideia perturbadora de que tudo na vida do filho será amargo para ela.

Olha o rosto de Vijay para ver se o novo nome lhe cai bem. Significa vitória.

Crime

Bombaim, Índia — 1985
Somer

Uma batidinha na porta desperta Somer do seu sono. Ela escuta Krishnan murmurar alguma coisa, depois ouve a porta se abrir e pés se arrastarem pelo chão. Pelos olhos semiabertos, vê um dos criados da casa andar rumo à cama com uma bandeja. *O que ele está fazendo aqui antes mesmo que a gente acorde?* Repentinamente consciente da camisola fina, ela se cobre com o lençol e espera que Krishnan enxote o homem. Em vez disso, ele se senta na cama, levanta um travesseiro para apoiar as costas e pega uma xícara de chá na bandeja.

— Quer também? — pergunta ele.

— O quê? Não. — Somer se vira e fecha os olhos. Escuta o barulho da colher e da xícara de porcelana e a troca de algumas palavras antes do arrastar de pés outra vez; finalmente, a porta se fecha.

— Ah, chá na cama — diz Krishnan. — Um dos grandes prazeres da vida indiana. Você deveria experimentar alguma hora.

Somer enterra o rosto no travesseiro. *Nada aqui é respeitado? Não há nenhum cantinho da nossa vida que não esteja sujeito a invasões da sua família ou dos criados?* Mas ela engole as palavras e, em vez delas, diz:

— O que vamos fazer hoje? — O domingo é o único dia da semana em que o órgão de adoção fecha.

— Alguns amigos meus me chamaram para jogar críquete, se você não se incomodar. Jogo muito mal, mas será bom revê-los. Amigos do ensino médio, alguns deles eu não encontro há dez anos. Mamãe pode levar você às compras ou coisa assim, se você quiser.

SOMER FICA NA VARANDA OLHANDO O OCEANO SEM GRAÇA, as ondas cinzentas batendo na passarela à beira-mar. Está quente e úmido, mas pelo menos a chuva dá uma trégua. No primeiro dia de tempo firme em semanas, Krishnan saiu sozinho. Somer se sente sufocada com a ideia de ficar em casa hoje outra vez e ainda mais avessa à possibilidade de passá-lo com a sogra. Ela decide sair para passear sozinha, para se afastar da pressão embrutecedora desse apartamento.

Sair do prédio, passar pelo portão alto e se distanciar dos olhos vigilantes do porteiro dá a Somer uma sensação de liberdade. A estação de Churchgate fica logo à frente, no fim do quarteirão, e, na esquina oposta, há uma lanchonete que anuncia HAMBÚRGUERES numa placa bem na frente. A ideia de um hambúrguer depois de duas semanas só com comida indiana é tentadora. Ela vai até o guichê e pede:

— Dois hambúrgueres com queijo, por favor.

Ela comerá um agora e guardará o outro para depois, para quebrar a monotonia do arroz com curry.

— Porco não, madame. Hambúrguer de carneiro só.

— Carneiro? — *Como em ovelha?*

— Sim, muito gostoso, madame. A senhora vai gostar, garantido.

— Certo. — Ela suspira. — Dois hambúrgueres de carneiro, por favor.

O hambúrguer não se parece com nada que conheça, mas Somer tem de admitir que o sabor é muito bom. Agradavelmente satisfeita, ela segue para a passarela à beira-mar, que agora ficou cheia de camelôs e trânsito de pedestres. Os homens andam juntos em bandos, rindo, mascando *paan* e cuspindo na calçada. Ela vê um homem de bigode olhando, fitando com ousadia os seus seios, cutucando os amigos. Envergonhada, Somer cruza os braços sobre o peito, e os homens caem na risada. *Porcos nojentos.*

Ela anda, tentando respirar fundo e olhar a água. Mas os olhos são repetidamente forçados a voltar à multidão de pessoas por onde tem de navegar. Ela espera que os homens se afastem e a deixem passar, abram espaço para ela na multidão, mas não. Toda vez ela tem de abrir caminho à força, espremendo-se entre os outros. Ao passar por um grupo especialmente relutante, Somer sente um corpo se pressionar contra as suas nádegas e uma mão lhe apertar o seio. Ela se vira de repente e vê dois rapazes dando risadinhas, um deles com dentes manchados, fazendo gestos de beijo para ela.

Somer sente o pânico subir na garganta enquanto avança pela multidão, procurando uma abertura para escapar. A avenida é movimentadíssima, com seis pistas de tráfego que parece nunca parar, e Somer atravessa em zigue-zague, uma pista de cada vez, com buzinas tocando e carros se desviando dela por pouco. Ela volta depressa para casa por uma das ruas transversais. Assim que o medo reduz, a indignação e a raiva se infiltram atrás dele. *Esses homens são patéticos. Como Kris pode ser daqui?*

Ela quer desesperadamente falar com ele, mas, quando chega em casa, ele ainda não voltou. Ainda bem que todo mundo parece estar cochilando. Ela guarda os restos de comida na geladeira e vai para o quarto. Enche dois baldes d'água no banheiro e lava cada centímetro do corpo antes de vestir uma camisola limpa e se deitar na cama até Kris voltar.

Somer acorda com tinidos barulhentos fora da porta do quarto. Olha o relógio e percebe que se passaram horas. Escuta Kris entre as vozes altas lá fora, vai até o corredor e a mãe dele passa correndo sem olhar para ela. Somer anda até a sala, onde vê Kris discutindo com um criado. A varanda de fora está entulhada com vários utensílios de cozinha — panelas, frigideiras, talheres para cozinhar, pratos, copos — e outra criada esfrega furiosamente cada uma delas. Ela vai até a cozinha e vê uma terceira criada jogando no lixo vidros de farinha, arroz e feijão. Somer observa com descrença a criada esvaziar uma bandeja inteira de temperos, pelo menos duas dúzias de potinhos de aço.

— Kris? — chama Somer. — O que está acontecendo?

Kris dá meia-volta, o rosto franzido de raiva. Sem dizer uma palavra, ele a pega pelo braço, leva-a até o quarto e fecha a porta.

— O que deu em você?

— Como assim? — Ela sente o ritmo cardíaco aumentar.

— Que ideia foi essa de trazer carne para dentro desta casa? Você sabe que os meus pais são vegetarianos estritos. Você contaminou a cozinha inteira.

— Eu... sinto muito. Não achei que...

— Minha mãe quase teve um infarto. Queria jogar fora todos os pratos e panelas, mas a convenci de que poderiam ser desinfetados.

— Kris, eu não sabia. — Ela se levanta da cama. — Vou ajudar a limpar...

— Não. — Ele a segura pelo braço. — Não. Você já atrapalhou bastante. Agora deixe para lá.

— Sinto muito, eu não sabia. — Ela volta a sentar-se e começa a chorar.

— Como assim, não sabia? Está tão perdida no seu próprio mundo que não percebe onde está? Eu lhe disse que eles são vegetarianos. Preparamos alguma carne quando eles foram nos visitar? Já viu carne sendo servida nesta casa? — Ele balança a cabeça.

— Eu devia pedir desculpas à sua mãe — diz Somer, levantando-se.

— Isso — diz Kris. — Devia mesmo.

Somer encontra a mãe de Kris num dos quartos, sentada com a mulher do irmão dele numa cama coberta com várias sedas multicoloridas. Dá uma batidinha educada na porta aberta.

— Olá! — diz. — Posso entrar?

— Pode, Somer — responde a mãe de Kris, imóvel.

Somer espia pela beira da cama.

— São lindos — diz, passando a mão por uma pilha de seda vermelha.

— Estamos escolhendo sáris para um casamento neste fim de semana, um colega do Dr. Thakkar.

— Ah. Bom, eu só queria pedir desculpas à senhora pelo... pela cozinha. Eu não me dei conta... Não queria ofender ninguém e sinto muito mesmo.

A mãe de Kris balança a cabeça de um lado para o outro.

— O que foi feito está feito. Vamos deixar para lá.

— Acho que eu não estava pensando direito. Estava um pouco nervosa. — Somer respira fundo. — Saí para um passeio e tive uma experiência perturbadora. Aquele homem... ou dois homens, não tenho certeza... eles me tocaram na passarela à beira-mar. — A sogra, de cenho franzido, a encara. — Eles me tocaram — continua Somer, indicando o peito com um gesto —, sabe, de forma nada apropriada. — Ela solta o ar e espera que entendam.

A cunhada fala pela primeira vez.

— Krishnan deixou você sair sozinha?

— Deixou, quer dizer, não. Ele não me deixou exatamente. Estava no jogo de críquete, e saí para dar um passeio.
— Não, é claro que ele não faria isso. Ele sabe o que faz — diz a mãe. Ela se vira para Somer. — Não é apropriado que mulheres como você andem sozinhas na rua. Você não deveria ter ido sem uma de nós, para sua própria segurança.
— Mulheres como eu? — pergunta Somer.
— Mulheres estrangeiras. As pernas e os braços nus, o cabelo louro. É querer problemas. — Ela balança a cabeça com firmeza e olhar desaprovador.

Somer pensa na saia até o meio da canela e na camiseta que usava pela manhã. *Não apropriadas?*

— Eu... vou me lembrar da próxima vez. — Ela cruza os braços e se levanta. — Desculpem a interrupção. — Ela anda depressa pelo corredor até o quarto, entra e fecha a porta. Tenta lutar contra a mágoa crescente com este país, a sensação de que tudo aqui está maculado: o processo de adoção tendencioso, as regras culturais incompreensíveis e o clima opressivo, tudo está envolvido com a Índia como um todo. Esperava se sentir à vontade com a família de Krishnan e não assim, totalmente deslocada. *É assim que vou me sentir na minha própria família, como uma estranha?* Asha e Krishnan vão se parecer, terão seus ancestrais em comum. A filha dela sempre será deste país, que para ela parece tão estrangeiro. Ela remexe a mala atrás do moletom que não usa desde que saiu do avião e, apesar do calor escaldante, veste-o por cima da camisola.

Já apegados

Bombaim, Índia — 1985
Krishnan

Krishnan deixa um rastro molhado enquanto sobe a escada até o apartamento da família em vez de esperar o elevador. Somer mal protestou quando ele propôs ir sozinho ao órgão de adoção esta manhã, entendendo que poderia ser a melhor maneira de finalizar o processo. Dentro do apartamento, ele a encontra sozinha no quarto, sentada na cama, os braços em torno dos joelhos dobrados, olhando o aguaceiro pela janela. Ela só o percebe quando ele está bem diante dela, encharcado da cabeça aos pés. Quando ela ergue os olhos, suas bochechas estão molhadas.

— Boa notícia — diz ele. Os dois dividem lágrimas de alívio, exaustão e alegria e decidem sair para um jantar de comemoração no Taj Mahal Hotel.

Antes da garrafa de vinho chegar ao meio, Somer está tonta e começa a externar suas queixas pela primeira vez desde que chegou à Índia. Admite o quão frustrada tem se sentido com o processo de adoção, como se sente deslocada como estrangeira, como se sente desligada dele e da família. Krishnan a escuta e concorda com ela, servindo-se de mais vinho e depois pedindo um uísque, e então mais um. O modo como Somer se sairia na Índia o preocupara, e foi ainda pior do que esperava. Ele se força a escutar e, embora ela não o responsabilize, mesmo assim ele sente o peso da culpa. Ele sabia há muito tempo que esse acerto de contas aconteceria.

NA FACULDADE DE MEDICINA, MESMO DEPOIS QUE A relação com Somer ficou séria, ele evitou falar dela à família. Eles nunca pensariam em lhe perguntar sobre namoradas: ele não devia ter nenhum interesse extracurricular, muito menos interesses românticos. Ele raciocinou que, se esperasse, poderia preparar Somer para conhecer a família: ensinar-lhe algumas palavras em guzerate, mostrar-lhe a comida. Mas, na verdade, ele não contou muito a ela sobre a vida na Índia. Afinal de contas, ela era completamente americana e ele não sabia como ela reagiria à ideia de morar com a família extensa ou de pombos que entravam voando na sala pelas janelas abertas o verão inteiro. Para ele, esse amor era novo e inebriante, e ele não queria arriscar. Unir as duas esferas da vida dele exigiria esforço de ambas as partes e mais coragem do que sentia aos 25 anos. No fim das contas, foi preciso muito pouco esforço para mantê-las separadas.

Ele esperava que os pais o apoiassem, mas, se tivesse que escolher entre a aprovação deles e se casar com Somer, ele planejava ficar com Somer. Estava apaixonado por ela de um jeito que nunca aconteceria com uma mulher escolhida pelos pais; ela era sua parceira intelectual e eles tinham experiências em comum. Na Índia, um relacionamento assim era raro, para não dizer impossível. Portanto, ele escolheu ter uma vida nos Estados Unidos, com a intenção de adotá-la por completo. Achou que seria mais fácil para ele e Somer se ele assimilasse o estilo de vida dela. Mas agora ficou claro para Krishnan que prestou um desserviço à mulher. Quando ela conheceu os seus pais, ficou visível que gestos superficiais não compensariam a realidade de que estavam a mundos de distância.

Essa mulher diante dele mal se parece com a estudante de medicina jovem e segura que ele conheceu. Os abortos, a infertilidade, o processo de adoção e agora a Índia: todos foram golpes na confiança dela. Mas ele sabe que aquela mulher está ali, em algum lugar, e agora o seu dever é tranquilizá-la.

— Esse processo tem sido uma montanha-russa emocional — diz ele. — E a Índia pode ser um lugar difícil para os ocidentais. Mas logo tudo isso acabará e voltaremos para casa para começar a vida juntos, como uma família. — Ele sorri. — Não vai valer a pena?

Somer solta o ar e concorda com a cabeça.

— Não consigo pensar em nada melhor. Estou tão cansada de nunca saber o que esperar neste país... Não me sinto mais eu mesma. Só quero voltar para a nossa casa, a nossa vida. Quero deixar tudo isso para trás.

Ele detesta vê-la tão ferida. E assim, desapontado com o modo como o seu país e a sua família a deixaram pouco à vontade e sentindo-se culpado por não a ter preparado nem defendido direito, ele diz o que acha que é preciso para curar a esposa e o casamento. Não precisarão voltar à Índia tão cedo. Investirão sua energia em construir a família e a vida nos Estados Unidos. Com o tempo, supõe, tudo vai melhorar.

Quando o táxi para diante do prédio simples de concreto com tinta descascada e portão de metal enferrujado, Somer lhe agarra o braço.

— Não parecia tão ruim nas fotos — sussurra ela.

— Venha. — Com o braço, ele a envolve. Eles andam até o portão da frente e escutam o som de crianças brincando no pátio lá dentro.

São recebidos ali fora por Reema, a representante do órgão indiano de adoção.

— Bem-vindos, *namaskar* — diz ela, saudando-os com as palmas unidas e um sorriso. — Sei que vocês esperaram muito por este dia, por isso venham, vamos entrar. — Reema os leva para dentro do prédio. Krishnan dá uma olhada em Somer, que exibe um grande sorriso, como se houvesse câmeras à espera do outro lado da porta. Lá dentro, são saudados por uma multidão de crianças descalças de tamanhos variados, que se juntam em torno de Somer, claramente sem nunca terem visto uma pessoa branca.

— Olá, madame!
— Veio dos Estados Unidos, madame?
— Fala inglês, madame?

Elas estendem a mão para tocar a pele clara dos braços, sentir o tecido de jérsei da blusa. Vestem roupas esfarrapadas e têm sorrisos alegres. Reema conduz Somer e Krishnan por entre as crianças até um pequeno escritório, onde uma mulher robusta de meia-idade está em pé, as mãos cruzadas na frente do sári, à espera deles.

— *Namaskar* — diz ela, com uma leve reverência. — Sou a assistente do diretor. O Sr. Deshpande não pôde vir para este dia tão feliz, mas deseja tudo de bom a vocês. Temos os últimos documentos para assinar e depois trarei o bebê.

Somer senta-se em uma das duas cadeiras e tira a prancheta das mãos dela. Algo no alto da folha lhe atrai o olhar.

— Usha? — pergunta. — Aqui diz Usha. Mas o nome dela não é Asha?

— Não, madame — responde a assistente —, o nome que lhe deram é Usha. É assim que a chamamos, mas é claro que a senhora pode lhe dar o nome que quiser.

— Eu achei... nós achamos que o nome dela era Asha. É assim que a chamamos todo esse tempo. — Ela olha para Krishnan com um ar suplicante.

Reema folheia os papéis na pasta de papel pardo.

— Sim, também temos Asha em tudo. Deve ter havido um erro em algum ponto do caminho, talvez na leitura da letra de alguém. Mas não se preocupem, não faz mal. Os senhores podem chamá-la de Asha e logo ela saberá que é o seu nome.

— Não importa, querida. — Kris fica atrás de Somer e põe as mãos nos ombros dela. — Ela não vai saber a diferença. Não se preocupe com isso.

Somer balança a cabeça.

— Uma vez só eu gostaria que alguma coisa aqui fosse do jeito que deveria ser. — Ela devolve a prancheta e respira fundo. — Não importa. Estamos prontos. — A assistente concorda e sai do escritório.

Quando volta ao escritório com o bebê no colo, todos na sala se levantam imediatamente. Krishnan está mais perto e estende os braços para a menina, que passa facilmente para o seu colo e, na mesma hora, começa a brincar com os seus óculos.

— Oi, doçura. Olá, Asha. — Ele fala baixinho e devagar enquanto lhe acaricia a cabeça, e ela começa a beliscar o lóbulo das suas orelhas. Somer se aproxima e os três se abraçam. Ela estende os braços para pegar Asha, mas a menina se vira e se agarra com força, como um coala, ao pescoço de Kris.

— Viu, não há com que se preocupar — diz a assistente. — Ela já se apegou aos senhores.

Guizos de prata

Bombaim, Índia — 1985
Sarla

— Que bebê linda ela é. Olá, Asha *beti*. — Sarla estende a mão para tocar a bochecha da criança. — Muito atenta, muito curiosa... basta ver como olha em volta. *Hahn*, neném? — Ela dá à criança um sorriso exagerado e balança a cabeça. — Então, como foi?
— Um dia longo. — Krishnan faz uma pausa para tomar o chá. — Muita papelada... orfanato, tribunal, burocracia. Hoje vamos dormir cedo.
— Claro, parece muito cansativo. — Ela balança a cabeça de um lado para o outro, num meio-termo entre sim e não. — Graças a Deus estamos aqui para ajudar. O jantar logo estará pronto. — Ela se vira para Somer, que segura Asha no colo. — Do que precisa para Asha, *beti*? Um berço, toalhas? Venha. — As duas se levantam, e a sogra pousa o braço de leve nas costas da mulher mais nova para guiá-la pelo corredor. Pode ver que a nora está insegura. Usa ambos os braços para segurar a criança, relutante de largá-la até para tomar um gole de chá. É claro que isso não é raro: a maioria das novas mamães não sabem o que estão fazen-

do, mas também, em geral, têm mais tempo para aprender. Asha já tem 1 ano e logo estará andando. Somer terá de aprender depressa a ter confiança materna.

Quando trouxe Krishnan do hospital, Sarla tinha apenas 22 anos, uma jovem noiva ainda. Sempre disse que ele foi criado por toda uma família de mães. Desde o primeiro dia, sempre havia alguém por perto para lhe mostrar como fazer tudo, desde limpar o narizinho até enrolá-lo para dormir. Entre mãe, tia, irmã e aia, sem falar de uma hoste de vizinhas bem-intencionadas, nunca ficou sozinha com Krishnan nos primeiros seis meses. Às vezes, achava sufocante ter tantas mãos envolvidas no cuidado do filho. Mas sabia que tinha sorte, e até a frustração da interferência era um luxo que muitas novas mães, como Somer, jamais teriam. Ela ouvira dizer que, nos Estados Unidos, as novas mães eram mandadas do hospital para casa poucos dias depois do parto, sem nenhum sistema de apoio.

— *Achha*, Somer, vou pegar um pouco de água quente para o banho de Asha... Pode vir até aqui experimentar? A temperatura está boa? — chama ela do banheiro. — Pronto, a banheira está cheia. Aqui há uma toalha e talco. — Ela está saindo quando nota a apreensão no rosto de Somer. — Você se incomoda que eu fique enquanto você dá banho nela? — pergunta. — Faz tanto tempo que uma velha como eu pôde ficar junto de um bebê... Eu gostaria muito.

O rosto de Somer relaxa.

— Claro, fique, por favor. Eu preciso mesmo de uma ajudinha. — Trabalhando juntas, trinta minutos depois estão com Asha banhada, seca, coberta de creme e vestida.

— Ah, não há nada melhor que o perfume de um bebê recém-banhado — diz Sarla, e depois ri. — Exceto talvez o cheiro de um coco recém-aberto. É o meu outro favorito.

— Somer também ri enquanto penteia os cachos úmidos

de Asha. Há uma batidinha leve na porta do banheiro e elas escutam a voz tímida de Devesh no corredor lá fora.

— Madame, doutor *sahib* já chegou. Podemos servir o jantar?

TODOS SE SENTAM JUNTOS EM TORNO DA LONGA MESA DE mogno esculpido enquanto a cozinheira e os criados circulam ao redor, inclinando-se para servi-los com a baixela de prata. Somer segura Asha no colo enquanto lhe dá a mamadeira. Krishnan se empanturra de couve-flor assada, berinjela recheada, *saag paneer*, *pulao* de legumes e *puris* leves e crocantes.

— Ma, você não devia ter tido tanto trabalho — consegue dizer ele entre uma mordida e outra.

— Bobagem! Esta é uma ocasião especial.

Quando termina, Krishnan se oferece para pegar Asha, para que Somer possa comer. O prato dela contém porções pequenas, apenas uma colherada ou duas de cada prato. Ela usa o garfo para beliscar delicadamente.

— Hum, está delicioso. Isso me lembra o India Palace de São Francisco. Eu adoraria saber como se faz um espinafre tão gostoso. Preciso da sua receita de *saag*.

Sarla sorri com a delicadeza da nora e finge não perceber a pronúncia errada. Somer é uma boa moça e, em tese, faz parte da família, mas é impossível não ver o abismo entre ela e o resto deles. Na Índia, qualquer menina de 12 anos saberia fazer um *saag paneer* respeitável sem receita. Ela dá um suspiro para si mesma. Agora que Somer é a mãe da única neta, Sarla terá de fazer um esforço a mais para reduzir a distância.

Asha, no colo de Krishnan, sorri maliciosamente para ele e estende a mão para o *thali* de prata e os pratinhos na mesa diante deles.

— Pronto, lindinha. Quer um pouco de arroz? — Ele cata alguns grãos perdidos com os dedos e os dá a ela.

Sarla os observa discretamente. Não pode deixar de notar como ele parece à vontade com Asha. Essa tem sido uma das alegrias inesperadas de envelhecer, ver cada um dos filhos se tornar pai dos próprios filhos. Como filho mais velho do grande clã, Krishnan passou a vida toda com primos mais novos, e não é surpresa que tenha aceitado a paternidade com tanta naturalidade. Somer também será boa mãe, espera Sarla, assim que se acostumar com a ideia.

— Vocês dois parecem cansados — observa Sarla, depois que os criados tiram a mesa e eles vão para a sala de estar. — Antes de se recolherem, eu e o seu pai temos algo para vocês. — Ela vai até um elegante armário de madeira com desenhos marchetados em marfim que fica numa das paredes da sala. A porta range quando ela a abre. Lá dentro, pega alguma coisa e se vira para eles com dois embrulhos nas mãos. Dá o primeiro, uma caixinha de veludo cor de vinho amarrada com fita elástica dourada, a Krishnan. — É para Asha.

— Ma... você não precisava ter feito isso — diz Krishnan. Ele remexe o nó fino antes de abrir a tampa. — Ahhh... Lindas. — Ele mostra a caixa a Somer. Lá dentro, há duas tornozeleiras de prata delicadamente ornamentadas. Somer pega uma com o dedo indicador e ela solta um leve tilintar. Ela olha mais de perto a fila de guizos minúsculos que pendem da tornozeleira.

— Chamam-se *jhanjhaar, beti*. É costume aqui as menininhas usarem. Alguns dizem que é para sempre sabermos onde estão. — Sarla ri. — Assim que vocês nos disseram que vinham buscar Asha, mandamos o nosso joalheiro fazer.

— São lindas. — Somer passa Asha para o colo de Krishnan, para abrir uma das pulseiras e pôr no tornozelo de Asha. — Pronto... ah, vejam isso. — Ela estica as perninhas de Asha, segurando um pé em cada mão: a tornozeleira intrincada e brilhante no pé esquerdo contrastando com o fio simples de prata no direito. — Acha que devo tirar esta aqui? — diz ela, apontando a simples. — Detestaria que se enganchassem.

— Como quiser, querida. A escolha é sua. — Sarla se inclina com o segundo embrulho, estendendo-o para Somer com ambas as mãos. — E este é para você, querida.

O rosto de Somer mostra um ar de surpresa, logo substituído pela abertura lenta de um sorriso.

— Ah, obrigada.

— Espero que goste. Eu mesma escolhi — diz Sarla. — Não conheço o seu gosto... — Ela para por um momento enquanto Somer tira da caixa um xale de seda lustrosa num tom vivo de verde-pavão. A orla é ricamente bordada em dourado e azul-claro. — Quando uma nora se torna mãe, a nossa tradição é lhe dar um sári especial. Sei que você não tem muitas ocasiões para usar um sári, por isso escolhi um xale. Este me lembrou os seus lindos olhos. — Ela percebe uma expressão cruzar o rosto do filho. Desapontamento? *Ele me disse para não esperar que a moça use roupas indianas, não foi?*

— Obrigada. É lindo. — Somer segura as dobras do tecido de seda junto ao peito.

Sarla volta a sentar-se, contente consigo e com o modo como a noite se passou. Às vezes, como ela bem aprendeu na vida, as ações têm de preceder as emoções que se quer sentir.

Instinto maternal

São Francisco, Califórnia — 1985
Somer

No voo de volta da Índia, Somer e Kris se revezam acordados para observar Asha dormindo na poltrona entre eles, segurando as mãos um do outro por sobre o corpinho da menina. Somer sente uma inundação de emoções toda vez que percebe que Asha é verdadeiramente o seu bebê.

Em São Francisco, Somer busca aquele instinto que a sogra lhe recomendou seguir a respeito das necessidades de Asha. Mas nunca parece acertar: Asha quer ficar acordada e brincar à noite quando Somer tenta colocá-la para dormir, ou cospe na comida que lhe oferece. Somer sabe que há razões desenvolvimentistas por trás desse comportamento, mas ainda assim sente como rejeição pessoal quando Asha joga o almoço inteiro no chão. Fica surpresa com a dificuldade de seguir o conselho que dá às mães dos pacientes para não se impressionar demais com essas coisas.

Na terceira noite em casa, Kris fica de plantão no hospital, e Somer se vê ansiosa por causa da primeira noite sozinha com Asha. Pouco depois da meia-noite, Asha acorda aos gritos. Somer esquenta a mamadeira, mas Asha chora de novo depois de tomá-la. *Tudo bem, sou pediatra, posso resolver. Criança chorando: veja a temperatura, veja as fraldas, veja se há dedinhos presos.* O pânico aumenta. *Será que ela está com uma infecção urinária? Meningite?* Ela examina Asha dos pés à cabeça. Mas não há razão clínica para o choro. Nessa situação, ela é mãe, não médica, e se sente impotente. Somer canta para Asha, nina-a e anda de um lado para o outro. Durante duas horas inteiras, Asha grita, e Somer não consegue fazer nada para acalmá-la. Finalmente, sem explicações, por volta das 3 da madrugada, Asha adormece no colo suado e manchado de lágrimas de Somer, na cadeira de balanço. Abalada, Somer só se mexe daquela posição de manhã, quando Krishnan finalmente as encontra ali.

— Não consigo — sussurra ela quando ele a acorda gentilmente. — Não sei fazer isso. Ela passou a noite toda aos berros. — Somer sempre acreditara que nem todo mundo foi feito para a maternidade; via como algumas pacientes tinham mais jeito do que outras. A natureza já decidira que não poderia ser mãe, e agora ela se pergunta se tinham cometido um erro. As explicações racionais que se esforça para ouvir na cabeça não conseguem cobrir a dúvida que cresce no coração.

— O que quer dizer? Você já está fazendo — diz Kris. — Olhe para ela.

Ela baixa os olhos para Asha, que dorme no seu colo com a boca levemente aberta. Kris acaricia o cabelo de Asha e sorri para Somer. Ela tenta sorrir, mas já pensa na próxima noite em que ele estiver de plantão. Tudo parecia viável na Índia, com a família de Krishnan ali para ajudar a preparar a comida de Asha, dar-lhe banho, acalmá-la quando chorava. Mas agora, depois de tanto tempo tentando ser mãe, ela não sabe *como*. Somer teme nunca sentir aquele tal instinto.

Ela espera que a situação melhore quando voltar a trabalhar, mas isso só traz novos problemas Assim que volta ao consultório de pediatria, Somer só vê Asha durante uma hora, no final de cada dia. Fica aliviada por enfim se sentir competente em alguma coisa, mas sofre ao ver Asha tão apegada à jovem babá irlandesa que contrataram, agarrada a ela quando Somer chega em casa à noite. No trabalho, todos os pacientes da idade de Asha lembram a Somer o seu sorriso alegre ou o andar desengonçado. As mães e filhos que a consultam parecem tão à vontade juntos... Somer se pergunta se é a ligação biológica que está por trás da confiança ou se é o tempo que ficam juntos, o mesmo tempo que Somer passa no trabalho. Ela saberia melhor o que fazer com Asha se as duas tivessem o mesmo sangue? Asha reagiria melhor se Somer não parecesse tão diferente de todo mundo que conheceu na sua curta vida?

Krishnan não entende essa angústia, e, por enquanto, Somer não espera que ele entenda. Não consegue encarar a possibilidade de fracassar depois de tudo o que passou. Ainda adora o seu trabalho, mas tem medo de investir demais na carreira, de dar ênfase demasiada a algo que aprendeu que nunca será suficiente.

SEGUNDA PARTE

Shakti

Dahanu, Índia — 1990
Jasu e Kavita

Jasu a vê sentada de pernas cruzadas diante do fogo e para, observando-a a distância. Kavita joga o *rotli* na panela de ferro aninhada no fogo. Está com uma expressão séria, absorta na tarefa cotidiana de preparar comida para toda a família. Jasu prefere quando ela sorri e considera um desafio pessoal distraí-la do trabalho. Anda na direção dela e começa a assoviar, imitando os pássaros que cantam de manhã cedo.

— Aqui está o meu pequeno *chakli* — diz ele com um sorriso brincalhão. *Passarinho*. Geralmente, pode contar com esse apelido carinhoso para provocar um sorriso.

— A comida está quase pronta. Com fome? — pergunta ela.

— *Hahn*, morrendo — diz ele, com tapinhas na barriga.
— O que vamos comer? — Ele levanta a tampa plana de aço inoxidável de uma vasilha coberta.

— *Khobi-bhaji, rotli, dal* — responde ela em staccato, estendendo a mão para mexer o repolho.

— *Khobi* de novo? — pergunta ele. — Ainda bem que a minha mulher cozinha tão bem que faz o repolho ficar gostoso dia após dia. *Bhagwan*, sinto falta de *ringna, bhinda, tindora...*

— *Hahn*. Eu também. Talvez depois da colheita.

— *Chakli* — diz ele, baixando a voz para que os pais, no quarto ao lado, não escutem. — A colheita não será boa. Teremos sorte se sobrevivermos a este ano. — Jasu tenta evitar que a angústia que sente se revele no rosto. As colheitas e os preços do mercado têm piorado ano após ano desde que se casaram. Ele não pôde manter os trabalhadores, e, nos últimos dois anos, Kavita e Vijay têm ajudado no campo.

— Vijay! — grita Kavita pelo portal em arco, para onde o filho de 5 anos brinca ao ar livre com os primos. — Já é quase hora do jantar. Venha se lavar.

— Kavi. — Jasu sente o peso cair sobre ele. — Não consigo pensar em outra solução. Temos de ir embora. — Ele esfrega a testa, como se quisesse ajudar as rugas a sumirem. — Teremos mais sorte na cidade grande. Arranjarei um bom emprego. Você não terá mais de trabalhar tanto, dia e noite.

— Não me incomodo de trabalhar, Jasu. Se ajuda você, se nos ajuda... não me incomodo.

— Mas eu me incomodo — responde ele. — Em Bombaim, não teremos de nos arrebentar todo dia. Imagine, Kavi, você pode cozinhar ou costurar, não precisa mais trabalhar no campo, não precisa mais... *disto*! — Ele segura os dedos finos dela e passa o polegar pelas pontas calosas e os nós ralados, as mãos desgastadas da mulher expondo o fracasso do marido.

— Deve haver algo que possamos fazer. Podemos plantar algodão, como o seu primo.

Ele baixa os olhos, balança a cabeça. *Como fazer com que ela entenda?* Todas as células do seu corpo lhe dizem que têm de sair agora deste lugar, o único lar que os dois já conheceram. Têm de ir embora — dos campos cultivados que assinalam o seu fracasso como homem, da família que ele parece não perdoar, da casa que dividem com os pais dele, o lar da infância onde ele não cabe mais. Bombaim acena para ele como uma joia faiscante, prometendo uma vida melhor para todos, principalmente para o filho.

— Kavi, não é como aqui, onde todos têm de lutar tanto o tempo todo. Soube que todo dia chegam caminhões cheios de gente como nós. Centenas, e há casa e trabalho para todos!

— Mas todo mundo que conhecemos está aqui. Bombaim não é o nosso lar. De que adianta ter todo o dinheiro do mundo lá, sem família? — Kavita começa a chorar.

Ele se aproxima dela.

— Teremos a *nossa* família. Você, eu e Vijay. Ele pode ir para uma boa escola, uma escola adequada. Não terá de trabalhar como nós nem viver assim... — Com um gesto, Jasu mostra a casa modesta que dividem com a sua família. — Ele pode se formar e até arranjar um emprego de escritório. Já imaginou? O nosso pequeno Vijay trabalhando num escritório um dia? — Ele se esforça muito para fazê-la sorrir agora. — *Por favor, Kavi...* Ele segura o rosto dela nas mãos e limpa as lágrimas com os polegares ásperos. — *Bom dia, o senhor aceita um* chai, sahib? — brinca Jasu, puxando suavemente com o indicador e o polegar os cantos da boca da mulher num sorriso relutante.

— Como ele vai ficar, cercado de estranhos naquela cidade? — pergunta ela. — Aqui, todo mundo cuida dele. Esta aldeia inteira é a família de Vijay. Tivemos isso. Quero que ele tenha isso também.

— Quero que ele tenha *mais* do que isso, Kavi. A nossa família sempre estará aqui, sempre o amará.

— E nós? Lá ninguém poderá nos ajudar se algo acontecer. — A voz se prende com a emoção. — Pelo menos, aqui temos ajuda quando a safra é ruim ou quando Vijay adoece.

— Não seremos os primeiros a ir. — Jasu fecha as pequenas mãos dela nas dele. — O vizinho do meu primo e aquele plantador de cana-de-açúcar... nós os encontraremos. Kavi, eu só quero uma vida melhor para nós... — Ele se cala com essa ideia e aperta a testa nas mãos entrelaçadas dos dois. Então, tem uma ideia. De repente, ele sabe o que dizer a ela, a esta mulher que, antes de tudo, é mãe. Ergue os olhos depressa. — Veja tudo o que os seus pais fizeram por você, o quanto sacrificaram. Não é a coisa certa a fazer pelo nosso filho? Vijay não merece o melhor? É a nossa obrigação de pais. É a nossa vez, *chakli*.

As palavras dele a fazem corar de vergonha, e ela começa a chorar de novo.

— Pense nisso... consegue, *chakli*? Consegue ver uma vida nova para nós? Confie em mim, Kavi.

Os olhos dele estão vivos e esperançosos. Os dela brilham com as lágrimas.

QUANDO KAVITA CONTA AOS PAIS QUE ELA E JASU VÃO SE mudar para Bombaim, mal consegue que as palavras saiam sem choro.

— *Ba, Bapu*. — Kavita enterra o rosto no colo da mãe.
— Como posso deixar vocês? O que será de mim naquele lugar? — Ela se lembra de Bombaim: a calçada quente sob os pés, o modo como os outros a olhavam com vergonha.

A mãe enxuga os próprios olhos, limpa a garganta e depois abraça Kavita.

— *Beti*, tudo vai dar certo. Jasu é um bom marido. Ele deve ter as suas razões.

— Bom marido? Ele vai me levar para longe de você, de Rupa, de todos os meus parentes e amigos, do meu lar, da minha aldeia.

— *Beti*, sempre estaremos aqui por você. Mas a sua vida é com ele. Você precisa confiar nele. Seu marido e seu filho precisam de você. *Quando a mãe cai, toda a família cai.* — A mãe cita um poema tradicional. — Você precisa ser corajosa por eles.

Kavita se lembra da primeira despedida da mãe — em pé à frente do templo onde se casou, o corpo envolto em camadas de seda, guirlandas de flores e joias, o rosto pesado com a maquiagem nupcial que a deixava com mais cara de mulher, por trás da menina que ainda era. Ela chorou naquele dia quando partiu para a casa do novo marido, sentindo que dizia adeus pela última vez. Mas voltou para casa toda vez que engravidou, e novamente depois que Vijay nasceu, confiando nos cuidados da mãe para aprender a ser mãe também.

Agora, a mãe ergue a cabeça de Kavita do colo e lhe segura o rosto, quente de chorar, nas mãos frias.

— Fico contente de ser você quem vai — sussurra a mãe.

Kavita a olha chocada.

— Não me preocupo com você, Kavita. Você tem força. Fortitude. *Shakti*. Bombaim lhe trará dificuldades. Mas você, *beti*, tem força para aguentar.

E, pelas palavras e mãos da mãe, Kavita sente: *shakti*, a força feminina sagrada que flui da Mãe Divina para todas as que vieram depois.

É FRIA A NOITE DE SETEMBRO EM QUE KAVITA E JASU SE reúnem com a família e os amigos para a despedida. As primeiras estrelas faiscantes mal começam a aparecer num céu de um azul cada vez mais profundo, como o vislumbre de um brinco de diamante debaixo de uma madeixa de cabelo escuro. Para a ocasião, Kavita vestiu um dos seus melhores sáris, de gaze azul vivo com lantejoulas minúsculas cosidas nas bordas com linha prateada. Conforme o céu escurece, as primas de Kavita, que foram criadas como irmãs dela, trazem grandes vasilhas de comida e passam-na às colheradas para várias folhas de bananeira, arrumadas num grande círculo no chão. Cada pessoa — cada membro da família, cada amigo de infância, cada vizinho de uma vida inteira — senta-se diante de uma folha. Como sempre, os homens se reúnem em torno de Jasu num dos lados, as mulheres se juntam a Kavita do outro.

A gargalhada retumbante de Jasu irrompe do lado masculino. Kavita se vira a tempo de ver Jasu jogar a cabeça para trás e um dos irmãos lhe dar um tapa nas costas. Um sorriso tímido se abre no rosto dela. Ele tem estado cheio de vida nessas últimas semanas enquanto preparavam a mudança, e isso também lhe trouxe felicidade. A bênção dos pais e a garantia de que o lugar certo é ao lado do marido a ajudaram a ver as coisas de outro modo. Começou a imaginar uma vida nova com mais conforto, menos trabalho e um lar longe dos sogros sufocantes.

— Que tipo de trabalho fará Jasu *bhai*, Kavita? — pergunta uma das mulheres.

— Primeiro, será mensageiro ou *dhaba-wallah*, entregador de marmitas — responde Kavita. — Há bastante desse emprego e pagam todo dia em dinheiro. Depois, quando nos instalarmos, ele fará algum serviço menos cansativo numa loja ou escritório.

Rupa concorda.

— E eles já conhecem muita gente em Bombaim. Ontem à noite mesmo, Jasu *bhai* estava nos contando. É empolgante, *bena* — completa Rupa, apertando o braço de Kavita.

Kavita se força para afastar a dor que surge no coração com a ideia de ficar tão longe da irmã.

— *Hahn*. Jasu diz que teremos um grande apartamento só para nós, com banheiro interno e uma cozinha grande. E Vijay terá o seu quarto para dormir e estudar. — Ela olha para onde Vijay e os amigos brincam de pique, uns tentando agarrar a bainha da camisa dos outros. Quando algum deles cai por acidente, provoca uma nova nuvem de pó e uma tempestade de risos dos outros. — É com ele que mais me preocupo. Vai sentir saudades dos primos — diz Kavita. — Se Deus quiser, ficaremos ricos em Bombaim e voltaremos logo para cá, *futta-fut*.

Quando os adultos terminaram de comer, Vijay e os outros meninos já haviam voltado, com terra nas roupas. Jasu vai até Kavita, cruzando a divisória entre homens e mulheres que os separou a noite toda.

— *Challo*, está ficando tarde, acho que é melhor nos despedirmos.

E, com essas palavras, Jasu quebra o feitiço que impregnou a noite: a ilusão de que esta é apenas mais uma grande reunião de pessoas queridas que acontece por qualquer razão ou sem razão nenhuma. Devagar, uma aglomeração se amontoa em torno deles para a despedida. Um a um, abraçam-se, sussurrando desejos de uma viagem segura e trocando promessas de visitas em breve. Aos poucos, os amigos e parentes vão embora até só restarem os pais de Kavita.

Kavita cai de joelhos e toca com a testa nos pés da mãe, que a puxa pelos ombros, a abraça com força e diz à filha uma só palavra, embora a repita muitas vezes. *Shakti.*

Um lugar incômodo

Palo Alto, Califórnia — 1990
Somer

Somer segue para a recepção no saguão do Hospital Pediátrico Lucile Packard para ver o número do quarto do paciente.

— Somer Whitman? — Um médico alto se aproxima dela puxando atrás de si uma mala de rodinhas. — Somer, como vai? — Ele lhe estende a mão.

— Peter — diz ela, reconhecendo-o da faculdade. Ele ainda era estagiário quando ela estava terminando a residência. — Céus, quanto tempo faz que não nos vemos, dez anos?

— É, deve ser — responde ele, passando a mão pelo espesso cabelo castanho.

— Soube que você foi para doenças infecciosas. O que anda fazendo? — Somer se lembra dele como um aluno inteligente, frequentador de lugares da moda. Nesse aspecto, ele fazia com que ela se recordasse de si mesma.

— Bom, terminei a bolsa em doenças infecciosas em Boston e passei uns anos divertidos estudando doenças tropicais em Harvard. E acabo de ser contratado como chefe de divisão aqui, então é bom estar de volta.

— Uau, Peter, que ótimo — diz Somer.
— Obrigado. Vou passar uns dias em Istambul para dar uma palestra. Ficarei meio zumbi na semana que vem, mas e daí? O trabalho é interessante e é melhor do que cuidar de tosse e resfriados, não é? E você? Você se interessava por cardiologia, não é? — Ele a olha com interesse genuíno. Ela se lembra de como eles se entendiam bem, de que ela o encorajara a buscar uma subespecialidade.

— Bom — diz ela, preparando-se para a reação dele —, estou trabalhando na clínica médica comunitária de Palo Alto. Ou seja, muita tosse e resfriados. — Simplesmente não havia como fazer isso soar sensual. Os casos são rotineiros, há pouca continuidade no tratamento dos pacientes e a clínica nunca teve recursos suficientes. — Mas pelo menos posso buscar a minha filha de 6 anos na escola todo dia. — Ela sorri e dá de ombros. *Isso é um vestígio de desapontamento nos olhos dele?*

— Que ótimo. Temos dois meninos, de 6 e de 10 anos. Mantêm a gente ocupado, não é?

— Sem dúvida.

— Pois é, tenho de correr para o aeroporto, Somer, mas foi ótimo ver você. Aliás, nunca esqueci aquele grande diagnóstico de lúpus neonatal que você fez quando eu era residente júnior; devo ter contado essa história um milhão de vezes nos últimos anos, mas sempre dou o crédito à Dra. Whitman.

Somer sorri.

— Na verdade, hoje é Dra. Thakkar. Mas gostei de saber. Foi bom ver você, Peter.

ENQUANTO SOBE DE ELEVADOR, SOMER OBSERVA O NÚMERO dos andares se iluminar em sequência. Para onde foram os anos e o que aconteceu com a ambiciosa aluna de medicina que foi um dia? Somer recorda o desejo de trabalhar com casos clínicos interessantes, pesquisar, crescer na vida acadêmica. Agora, mal consegue manter as fichas atualizadas.

As opções que fez na carreira a levaram a perder o ritmo dos seus colegas, e mesmo no emprego modesto na clínica ela se sente uma impostora.

Depois, corre para buscar Asha na escola, onde é conhecida apenas como "mãe de Asha" pelas outras mães, que parecem todas passar muito tempo juntas. Somer não tem tempo para a Associação de Pais e Mestres nem venda de bolos. Não tem tempo para si. Sua profissão não a define mais, mas ser mãe também não a define. Ambas fazem parte dela, mas não parecem se somar num todo. Somer não sabia que ter tudo, como sempre acreditou que teria, a faria se sentir incapaz em tudo. Ela tenta se convencer de que a vida é composta de trocas e perdas e que deveria fazer as pazes com isso. Por mais que, frequentemente, seja difícil aceitar.

Somer se senta no banco, tomando o café doce e morno enquanto observa Asha pendurada na escada horizontal do parquinho. No ano passado, Asha se tornou aventurosa: subia, se pendurava e se balançava em tudo o que podia. Toda a cautela de criança pequena desapareceu, e seus joelhos ralados comprovam isso.

Somer adora levar Asha a essa praça. Eles se mudaram para esse bairro há algum tempo, quando ela estava com 2 anos. Foi difícil sair de São Francisco, onde aprenderam juntos a ser uma família. Depois de anos de dor e alienação, ela e Krishnan puderam aproveitar a novidade que era o tempo passado em família, com fins de semana em Baker Beach, onde Asha podia ir até a beira d'água na ponta dos pés e depois fugir gritando quando a onda seguinte chegava. Somer e Krishnan voltaram a encontrar um modo de se relacionar. As conversas não tratavam mais de medicina: eles reconstruíram a relação esfarrapada em torno de Asha.

Não tinham planejado se unir ao êxodo dos amigos para os subúrbios, mas, quando Asha ficou mais ativa, começaram a lamentar o quintal minúsculo e a qualidade das escolas locais. Quando Kris recebeu uma oferta tentadora para trabalhar numa clínica em Menlo Park, cidadezinha com boas escolas a meia hora de São Francisco, eles começaram a procurar casas por lá. Somer arranjou emprego na clínica médica comunitária.

— Asha, mais cinco minutos — chama Somer, observando a posição do sol.

— Ela é uma gracinha — diz uma mulher sentada no banco ao seu lado. — Acho que já vi você. Viemos aqui quase todo dia. — A mulher indica o menininho louro que cavuca a caixa de areia. — Ele adora, e sempre fico contente de sair de casa.

— É, Asha também adora. Daqui a pouco tenho de arrancá-la daqui. — Somer ri.

— Você devia vir ao meio-dia, nas sextas-feiras — diz a mulher. — Eu e as outras babás do bairro nos reunimos toda semana para um piquenique. As crianças se divertem juntas e temos companhia de gente adulta.

Babás? Depois de uma pausa educada, Somer se levanta e recolhe suas coisas.

— Não sou babá — diz —, sou a mãe.

— Ah, sinto muito. Eu só achei... quer dizer, achei porque...

— Tudo bem — interrompe Somer, num tom de voz que diz o contrário. — Ela se parece mais com o pai, mas tem a minha personalidade. — Sai andando na direção de Asha. — Tenha um bom dia.

No caminho de casa, Asha vai de bicicleta enquanto Somer caminha atrás, pensando em por que o incidente na pracinha a incomodou tanto. É fácil supor que ela e Asha não são aparentadas. Ela já devia estar acostumada com isso. Quando os três estão juntos, todos sempre olham duas vezes para Somer. Até ela consegue ver como Kris e Asha parecem naturais juntos quando ela está nos ombros dele ou quando se sentam à mesa em um restaurante. Nessas horas, Somer tem de resistir à sensação de que ela é que foi adotada pela família.

Em um seminário sobre adoção de que participaram anos atrás, disseram que a adoção só resolve a falta de filhos, não a infertilidade — distinção que Somer passou a entender. A chegada de Asha à vida do casal trouxe muitas coisas — amor, alegria, realização —, mas não apagou toda a dor provocada pelos abortos nem eliminou completamente seu desejo de um filho biológico.

Quando estão juntas, só as duas, Somer se sente mãe de Asha e a ama como se ela fosse sua. Não diz a ninguém que Asha é adotada. Não só não parece pertinente como ela não quer deixar Asha envergonhada por isso. Ela não vê as diferenças óbvias para todos no cabelo escuro de Asha, em sua pele morena. Agora, quando vê Asha esperando na esquina, é pelos olhos da babá do parque. Uma das pernas finas e morenas de Asha está empoleirada no pedal, enquanto a outra mal toca o chão. O rabo de cavalo preto e grosso sai por trás do capacete azul-claro de joaninha. Somer olha a filha que em nada parece sua filha.

Refrigerante

Bombaim, Índia — 1990
Kavita

Kavita respira fundo quando finalmente desce do ônibus aberto. Nas últimas quatro horas, ela, Jasu e Vijay dividiram o corredor lotado com dezenas de pessoas encharcadas de suor, a maioria totalmente desinteressada pelo cenário por qual passaram no caminho. Muitos fazem essa viagem toda semana para vender os seus produtos na cidade grande. Apesar do fato de terem comprado três passagens, apenas Kavita encontrou lugar no ônibus. Levou Vijay no colo o tempo todo, com a dormência se espalhando lentamente pelas coxas. Jasu foi obrigado a ficar em pé a viagem inteira, ao lado de um homem com uma gaiola de arame cheia de galinhas que toda hora lhe batia no joelho. Nenhum deles se queixou, pois alguns passageiros iam pendurados pelo lado de fora da porta e outros subiram no teto do ônibus.

Com todos os seus pertences embrulhados em três sacolas, agora eles estão parados do lado de fora do terminal de ônibus. Vijay se encosta na perna da mãe, as pálpebras pesadas. O plano é ir para um bairro do centro da cidade onde disseram que poderiam ficar uma ou duas noites por pouco dinheiro. Por ora, precisam de uma boa noite de descanso. Amanhã, cuidarão de encontrar empregos e um lar de verdade. Jasu vai na frente, a pé, levando uma mala em cada mão e parando de vez em quando para pedir informações.

Kavita o segue, com uma bolsa numa das mãos e a mão de Vijay na outra. Enquanto avançam pela paisagem cada vez mais escura de Bombaim, ela se espanta ao ver o quanto a cidade mudou desde que estivera lá há seis anos. Contra todas as possibilidades, parece haver ainda mais gente amontoada no mesmo espaço, mais veículos nas ruas, mais barulho e fumaça tomando conta do ar.

Dois pensamentos passam por sua cabeça o tempo todo: quanta saudade já sente da aldeia e a lembrança amarga de deixar Usha naquele orfanato. Essas duas ideias brigam por destaque em sua mente, e Kavita combate uma sensação crescente de ressentimento contra Jasu. *Ele me obrigou a dar o meu bebê. E agora me forçou a vir para esta cidade, a deixar tudo o que amo.* Por um instante, perde Jasu de vista em meio à multidão e se apressa para alcançá-lo. Eles só têm um ao outro nesse novo lugar estranho. Ela escuta a voz tranquilizadora da mãe: *Você precisa confiar nele. Você precisa ser corajosa por eles.*

Quando chegam a Dharavi, o lugar de que lhes falaram, a noite já caiu. Ficam chocados ao não encontrar um prédio, como esperavam, mas uma favela enorme que ocupa o espaço entre uma autoestrada, de um lado, e os trilhos do trem, do outro. Há uma longa fila de barracos malconstruídos com chapas de zinco, papelão e barro: pequenas casas de um cômodo feitas de lixo. Andam devagar para evitar o rio de esgoto que corre a céu aberto ao lado dos barracos. Kavita agarra com força a mão de Vijay ao puxá-lo para fora do caminho das crianças pequenas que correm nuas. Um mendigo com tocos em vez de pernas estende o braço ossudo para ela. Outro homem, obviamente bêbado, se inclina na direção dela e passa a língua pelos lábios. Kavita mantém os olhos no chão, onde os principais perigos são o lixo descartado e os roedores que passam correndo.

— Precisam de lugar para ficar? Precisam de lar? — Um homem vestido de mulher com um chamativo sári amarelo começa a andar ao lado de Jasu. Tem o rosto bonito e, quando sorri, ficam visíveis dois dentes de ouro. Jasu troca com ele algumas palavras que Kavita não consegue ouvir, mas logo seguem o homem pela viela. Ele para diante de um barraquinho de barro envolto em plástico com telhado de metal enferrujado. Quando tenta empurrar a porta, algo lá dentro impede que se abra. À luz fraca, veem que é um cão de pelo branco, tão magro que é fácil contar as suas costelas. O homem vestido de sári abandona rapidamente o personagem feminino para chutar o cachorro da frente e depois faz um gesto gracioso com o braço para convidá-los a entrar.

— Outra família partiu hoje de manhã mesmo — diz o homem. — Podem ficar aqui, se quiserem. Só pedimos uma pequena doação. — Ele vira a mão estendida para que a palma se abra e sorri timidamente para Jasu, que se vira para Kavita.

— É uma noite só — diz ela, para tornar mais fácil para ele a decisão inevitável. Já está escuro ali fora. Andaram muito tempo e Vijay parece prestes a dormir em pé. Jasu baixa as malas, tira algumas moedas do bolso e as deixa cair na mão que espera sem tocá-la, e depois manda o homem embora. É o primeiro a entrar no barraco, abaixando-se para passar pela porta. Kavita e Vijay o seguem. O pequeno cômodo sem janelas está quase nu, sem nada no chão de terra batida a não ser restos podres de comida. Kavita fica sufocada com o fedor de excrementos humanos e luta contra a ânsia de vômito.

Enfia o braço no de Jasu.

— Olhe, por que você não leva Vijay para buscar alguma comida enquanto dou um jeito por aqui?

Jasu leva Vijay até as barraquinhas na rua próxima. Kavita sai para respirar fundo o ar que, comparado ao do barraco, parece limpo, e depois cobre o nariz e a boca com a ponta do sári. Prende a porta aberta para deixar entrar um pouco de luz. Lá dentro, começa a trabalhar, juntando os restos de comida e excrementos num saquinho plástico que encontra embolado no canto. Quando leva o lixo para fora e faz uma pausa para respirar de novo, avista uma vassoura encostada no barraco vizinho. Olha em volta, corre para envolver a vassoura nas dobras do sári e volta ao seu barraco.

Trabalhando o mais depressa possível, ela se agacha e cruza o pequeno cômodo, batendo a vassoura com força contra o chão de terra. O esforço cria uma nuvem de pó que a faz tossir e seus olhos lacrimejam, mas mesmo assim continua. Se conseguir remover essa camada superior de imundície que traz a lembrança da comida, do lixo e da urina dos outros, se conseguir varrer isso para fora, haverá terra nova por baixo, do tipo a que está acostumada. Quando a garganta arde tanto que não consegue mais continuar, ela varre o monte de terra para fora e devolve a vassoura ao seu lugar. Do lado de fora, espera que os pulmões se limpem e que o pó baixe lá dentro. Volta a entrar no barraco e inala. É, o ar parece mais limpo, ou será apenas que ela se acostumou ao odor desse lugar? Finalmente, pega a roupa de cama que trouxeram consigo e a estende ao lado das três bolsas.

Jasu e Vijay trazem *pau-bhaji* bem quente e garrafas frias de refrigerante Gold Spot. Vijay está fascinado: é a primeira vez que prova o refrigerante de laranja, gargarejando sobre a língua enrolada, deixando as bolhas estourarem ali e depois descerem para o fundo da garganta. Está tão absorto com essa nova experiência que nem liga para o ambiente deplorável. Enquanto comem, escutam, vindo de algum lugar lá fora, o som estalado de um rádio que logo se transforma em música retumbante. A canção de amor de um velho filme híndi toca e Jasu começa a cantar junto, inventando a letra que não conhece. Pega a mão de Kavita e a puxa para dançar no pequeno espaço úmido. Kavita vai junto, a princípio de má vontade, até ver Vijay bater palmas e cantar também. Então, um sorriso genuíno lhe surge no rosto e logo estão todos rindo e dançando juntos. Passam a primeira noite no inferno abraçados uns aos outros até todos adormecerem.

São acordados de manhã cedo pela buzina alta dos caminhões lá fora. Kavita ouve-a primeiro e não consegue voltar a dormir. Jasu acorda pouco depois dela. Após alguns minutos deitados juntos e emaranhados, os olhos se abrem, e os dois se levantam da cama em silêncio. Kavita sai para procurar a latrina. Vê uma longa fila de gente se formar, mas, quando pergunta, descobre que esperam para pegar água na torneira pública. Não há área de latrina especificada. Com o máximo de discrição possível, ela resolve o seu problema junto aos trilhos da ferrovia e volta depressa ao barraco.

— Já há uma longa fila para buscar água lá — diz ela a Jasu, apontando. — Mas não temos nada, nem vasilha nem balde, para pegá-la.

— Você vai precisar de água hoje. Vai fazer calor. Ei, que tal estas? — pergunta Jasu, pegando as duas garrafas vazias de Gold Spot da noite anterior. — Eu vou. Você fica aqui — diz ele, com um gesto na direção de onde Vijay dorme. Quando volta, quase uma hora depois, Jasu parece abalado.

— O que foi, *jani*? Por que demorou tanto? — Ela raramente usa a palavra de carinho fora das intimidades noturnas, mas o ar vulnerável do rosto dele a leva a isso.

— Este lugar é maluco, Kavi. Uma mulher pensou que outra tentou furar a fila e começou a berrar com ela para ir para o fim da fila. A outra se recusou e começaram a brigar com ela, e lhe deram empurrões e pontapés até que ela saiu. Mulheres brigando entre si. Por água. — Ele balança a cabeça, ainda perturbado com a lembrança. — Amanhã irei mais cedo! — Ele lhe entrega as garrafas de refrigerante cheias e depois parte para o dia, prometendo estar de volta ao anoitecer.

Quando Vijay acorda, Kavita decide levá-lo para passar o dia fora do *basti*, já sentindo cair sobre si a desesperança da favela. Ela pega seus pertences mais importantes e esconde o resto debaixo da roupa de cama. Segura a mão de Vijay enquanto andam pelas ruas de Bombaim — calçada quebrada sob os pés, coberta de lixo e fezes de animais, todos apertados uns aos outros, sem opção senão andar juntos como um bando de pássaros. Vendedores de rua gritam, oferecendo suas mercadorias.

— *Chai* bem quente! *Garam garam chai*! Chá quente!

— Veja, madame. *Salwar khameez*! Só 100 rupias. Muitas cores!

— Os últimos filmes. Dois filmes só 50 rupias. Preço muito bom. Pode escolher.

Kavita se lembra de novo daquele dia anos atrás em que andou por essas ruas, puxada por Rupa como agora leva Vijay. Percebe que procura familiaridade em cada esquina. *Já atravessei a rua naquele ponto de ônibus? Aquela banca de jornais não parece conhecida? Essa é a mesma quitanda que já vi?* No meio desse lugar maluco onde só esteve uma vez, essa cidade que explode com mais de 10 milhões de pessoas, Kavita tenta se entender. Pela multidão de corpos e membros, ela avista um rosto que parece conhecido, uma menininha que se parece exatamente com a imagem de Usha que leva na cabeça. Duas tranças lustrosas amarradas com fitas, o rosto redondo, um sorriso doce. A menininha segura a mão de uma mulher de sári verde. *É ela? Será que é ela?* Ela parece ter mais ou menos a mesma idade de Vijay. Kavita abre caminho pela multidão seguindo as duas, ignorando os protestos de Vijay de que está puxando depressa demais. O sári verde some de vista, perdido num torvelinho de pessoas e cores. Kavita para no meio da calçada, ofegante, olhando em todas as direções sem encontrar a quem seguir.

— Mamãe? — Ela sente Vijay lhe puxar a mão e baixa a cabeça para ver os seus olhos inquisidores.

— *Hahn, beta. Challo.* Vamos embora. — Ela tem medo de perder Vijay na multidão que os empurra para passar, e também teme os pedintes desdentados que os seguem. Kavita continua procurando o sári verde e recorda as palavras de Jasu sobre a bebezinha. *Ela será um fardo para nós, um peso para nossa família. É isso que você quer?* Talvez estivesse certo na época, talvez até fosse sábio. É difícil imaginar ter dois filhos agora, quando não sabem sequer se conseguem cuidar direito de um. Andam o dia todo até Kavita ficar cansada a ponto de o sono chegar rápido à noite. Depois de um dia apenas, ela se sente sufocada por essa cidade que pulsa de gente, atividade e barulho. Os pulmões, acostumados ao ar limpo da aldeia, lutam contra o ar poluído. Os pés anseiam pela terra batida e úmida dos campos de casa.

Eles andam de volta pela extensão da favela, passando por centenas de barracos como o deles. Ela contorna um bode sujo que enfia o focinho num grande monte de lixo fumegante na esquina. Todo barraco por que passam tem as mesmas coisas na frente: uma fogueira de placas de esterco, um balde d'água para ser racionado o dia inteiro e roupas esfarrapadas na corda. Alguns moradores engenhosos inventaram maneiras de instalar antenas de televisão ou têm radinhos de pilha, em torno dos quais mais gente se reúne. Kavita anseia por algo que a acalme: a mão consoladora da mãe, o riso vivo e aberto de Rupa.

Quando Kavita e Vijay chegam ao barraco, Jasu já está lá dentro, sentado na beira do rolo de roupa de cama. Esfrega a sola de um dos pés com os polegares. Quando os escuta entrar, ergue os olhos e sorri.

— O que aconteceu? — pergunta Kavita.

— Devo ter andado uns 15 quilômetros hoje com aquelas coisas velhas. — Ele indica com a cabeça os *chappals* gastos junto à porta. Kavita se senta ao seu lado e pega o pé dele nas mãos.

— Visitei três empresas de mensageiros hoje. — Ele fecha os olhos e se recosta no rolo. — Todos disseram que não têm trabalho para mim. Só querem homens que conheçam as ruas de Bombaim, puxadores de riquixá ou motoristas de táxi. Agora me diga, se eu já fosse puxador de riquixá ou motorista de táxi, por que precisaria de um emprego de mensageiro?

— *Hahn*, por quê? — Kavita fala devagar, concordando mas se perguntando o que isso significa.

— Depois, fui ver um emprego de *dhaba-wallah* — continua Jasu —, e, como suspeitava, é um salário muito bom para levar aquelas marmitas pela cidade. Cem rupias por dia, dá para acreditar? Mas há uma lista enorme de homens que querem ser *dhaba-wallahs*. Disseram para eu voltar lá toda semana. Disseram que pode levar três ou quatro meses até terem uma vaga.

Kavita, sem saber como reagir a essa notícia, observa Vijay desenhar círculos com o dedo no chão de terra batida. *Você precisa confiar nele.*

— Mas tenho uma boa notícia: conheci um camarada na frente do escritório central de *dhaba-wallah*. Ele conhece o chefão e pode ajudar o meu nome a chegar no alto da lista. Com a ajuda dele pode ser rápido, duas ou três semanas. Só 200 rupias que dei a ele.

Alarmada, Kavita ergue os olhos para o marido. A quantia total que trouxeram é de 1.000 rupias — todas as suas economias mais os presentes da família.

— Não se preocupe, *chakli*! — Ele sorri. — Está tudo bem. O homem me mostrou os documentos, é um bom homem. Além disso, ele vai me ajudar a arranjar uma bicicleta para usar no serviço. Vai me deixar usá-la direto, sem dinheiro. No começo, o meu salário pagará a bicicleta, mas depois que for minha ficarei com o dinheiro todo. — Jasu ergue o corpo e segura os ombros dela. — Não fique tão preocupada. Isso é bom, *chakli*, muito bom! — Ele põe as palmas das mãos largas em torno da cabeça dela e a beija no alto. — Está acontecendo depressa, bem como pensei. Logo, logo teremos o nosso apartamento, com muito espaço e uma grande cozinha para você. Hein?

Ela acha impossível não sorrir quando ele fica assim. Agora é a vez dela de soltar o ar.

— Tudo bem, Sr. *Dhaba-wallah*, então vamos jantar.

Certa manhã, duas semanas depois, Kavita observa da cama Jasu levar uma bacia de água fria para o canto do barraco. Metodicamente, ele se lava e se barbeia. Tem voltado à empresa de *dhaba-wallah* todos os dias, mas eles ainda não têm nenhuma vaga para ele. O homem que lhe tirou 200 rupias também nunca mais apareceu. Ainda assim, todo dia Jasu levanta cedo para ficar na fila da água. Insiste em fazer isso pessoalmente, embora em geral as mulheres do *basti* é que fiquem na fila. Hoje, ele traz a notícia de um surto de febre tifoide no lado norte da favela. Três crianças já mortas e outras tantas doentes.

— Não deixe Vijay chegar perto da água suja — diz ele.
— Essa gente faz *susu* e *kaka* por toda parte, como os cães que são. Não têm vergonha.

Ele se veste com cuidado e penteia o cabelo. Apressa-se, como se alguém o esperasse em certa hora. Toda manhã, ele parte esperançoso; toda noite ele volta ao lar temporário novamente deprimido.

Kavita sai para fazer *chai* nas brasas mortas do fogo da noite anterior. Há um resto de *khichdi* do jantar, que ela divide em duas porções, uma para Jasu, outra para Vijay. Enquanto prepara o desjejum, outras pessoas saem dos lares vizinhos para fazer o mesmo. As mulheres recolhem os sáris amassados entre os joelhos para se acocorar e conversam. Moram aqui há muito tempo, essas vizinhas. Kavita não participa da conversa, embora escute as fofocas que trocam junto ao fogo. Elas a assustam: histórias de crianças sumidas, de esposas surradas na noite anterior. Alguns homens fazem bebida em casa e depois vendem-na ou trocam-na com outros. Quando bêbados, esses homens irritados brigam entre si, com os vizinhos e com a família para extravasar sua fúria.

Parece que é uma cidade inteira em si, essa comunidade da favela. Há agiotas e devedores, senhorios e inquilinos, amigos e inimigos, criminosos e vítimas. Ao contrário da aldeia que conheceu, aqui todos vivem como animais: amontoados em espaços pequenos, lutando por cada necessidade da vida. E, pior ainda, muita gente que está aqui há anos já passou a aceitar esse lugar como lar. Têm os empregos mais sujos e mais detestáveis da cidade: lavadores de banheiro, catadores de lixo, trapeiros. Não *dhaba-wallahs*, que moram em lares decentes como gente decente. Assim que Jasu arranjar seu emprego, sairão desse lugar. Kavita sabe que ali não sobreviverão.

MAIS TARDE, NAQUELA NOITE, BEM DEPOIS DE TEREM ADORmecido, eles são acordados por vozes altas lá fora, homens berrando. Jasu imediatamente pula na direção da porta. As garrafas vazias de Gold Spot estão ali perto, prontas para buscar água pela manhã. Ele pega uma em cada mão. Kavita se senta e pega Vijay, que mal acordou, no colo. Enquanto os olhos se ajustam à escuridão, as vozes ficam mais altas e se aproximam. Jasu abre uma fresta na porta e olha para fora. Depressa, fecha-a e sussurra para Kavita:

— Polícia! Estão derrubando as portas e olhando para dentro. Estão com bastões e lanternas.

Ele põe as costas contra a porta. Ela move o corpo para a frente de Vijay, cujos olhos agora estão arregalados e com medo.

Ouvem batidas em portas. Garrafas jogadas contra paredes. Vidro quebrando. Mais vozes zangadas. Então, um grito de mulher, longo, alto e misturado a lágrimas. Depois do que parece um longo intervalo, os sons zangados começam a diminuir, dando lugar a risos sinistros que se afastam lentamente a distância. Finalmente, está tudo em silêncio outra vez. Jasu ainda guarda a porta. Kavita acena para que ele vá até ela. Quando o abraça, ela sente o medo e o suor que a polícia deixou para trás.

— Mamãe? — chama Vijay. Ele treme. Kavita olha para onde as mãos dele seguram a frente das calças. Estão molhadas. Ela lhe troca a roupa e cobre a cama úmida com um jornal velho. Todos se deitam: Jasu abraçando Kavita e ela abraçando o filho.

— Estou com saudades de Nani. — É tudo que Vijay diz no escuro.

Kavita começa a chorar sem fazer sons nem movimentos. A respiração do filho acaba se tornando pesada e regular, mas nem ela nem Jasu voltam a dormir naquela noite.

Na manhã seguinte, Jasu volta da fila da água com notícias sobre o ataque da polícia, aparentemente uma ocorrência comum no *basti*. Uma das vizinhas lhe contou que procuravam alguém, um homem suspeito de roubar a fábrica onde trabalhava. Mesmo depois de acordar dezenas de outras famílias, não o encontraram em casa.

Mas localizaram sua filha de 15 anos. Diante da mãe e dos irmãos menores e enquanto os vizinhos escutavam com medo, eles a estupraram violentamente.

Dar graças

Menlo Park, Califórnia — 1991
Krishnan

— Já amassou as batatas? Kris!
Krishnan está tão absorto nas páginas de *India Abroad* que mal ouve Somer.
— Você precisa amassar as batatas. O peru ficará pronto daqui a meia hora. E não se esqueça, nada de pimenta desta vez. Meu pai não gosta de comida picante.
Krishnan solta o ar com força. *Comida picante?* Só um americano consideraria que purê de batatas, talvez o prato mais insípido já inventado, possa ser minimamente picante. Não, esse seria o *battata pakora* que a mãe fazia — fatias de batata cozida e macia mergulhadas em massa apimentada e espetadas com pimenta verde e depois fritas em muito óleo até ficarem de um castanho dourado. Ela mal punha uma no prato e os dedos ansiosos dele já a pegavam. Já faz muito tempo que comera um bom *battata pakora*. Ele suspira e começa a amassar as batatas fumegantes na grande vasilha. Somer o agrada às vezes saindo para comer em restaurantes indianos, mas ela não tem interesse genuíno pela culinária da terra natal de Krishnan e o seu talento na cozinha é li-

mitado. Certa vez, ele lhe mostrou como fazer *chana masala*, um prato simples que leva uma lata de grão-de-bico cozido e alguns temperos prontos. Agora, é o único prato que ela faz com frequência, com pão árabe comprado pronto. O caro vidro de açafrão que os pais mandaram da Índia ainda está fechado na prateleira dos temperos, depois de Somer admitir que não sabia usá-lo.

Ele acrescenta à vasilha algumas colheradas de manteiga, despeja um pouco de leite e mexe. O preparado é liso e branco como lençóis de hospital e com o mesmo poder de atração. Como se pode comer uma coisa sem cor nem sabor? Essas batatas se tornaram a sua tarefa no dia de Ação de Graças. Certa vez, ele tomou um pouco de liberdade e acrescentou um punhado de folhas de coentro finamente picadas, como guarnição. No ano seguinte, misturou uma colher de chá do *garam masala* da mãe junto com a manteiga. Este ano, está restrito outra vez ao sal e à manteiga.

— Ainda tenho de pôr a torta no forno. — Somer corre até o forno, abre a porta e espeta o termômetro no peru pela enésima vez.

Krishnan nunca entende por que os americanos, e sua esposa em particular, ficam tão ansiosos com essa única refeição todos os anos. Em casa, as comemorações de sua família tinham regularmente pelo menos 12 pratos, todos os quais com preparo mais complexo do que pôr um peru no forno durante algumas horas. E nada saía de latas ou caixas. Todo ano, no Divali, a mãe e as tias cozinhavam dias antes da festa: *dhoklas* leves e fofas mergulhadas num denso *chutney* de coco, um saboroso curry de legumes, *dal* delicadamente temperado. Cada legume era escolhido individualmente no *sabzi-wallah* e cada tempero era torrado, moído e misturado à mão. O iogurte azedo e cremoso era feito em casa, e as *parathas*, enroladas e servidas quentes, recém-saídas do fogo. As mulheres passavam horas rindo e fofocando enquanto descascavam, fatiavam, mexiam e fritavam um banquete para vinte pessoas ou mais. Ele nunca viu esse tipo de preocupação frenética que a esposa agora exibe. Ele se lembra de quando foi apresentado pela primeira vez aos estranhos rituais de um dia americano de Ação de Graças.

No primeiro ano da faculdade de medicina, o colega Jacob o convidou para ir a Boston. Havia poucos meses que Krishnan estava nos Estados Unidos, todo esse tempo na Califórnia, e, quando chegaram a Boston, a primeira coisa que o espantou foi o ar frio e revigorante e as cores vivas das folhas. Era o primeiro outono que via.

Havia lá uma dúzia de pessoas, e logo puseram Krishnan para trabalhar com os outros homens, varrendo as folhas do amplo quintal da régia casa colonial. Isso já foi bastante desorientador — ele se perguntava por que não havia criados para fazer esse tipo de trabalho —, mas Krishnan ficou ainda mais confuso com o jogo de futebol americano que se seguiu. Lá dentro, enquanto aqueciam junto ao fogo os dedos dormentes, Krishnan escutou na cozinha o riso cantante da bonita irmã de Jacob. As primas implicavam com ela por causa do namorado novo que levara à casa dos pais pela primeira vez. Esse conceito era realmente estranho para Krishnan. Na Índia, os pais e outros parentes eram o primeiro nível de aprovação para futuros cônjuges, não o último. O namoro entre noivos era rápido e, em geral, acompanhado. Krishnan gostou da refeição, embora não pudesse evitar pensar que uma dose de molho de pimenta deixaria tudo bem mais gostoso. Quando o fim de semana acabou, Krishnan estava enamorado por tudo o que vira: a casa bonita, o quintal amplo, a linda moça loura. Queria tudo aquilo. Apaixonara-se pelo sonho americano.

Quando chegara aos Estados Unidos para estudar, estava empolgado com as novas possibilidades que, de repente, a vida lhe reservava. O campus sereno de Stanford, no estilo de uma missão religiosa, era o mais diferente possível da cidade movimentada que deixara, mas havia muitas coisas nos Estados Unidos que o agradavam: ruas limpas, shoppings enormes, carros confortáveis. Passou a gostar da comida, principalmente da batata frita e da pizza servidas no refeitório do campus.

Krishnan voltou à Índia para uma visita depois do segundo ano e viu que a situação mudara. Era verão de 1975 e Indira Gandhi acabara de decretar estado de emergência depois de declarada culpada por fraude eleitoral. As manifestações políticas foram rapidamente sufocadas e os adversários do governo, presos aos milhares. Era difícil acreditar nos jornais cheios de propaganda, mas havia uma sensação clara de medo e incerteza sobre o futuro. Quando acompanhou a ronda do pai, achou o hospital mais velho do que se lembrava, ainda mais se comparado a Stanford. Alguns amigos seus estavam se casando, mas Krishnan conseguiu escapar da sugestão da mãe de que logo chegaria a hora de começar a conhecer moças. No final daquele verão, percebeu que sentia saudades dos Estados Unidos, onde a vida parecia boa e as oportunidades de carreira, melhores. Voltar à pátria movera o fiel da sua balança e, quando voltou à Califórnia para mais dois anos de faculdade de medicina, tinha bastante certeza de que queria ficar.

A década posterior à faculdade passou em um longo borrão de dias e noites de trabalho incansável para se tornar cirurgião. Ele conseguiu passar por um dos programas de residência mais difíceis do país. Os colegas agora o consultam nos casos mais complicados e já o convidaram muitas vezes para dar palestras em Stanford. E ele conseguiu a linda moça loura, agora sua esposa. Medido por todos os padrões objetivos, ele é um sucesso. Depois de 15 anos neste país, realizou aquele sonho que tanto o arrebatara.

Todos se sentam na sala de jantar, à mesa formal, com espaço demasiado pequeno entre eles. O pai de Somer corta o peru e eles passam os pratos com recheio, molho de mirtilo, molho de carne, purê de batata e vagem. Enquanto come, Krishnan ouve Asha regalar os avós com histórias sobre os professores novos e o uniforme da escola que adora.

— O melhor é que não tem meninos, porque eles são muito chatos. — Todos riem, e Krishnan faz um esforço para sorrir.

Olhando em volta, ele percebe que só comem nessa sala poucas vezes por ano e nunca enchem a mesa. Pisca várias vezes. A casa é espaçosa e bonita, mas lhe parece estéril, assim como a vida da família. Quando Asha a enche de risos e conversa, não se percebe tanto, mas mesmo assim nunca fica tão cheia e rica quanto as reuniões familiares que se lembra da infância. Essa é a vida que vislumbrava, a vida que esperava, mas de certa forma o sonho americano agora lhe parece oco.

Há poucas semanas, na pátria, toda a sua família se reuniu para o jantar de Divali na casa dos pais, pelo menos duas dúzias de pessoas no total. Krishnan foi o único ausente, e ligaram para ele, passando o telefone de mão em mão para que todos pudessem lhe desejar um feliz Divali. Ele saíra correndo porta afora naquele dia quando o telefone tocou, mas, depois de desligar, ficou sentado imóvel à mesa da cozinha com o aparelho na mão. Era noite em Bombaim, e ele conseguia fechar os olhos e imaginar os milhões de *diyas*, minúsculos potinhos de barro com pequenas chamas a forrar as varandas, as barraquinhas de rua e as vitrines das lojas. Os visitantes vinham trocar caixas de doces e bons votos. As escolas fechavam e as crianças ficavam acordadas até tarde para ver os fogos de artifício. Desde criança, aquela era uma das noites favoritas do ano, quando toda a Bombaim assumia um ar mágico.

Krishnan tivera a ideia de voltar à Índia para uma visita e talvez adotar outra criança, mas Somer resistira. Ela parece decidida a preservar Asha no pequeno casulo que teceram em torno dela. Não é assim que ele vê a família, como uma coisa preciosa que precise de proteção. Para ele, família é uma coisa que se espalha loucamente, uma coisa forte que suporta anos, quilômetros e até erros. Desde que se lembra, houve pequenas transgressões e grandes brigas explodindo em seu grande clã, e isso não afetou a resistência do vínculo familiar. Somer tem boas intenções, tenta fazer um esforço com Asha quando pode: folheia a *National Geographic*, aponta mapas da Índia, estuda fatos sobre agricultura e animais. Quando os pais dele mandam um *chania-choli*, ela veste Asha e manda fotografias. Mas a filha não tem oportunidade de usar as roupas festivas, e elas se acumulam numa pilha no armário. Assim como seu pequeno esforço de ensinar a Somer algumas palavras em guzerate, os gestos dela, afinal, são insignificantes.

Talvez tudo isso não o incomodasse tanto se sentisse que ainda tinha a mulher por quem se apaixonou — a parceira intelectual, a companheira igual a ele. Ele sente falta de conversar com Somer sobre medicina. Ela costumava se interessar pelos casos dele, mas hoje em dia prefere discutir detalhes mundanos do dever de casa de Asha. Mesmo quando ela fala do trabalho na clínica, ele acha difícil fingir interesse em narizes que escorrem e distensões musculares depois de passar o dia todo tratando de tumores e aneurismas cerebrais. Embora tecnicamente tenham a mesma profissão, é difícil conversar sem que algum deles se desinteresse ou se frustre. Às vezes, parece que hoje as coisas que ocupam e definem o seu casamento têm pouca semelhança com o que antes os unia.

— Vamos fazer um brinde. — A voz alegre de Somer interrompe seus pensamentos. Ela ergue a taça de vinho no ar e os outros a imitam. — À família! — Todos repetem o sentimento enquanto se erguem um pouco das cadeiras para, meio sem jeito, estenderem os copos sobre a mesa para tocar o dos outros. Krishnan dá um grande gole de Chardonnay gelado, sente o líquido escorrer pela garganta e a frieza lhe impregnar o corpo.

Tarde de descanso

Bombaim, Índia — 1991
Jasu e Kavita

Jasu geme com o tilintar miúdo do despertador. As molas rangem quando ele se ergue do colchão fino, embora pudessem também ser as suas articulações fazendo barulho. Toca a batata da perna de Kavita enquanto anda rigidamente até o pé da cama no quarto único em que todos dormem. Depois que ela se mexe, ele desce a escada para usar o banheiro comunitário do *chawl*. Um feliz efeito colateral de acordar tão cedo é que a latrina ainda não está transbordando.

Quando volta, vê que Kavita já se banhou e se vestiu. Agora ela limpa os dentes, cuspindo por sobre a lateral da grade da varanda. Enquanto se banha na segunda salinha que também usam para cozinhar e comer, ele escuta o tilintar do sino de oração de Kavita. O canto suave dela logo acordará Vijay. Mesmo que tivessem mais espaço ali, Vijay não dormiria sozinho. Não só se acostumou a dividir a cama com os pais até os 6 anos como o sofrimento deles na favela também lhe trazia constantes pesadelos. Kavita entra na cozinha para preparar o desjejum. Jasu sai rapidamente da sala comum para se vestir e passa um pente preto e fino no cabelo molhado. Para diante do *mandir* com as mãos postas e baixa a cabeça. Toda manhã, os dois se cruzam assim várias vezes, com a mesma dança silenciosa e bem ensaiada.

— Comida? — pergunta Kavita.

— Levo comigo — responde ele. A fábrica onde trabalha em Vikhroli fica a quarenta minutos dali, uma viagem rápida pelos padrões de Bombaim, mas ele gosta de ser um dos primeiros a chegar pela manhã. Por sorte, a estação central do trem fica a poucos quarteirões, e agora ele dominava a arte de correr para pegar o trem que está saindo da estação e é capaz de pular a bordo no último instante. É a parte mais divertida do dia: esse esporte de pegar o trem, a liberdade de se pendurar do lado de fora enquanto o vagão corre pela cidade, sentindo a brisa passar pelas roupas, já grudentas de suor. Disseram que era perigoso: parece que morrem por ano uns 2 mil passageiros viajando assim. Mas, levando em consideração que vários milhões de pessoas pegam os trens de Bombaim, para Jasu isso não parece demais, nem especialmente perigoso.

A fábrica de bicicletas onde trabalha, por outro lado, parece decididamente perigosa. No primeiro mês lá, viu dois homens perderem dedos nas máquinas e um terceiro ser gravemente queimado por um maçarico. Se chega cedo, é maior a probabilidade de pegar um dos serviços menos perigosos, como pintar esquadrias ou prender parafusos com uma chave inglesa. A fábrica é um armazém grande e empoeirado, cheio de máquinas e ferramentas espalhadas aleatoriamente. A iluminação fraca torna difícil enxergar, e mais de uma vez Jasu tropeçou nos cabos elétricos que passam pelo chão todo. O pó e a fumaça dos maçaricos irritam tanto a garganta e os olhos que é um alívio sair no ar fumacento de Bombaim no final do dia. Ainda assim, Jasu acha que teve sorte ao arranjar esse emprego, que conseguiu alguns dias depois do ataque da polícia à favela. O salário não é tão bom quanto o de *dhaba-wallah*: só 8 rupias por hora. Mas, se trabalhar uma hora extra pela manhã e à noite, consegue ganhar mais de 2 mil rupias por mês, o equivalente a cinco meses de renda na aldeia.

Mesmo assim, não foi fácil encontrar um apartamento que pudessem pagar. O *chawl* da rua Shivaji é minúsculo; muito menor, na verdade, do que a casa que deixaram para trás no vilarejo. Mas o ponto de vista de Jasu mudou depois que chegou a Bombaim, depois dos horrores que viram na favela. O que deveria ser uma ou duas noites virou semanas, e pareceu ainda mais longo. De todas as coisas que ouvira falar de Bombaim, em todos os sonhos da sua mente, nunca houve um lugar como Dharavi. Foi suficiente para lhe dar vontade de fazer as malas e fugir de volta para casa.

Mas ele sabia que não valia a pena voltar, e sabia que sua família contava com ele. Ele os levara para lá e cuidaria deles. No dia seguinte ao ataque da polícia, Jasu comprou uma faca do homem de sári amarelo e começou a dormir junto à porta com ela na mão. Durante várias noites depois daquilo, Vijay acordou aos berros e tinha de ser ninado até dormir. Kavita, embora nunca dissesse nada, detestava claramente o lugar, e o ódio crescia a cada dia que eram forçados a ficar. Vários dias ele voltou para casa e a encontrou batendo a vassoura com violência no chão do barraco enquanto Vijay ficava sentado do lado de fora, assustado. O *chawl* da rua Shivaji atendia às necessidades básicas e oferecia mais segurança e privacidade do que o *basti*. Havia até uma boa escola próxima para Vijay. Eles usaram o resto das economias que tinham trazido mais a maior parte do salário de Jasu no novo emprego para garantir o aluguel. Naquela primeira noite, o modesto apartamento de dois cômodos pareceu um palácio comparado ao lugar onde estavam.

O trem desacelera ao se aproximar da estação e Jasu pula na plataforma, olhando o relógio. Mesmo depois da caminhada, chegará à fábrica antes das 7h30, como tem feito toda manhã desde que começou no emprego. Verá o capataz que, uma ou duas vezes, chegou a oferecer a Jasu uma xícara de chá morno deixada intocada na bandeja dos chefes. Jasu vai trabalhar assim seis dias por semana, de manhã cedo até bem depois do anoitecer. Faz o que lhe mandam e raramente descansa, mesmo quando os outros homens saem para fumar. Quando volta para casa à noite, fede a suor e tem o corpo doído. Hoje os seus dias são mais cansativos do que o trabalho no campo lá na aldeia. Mas Jasu não se importa. Estão a caminho de uma vida melhor.

KAVITA LAVA O ÚLTIMO PRATO DE AÇO INOXIDÁVEL. TODA manhã, quando chega ao apartamento de luxo da patroa, os pratos do desjejum são o primeiro serviço. Ela recebe ordens de Bhaya, a criada-chefe, que trabalha ali há tanto tempo que as instruções de *Memsahib* a ela são frases parciais, compreendidas apenas pelas duas, como uma língua secreta. Bhaya também tem as responsabilidades preferidas de ir à feira e supervisionar o preparo da comida, enquanto Kavita lava pratos e faz a maior parte da limpeza. Elas cumprem as tarefas em silêncio, e, quando Bhaya fala com Kavita, em geral é para lhe pedir que acrescente um item — farinha de grano duro, *masoor dal*, cominho em grão — à lista de compras que Kavita guarda de cabeça. Embora não saiba ler nem escrever, Kavita tem excelente memória para palavras, e Bhaya passou a confiar nela.

É surpreendente a bagunça que duas pessoas conseguem fazer, mesmo com os filhos crescidos e ricos o bastante para morar sozinhos. *Sahib* e a esposa usam vários pratos e vasilhas em cada refeição, não o único *thali* a que Kavita está acostumada. Bhaya é a mesma coisa, usa uma vasilha diferente para preparar cada prato. Às vezes, *Memsahib* usa três sáris diferentes no mesmo dia, deixando os usados, junto com as blusas e anáguas, jogados sobre a cama. Mas as joias ela sempre tem o cuidado de guardar no armário de metal trancado. Todo dia, Kavita passa e dobra cuidadosamente os sáris e os repõe no armário. Muita gente vem visitar, e *Sahib* e *Memsahib* têm convidados em quase todas as refeições. Bhaya sempre faz comida suficiente para pelo menos seis pessoas, o que significa sobras suficientes para ambas as criadas.

Kavita soube desse emprego pela irmã de Bhaya, que mora na ponta do corredor no prédio da rua Shivaji. Não é o tipo de trabalho que Jasu quer que ela faça; ele preferiria que ela costurasse para fora. Mas esse emprego paga 700 rupias por mês. E o apartamento é bonito e espaçoso, com chão frio de mármore, mobília robusta de madeira e cozinha grande. É um bom lugar para passar o dia, mesmo como criada. O mais importante é que Bhaya permite que ela saia à tarde para buscar Vijay na escola e o leve para lá enquanto termina o serviço.

Toda tarde, depois da refeição pesada do meio-dia, quando está mais quente lá fora e o ventilador de teto atrai, vem a única hora do dia em que Bombaim finalmente desacelera. Os motoristas de táxi baixam a bandeira do taxímetro e se esticam no banco de trás. As criadas do prédio de seis andares de *Memsahib* se deitam em colchonetes nos corredores abertos e no patamar das escadas. Até o porteiro sentado no saguão cochila. Kavita o vê ali com a cabeça caída para a frente, o queixo no peito e baba no canto da boca quando volta com Vijay. Ela nunca foi de descansar durante o dia, e esse sistema funciona bem. Hoje, Bhaya lhe pediu que trouxesse *paneer* do caminho para a escola de Vijay. Depois de parar no mercado, Kavita consulta o relógio de pulso. Só há tempo para uma volta. Se andar depressa, conseguirá. Nada de se demorar hoje.

Dali a dez minutos, sem fôlego, ela chega aos conhecidos portões de ferro do orfanato. Põe o rosto junto das grades de metal e olha por entre elas a placa de letras vermelhas da porta. Som de risos vem de trás dela, que dá meia-volta. Um desfile de crianças, de duas em duas e em ordem de altura, se move em sua direção. Ela examina rapidamente o rosto das meninas pequenas, buscando aquela que combine com a lembrança gravada na mente. Uma menina sorri para ela, mas a pele é escura demais. Outra parece ter o tamanho certo, mas os olhos são castanho-escuros. As crianças vestem roupas limpas, observa quando passam por ela. Parecem bem-alimentadas, parecem felizes. Apressadamente é possível notar a última criança que passa pelo portão de ferro e corre para dentro do prédio. Nunca há tempo suficiente.

Ela deve estar aí em algum lugar. É claro que há outras possibilidades, as que a perseguem à noite — Usha vendida como criada ou morta pela fome ou por uma doença. E é exatamente por isso que Kavita continua vindo aqui, na esperança de ver uma menininha com os seus olhos, para que possa dar fim aos pensamentos que a atormentam.

De repente, lembra-se da hora. Vijay.

Atravessa a rua depressa. Chegará poucos minutos atrasada. O dia é bonito, talvez ela compre água de coco fresca para dividirem no caminho de volta. Quando se aproxima da escola, escuta as vozes altas dos meninos que brincam no pátio depois da aula. Mas hoje essas vozes parecem mais zangadas do que divertidas. Kavita começa a andar mais depressa conforme o medo se acumula na boca do estômago. Quando chega, vê livros espalhados pelo pátio e um grupo de meninos amontoados perto do muro de tijolos da escola. Corre para abrir o portão de metal e o escancara, agora correndo o mais depressa que o sári permite. Quando se aproxima, escuta as provocações dos meninos.

— Garoto de aldeia! *Gawar*! — repetem.
— ... Por que não volta para a sua aldeia para brincar com as galinhas?

Kavita força o corpo entre os meninos e vê Vijay no chão, encostado no muro, as pernas arranhadas com sangue e a camisa suja de terra. Corre para ele e lhe abraça a cabeça.

— O que há com vocês, garotos? Não têm vergonha? Saiam daqui. Saiam, agora! Antes que eu mesma bata em vocês! Saiam! — grita ela, gesticulando para eles com um braço enquanto segura a cabeça do filho com o outro.

Eles saem correndo para buscar as bolsas e lá se vão rua abaixo, ainda rindo. Ela se vira para o filho para avaliar os danos. O lábio inferior está inchado, há arranhões na bochecha e lágrimas correndo pelo rosto. Ela se senta e puxa-o para o colo, para que possa segurar com os braços o seu corpo inteiro. Nina-o e sente a umidade nos shorts e na parte interior das pernas.

— Pronto, pronto, meu doce, tudo vai dar certo. — Enquanto fala essas palavras com o máximo de calma possível, os olhos examinam o pátio da escola e a rua além do portão atrás de outros perigos, que a cada dia parecem chegar com nova forma nessa estranha cidade.

Novembro de 1997

Gostaria que você estivesse aqui para me ajudar.
Tenho de escrever a minha biografia para a aula de estudos sociais do nono ano, mas não sei por onde começar. Não sei de onde vim na verdade. Sempre que pergunto à minha mãe, ela só me conta a mesma história — eles me pegaram no orfanato da Índia quando eu era bebê e me trouxeram para a Califórnia.
Ela não sabe nada sobre você nem por que você me deixou no orfanato. Ela não sabe como você é. Devemos ser parecidas, e aposto que você saberia o que fazer com as minhas sobrancelhas grossas. Minha mãe não gosta nem um pouco de falar dessas coisas. Diz que agora sou igual a todo mundo e que isso não tem importância.
Meu pai tentou me ajudar a encontrar fotos para o meu projeto. Pegou esse velho álbum de fotografias em preto e branco e papel de seda entre as páginas. Havia fotos dele com o uniforme de críquete e o tio dele montado num cavalo branco no seu casamento.
Ele me falou do festival de pipas que os garotos da Índia fazem em janeiro e da tinta colorida que jogam naquela festa na primavera. Parece muito divertido.
Nunca fui à Índia.

Atrasado

Mumbai, Índia — 1998
Kavita

Kavita prova o *dal* e põe mais sal para compensar a pouca consistência da sopa de lentilhas. Prepara dois *thalis* de arroz e *dal*, com um pedacinho de picles de manga no de Vijay, para dar algum sabor à refeição básica que têm feito com tanta frequência ultimamente. Comem sozinhos, porque Jasu está trabalhando até tarde de novo. Ele tem feito horas extras quase todo dia e anda cobrindo o turno dos outros. Levou vários meses para encontrar outro emprego depois que a batida da polícia fechou a fábrica. Foram obrigados a pegar dinheiro emprestado com o agiota para pagar o aluguel do *chawl* e a mensalidade da escola de Vijay até Jasu arranjar emprego numa fábrica de tecidos. Agora, parece que cada *paisa* que ganham vai para o agiota, mas ainda devem metade da quantia. Atrasaram a escola de Vijay e agora também o aluguel. Esperavam que Manish, o senhorio, fosse tolerante, já que nunca lhe deram problema algum nos oito anos que moram lá. Mas o aluguel está subindo em toda Mumbai, e Manish está ansioso para se livrar dos inquilinos antigos para cobrar mais pelo aluguel dos apartamentos.

— O que aprendeu hoje na escola, Vijay? — Kavita passou o dia todo esperando para ouvir.

— As mesmas coisas, mamãe. Multiplicação, expoentes. O professor diz que tenho que aprender essas coisas direito para alcançar os outros.

— *Achha* — diz ela devagar. Leva o *thali* vazio para a pia e se ocupa lavando a louça para o filho não ver seus olhos se encherem de lágrimas. É culpa dela. Nas últimas semanas, Vijay tem trabalhado com ela à tarde na casa de *Sahib*. Quando um dos mensageiros regulares de *Sahib* adoeceu, *Memsahib* perguntou se Vijay poderia ir buscar suas blusas no alfaiate. Ela lhe pagou 50 rupias e pediu que voltasse no dia seguinte. Desde então, ele tem entregado pacotes toda tarde, no tempo que usava para fazer o dever de casa. Ela e Jasu decidiram que não seria ruim se isso os ajudasse a pagar o agiota. Agora ela percebe que foi tolice. Haviam comprometido a formação do filho, a sua única oportunidade de ter uma vida melhor, tudo por algumas centenas de rupias. Ela esfrega furiosamente os grãos de arroz endurecidos no fundo da panela.

A porta da frente se abre.

— Olá. — Jasu para e despenteia o cabelo de Vijay, depois segue para a cozinha, onde Kavita esquenta o jantar dele. — Olá, *chakli*. — Ele a abraça por trás e descansa o queixo no alto da cabeça dela. — Hummm. *Dal-bhath* — diz, sentindo o cheiro da comida. — É bom ter uma esposa que cozinha tão bem que consegue fazer *dal-bhath* de tantas maneiras diferentes. — Ele sorri enquanto anda até Vijay, dando tapinhas na barriga. — Ei, Vijay, não temos sorte de a sua mãe cozinhar tão bem?

A leveza momentânea é interrompida por batidas fortes à porta, seguidas pela voz feroz de Manish.

— Jasu? Ei, Jasu! Sei que está aí. Escutei seus passos gordos e preguiçosos acima da minha cabeça. Abra agora mesmo, senão derrubo a porta.

— O que esse patife está fazendo aqui a esta hora? — Jasu caminha até a porta e a escancara para revelar Manish, a barriga peluda saindo pela camiseta puída e pelas calças de cordão. A barba tem uma semana no rosto, os olhos estão injetados e ele cheira a bebida. Kavita agarra o braço de Jasu, torcendo para a pressão da sua mão conter a reação do marido.

— Manish, está tarde. O que é tão importante que não pode esperar até amanhã, hein? — A voz de Jasu é firme, e ele começa a fechar a porta.

Com rapidez surpreendente, Manish ergue o braço flácido para segurar a porta.

— Escute, seu canalha preguiçoso. O aluguel está 15 dias atrasado e não vou tolerar mais isso — berra ele

Jasu bloqueia a porta semiaberta, protegendo Kavita e Vijay atrás de si.

— Manish *bhai* — diz ele, a voz se suavizando —, eu pagarei. Já atrasei alguma vez nos oito anos que moramos aqui? Tive alguns problemas no trabalho ultimamente e... só vai levar pouco tempo.

— Tempo? Não tenho tempo, Jasu. Você está roubando esse dinheiro do meu bolso, ouviu bem? — Manish brande o punho no ar. — Vocês acham que são os únicos que querem este apartamento? Há uma fila de gente daqui até o oceano esperando este lugar, e todos se dispõem a pagar em dia. Não posso esperar por você, Jasu!

— Manish *bhai*, por favor. Não pode nos despejar. É da minha família que estamos falando. — Jasu abre mais a porta para mostrar Kavita e Vijay. — Você nos conhece. — A voz se esforça para soar respeitável. — Prometo que pagarei o aluguel. Por favor, Manish *bhai*. — Jasu ergue a palma das mãos em apaziguamento. Kavita prende a respiração.

Manish balança a cabeça e solta o ar com um ruído.

— Sexta-feira, Jasu. Você tem até sexta-feira e pronto. Senão, fora. — Ele se vira e desce rapidamente o corredor, fazendo as baratas saírem do seu caminho.

Jasu tranca a porta. Encosta a testa na porta fechada e suspira profundamente antes de se virar para encarar a família.

— Canalha ganancioso. Pagamos esse homem em dia todo mês durante oito anos. — Jasu anda até a cozinha. — Aguentamos os banheiros imundos e a falta d'água a qualquer hora e nunca nos queixamos. — Brande o punho para a porta. — E agora ele quer nos despejar à toa. Canalha. — Jasu pega o *thali* das mãos de Kavita e volta à cozinha para sentar-se. — Ele tem sorte de eu não dar um jeito nele. — Ele põe uma porção de *dal-bhath* na boca e mastiga vigorosamente.

— Por que não, papai? — pergunta Vijay, em pé na entrada da cozinha.

— O quê? — diz Jasu, sem tirar os olhos da comida.

— Por que não faz algo para evitar que Manish se irrite e venha cá o tempo todo? Ele veio ontem e mamãe ficou assustada...

Kavita vê a frustração e o desapontamento nos olhos do filho e sabe que Jasu também verá.

— Vamos, vamos, não é nada. Não fiquei assustada. Papai cuidou de tudo, *achha*? Agora vamos, termine de estudar — diz ela, apontando os livros e os cadernos espalhados no chão.

— O quê, Vijay? O que gostaria que eu fizesse? Esse homem é um patife. Ele se aproveita de gente trabalhadora. Não há mais nada a fazer — diz Jasu, agora enfiando grandes porções de comida na boca.

— Não sei, papai, faça alguma coisa. Dê o dinheiro a ele. Lute com ele. Faça *alguma coisa*. Qualquer coisa. Alguma coisa que não seja implorar.

Kavita inspira rapidamente e se move por instinto na direção do filho. De repente, Jasu está em pé de novo e, com um único passo, está acima de Vijay, brandindo o punho.

— Veja lá como fala! Acha que é melhor do que o seu pai porque sabe ler esses seus livros bonitos da escola? Eu me mato de trabalhar todo dia por você. Você não sabe nada! — Olhando o jantar meio comido, ele dá um pontapé no *thali*, fazendo um som metálico. — Estou cheio, cansado de *dal-bhath*. — E se vira para sair. — Cheio e cansado.

Kavita o segue até o corredor.

— Jasu, ele é apenas um menino. Não sabe o que diz. — Ela observa o marido calçar os *chappals*. — Aonde vai?

— Sair. Sair daqui. — Ele sai e bate a porta.

Kavita fica parada por um instante, fitando a porta fechada. Sente o medo se transformar em ressentimento por todos eles — Manish, Jasu e Vijay —, pela raiva que espalham como gasolina, transformando a paisagem da sua vida em terra arrasada. Respira fundo antes de se virar e encarar o filho. *Ele é só um menino.*

— Vijay — diz ela, segurando-o com firmeza pelos ombros. — O que deu em você? Você nunca deve falar assim com o seu pai. — Vijay a fita, uma expressão férrea nos olhos juvenis. — Escute, papai cuidará de tudo. — Ela toca a face dele com as costas da mão, notando os pelos que começam a brotar no rosto. — Você não devia se preocupar com essas coisas, *beta*. Você devia se concentrar nos estudos. — Ela o leva pelo braço de volta aos livros.

Vijay torce o corpo para se soltar dela e, com violência, chuta os livros no chão.

— Por quê? Por que devo estudar? Isso é perda de tempo, não está vendo? Aonde isso vai nos levar, mamãe? Você me diz para trabalhar. Mas isso não nos leva a lugar nenhum.

Ela observa o filho se virar e ir até a varanda, único lugar do *chawl* minúsculo onde pode ter algo parecido com privacidade. Sonhos tão grandes, igual ao pai. Quando o seu menininho começou a ter preocupações de homem? Sem se dar ao trabalho de se despir, ela se deita na cama que divide com Jasu, enterra o rosto no travesseiro fino e mofado e chora, mal fazendo barulho. Fica deitada e acordada algum tempo no escuro até ouvir o ranger da tela da varanda e depois a respiração profunda e pesada que, em qualquer lugar, reconheceria como sendo a do filho.

Algum momento, nas primeiras horas da manhã, escuta a porta da frente se abrir e fechar. Quando Jasu se deita na cama ao lado dela, Kavita reconhece o cheiro do seu hálito. Lembra-se daquelas pavorosas primeiras semanas nas favelas de Bombaim, quando o aroma de bebida impregnava o ar noturno. Lembra-se do cheiro grudento de licor fermentado de marmelo na noite em que Jasu entrou na cabana do parto. Toda vez, coisas terríveis aconteceram.

Dezesseis anos

Menlo Park, Califórnia — 2000
Asha

Asha chega cedo à redação do *Clarim da Escola Harper*, a sala sem janelas onde passa a maior parte da hora do almoço e dos tempos vagos. À mesa, encontra Clara, a editora, e a Sra. Jansen, a orientadora educacional, e tira o caderno e o lápis. Asha não consegue se forçar a escrever com caneta, seja esferográfica ou hidrocor. A permanência da tinta a deixa inquieta, o jeito como não há como voltar atrás depois de algo escrito.

— Certo — diz Clara. — Vamos ver como estão as reportagens de todos para o número do centenário, no mês que vem, que vai para todos os ex-alunos. Asha?

Asha se endireita na cadeira.

— Bom, tendo em vista o aniversário da escola, achei importante dar uma olhada na nossa história. Como todas sabemos, Susan Harper deixou para esta escola a fortuna da família. — Ela olha em volta da mesa o círculo de rostos entediados. Assim como ela, faz anos que ouvem falar de Susan Harper. — Mas a fortuna vinha do marido Joseph Harper e da sua empresa, a United Textiles, uma das maiores tecelagens do país. Acontece que, faz uns dez anos, quando tiveram problemas com os sindicatos, a United Textiles começou a transferir as fábricas para outros países. Hoje, a maioria dos teares fica na China, e grande parte dos operários é criança... — Ela faz uma pausa de efeito. — Crianças de até 10 anos, que trabalham 12 horas por dia na fábrica em vez de frequentar escolas metidas a besta como esta. — Asha devolve o lápis à boca e observa, com satisfação, que ninguém mais parece desinteressado.

Clara consegue falar.

— Acho que esse tema não é apropriado, não é, Asha?

— Ah, acho que é, sim. Acho que é importante conhecermos a nossa história como instituição e de onde vem o dinheiro para tudo isso. — Ela faz um gesto mostrando a sala com as mãos.

— Vem dos nossos pais — murmura outra aluna.

Sem se abalar, Asha continua:

— Sempre nos ensinaram a pensar no mundo lá fora. Mas essas crianças da China são o mundo lá fora. Temos a obrigação de buscar a verdade. Não é para isso que serve o jornalismo? Estão dizendo que deveríamos nos censurar?

A Sra. Jansen solta o ar lentamente e diz:

— Asha, vamos discutir isso quando você der uma passadinha na minha sala... amanhã, na hora do almoço. — O tom de voz deixa claro que não é uma sugestão.

— Então, falou com os seus pais sobre a festa no sábado? — Rita dá uma joelhada na bola de futebol para lançá-la na direção de Asha, que suspira.

— Não, meu pai trabalhou até tarde a semana inteira. — Ela chuta a bola bem alto no ar, observa-a e a pega. — Ele é muito rígido com essas coisas. Diz que não vê motivo para que eu queira ir a festas. Que tal me divertir como uma menina normal de 16 anos?

— Sabe, Asha, meu pai também não me deixa sair nos fins de semana. — Manisha, a única outra menina indiana da turma, pega a bola. E continua, agora imitando o sotaque indiano, balançando o indicador. — A menos que seja com objetivo especificamente acadêmico. — Elas riem, e Manisha joga a bola de volta para Asha. — É coisa de cultura. — E dá de ombros.

No vestiário, as meninas vestem de novo o uniforme com discrição bem-treinada e se amontoam em torno do espelho para olhar o rosto. Asha tenta prender o cabelo preto e grosso num rabo de cavalo, mas o elástico se rompe e lhe machuca o dedo.

— Ai! Merda! — Ela balança a cabeça, pega uma bolsinha na mochila e vai até o espelho para pôr rímel.

— Meu Deus, Asha, você nem precisa de maquiagem nos olhos — diz uma das garotas, ainda se olhando diretamente no espelho enquanto fala.

— Eu sei, eu mataria por olhos assim. São tão exóticos. Vieram do seu pai ou da sua mãe? — pergunta outra, escovando o cabelo dourado.

Asha se retesa.

— Não sei — diz ela, baixinho. — Acho que... que pularam uma geração. — Ela se afasta do espelho, o rosto ardendo, e volta ao armário. *Não sei de quem puxei os meus olhos exóticos*, tem vontade de gritar. Só as amigas mais íntimas de Asha sabem que ela é adotada; ela deixa que todos os outros pensem o que quiserem. É bem fácil acreditar que seja o produto natural do pai indiano e da mãe americana e isso lhe poupa muitas explicações. Ela não quer dividir toda a sua história pessoal com as moças perfeitas do espelho. Pergunta-se se invejariam os pelos pretos que brotam todo dia nas pernas ou a pele escura que se bronzeia com apenas dez minutos de sol, mesmo quando coberta de filtro solar.

— Ah, Asha, você é tão exótica. — Ela ouve alguém dizer atrás de si em voz baixa e implicante. Ela se vira e vê Manisha fazendo caras e bocas e sorrindo. — Vamos tomar um sorvete de iogurte? — Manisha aponta a porta do vestiário.

— Claro — diz Asha.

— Detesto essa coisa "exótica" de que todo mundo fala — diz Manisha assim que saem. — Digo, é só ir a Fremont para ver que não é tão exótico assim. Tem indianos por todo lado.

Elas se sentam juntas num banco na frente da lojinha, cada uma com um copinho de sorvete de iogurte. A conversa continua entre colheradinhas de baunilha e chocolate.

— Lá perto de casa tem uma sorveteria — diz Manisha. — Vendem sorvete sabor *paan*. É tão bom que o gosto parece de *paan* de verdade, nada artificial. Você precisa experimentar.

Asha simplesmente concorda e continua comendo. Ela nem sabe como é o gosto de *paan*, que o pai só lhe deu uma vez quando era bem pequena.

— Já tomou *paan* gelado na Índia? No verão passado, obriguei minhas primas a me levarem para tomar toda noite. Totalmente viciante. Você tem que experimentar na próxima vez que for.

Manisha fala sem que pareça esperar uma resposta, e Asha fica grata por isso. Não tem de dizer que nunca foi à Índia nem inventar uma explicação. Ela se lembra que, quando estava no ensino fundamental, o pai fez algumas viagens. Recorda ter escutado, quando os pais pensavam que dormia, as discussões sobre se devia ou não ir com ele. Não se lembra de nenhuma discussão sobre a ida da mãe. No final, decidiram que não era uma boa ideia tirar Asha da escola por tanto tempo. No início de cada viagem, levavam o pai ao aeroporto com duas malas enormes no carro, uma delas cheia de presentes e quinquilharias americanas. De tantos em tantos dias, havia um telefonema internacional cheio de estática. Duas semanas depois, quando o pai reaparecia, uma das malas estava cheia de chá e temperos, sabonete de sândalo e roupas novas e coloridas para Asha. Havia sempre também uma blusa de batique ou um xale bordado para a mãe, que se juntavam aos outros no armário extra. Depois que as malas eram guardadas de novo no porão, a vida deles voltava à rotina normal.

Manisha se levanta para começar a voltar.

— Ei, vocês vão a Raas-Garba no próximo fim de semana? — pergunta. — Acho que nunca vi você por lá, mas está sempre tão cheio...

— Hã, não, nunca fui — responde Asha. — Acho que os meus pais não são muito disso.

— Ah, então são os únicos pais indianos de todo o norte da Califórnia. — Manisha sorri ao jogar o copinho vazio na lata de lixo. — Pois você devia ir, é bem divertido mesmo. Quer dizer, poxa, é a única vez que o meu pai realmente me deixa sair toda produzida para dançar com amigos no fim de semana, sabe?

Asha concorda de novo. Mas não sabe nada sobre isso.

— Precisamos conversar sobre o seu boletim. — A voz da mãe está séria. Asha ergue os olhos do jantar. O pai a observa, as mãos cruzadas na frente do prato vazio.

— Sei, outro A+ em inglês, vocês não se orgulham de mim? — responde Asha.

— Asha, B em matemática e C em química? — pergunta a mãe. — O que está acontecendo? Suas notas têm caído desde que você começou a passar tanto tempo no jornal da escola. Talvez seja hora de diminuir o ritmo para se concentrar nos estudos.

— Concordo, Asha — diz o pai, balançando a cabeça com vigor — O próximo ano é fundamental. As notas desse ano são as mais importantes para a faculdade. Você não pode se dar ao luxo de tirar B ou C. Você sabe como as boas universidades são disputadas.

— Qual o problema? — responde Asha. — Só tirei A durante todo o segundo grau; foi apenas um semestre ruim. Além disso, não terei mais aulas de matemática nem ciências depois deste ano. — Asha mantém os olhos focados no prato.

— O que quer dizer? — pergunta o pai, a voz se aprofundando no tom de desapontamento que Asha tanto teme.

— Você ainda tem dois anos de segundo grau, e *essas* notas podem prejudicar sua inscrição de qualquer modo. Está na hora de levar a sério, Asha, é do seu futuro que estamos falando! — Ele se afasta da mesa, as pernas da cadeira guinchando contra o chão da cozinha para acentuar sua posição.

— Olhe, ainda há tempo de melhorar as notas este ano — diz a mãe. — Posso ajudá-la em química, ou podemos arranjar um professor particular. — A mãe agarra a borda da mesa com ambas as mãos, como se esperasse um terremoto.

— Não preciso de professor particular e não quero a sua ajuda *de jeito nenhum* — diz Asha, escolhendo as palavras para ferir a mãe. — Só ouço vocês falarem de notas e estudo. Vocês não ligam para o que é importante para mim. Adoro trabalhar no jornal e sou boa nisso. Quero sair com minhas amigas, quero ir a festas e ser uma adolescente normal. Por que vocês não entendem isso? Por que vocês nunca me entendem? — Agora ela está gritando e sente um nó subir na garganta.

— Querida — diz a mãe —, amamos você e só queremos o melhor para você.

— Vocês sempre dizem isso, mas não é verdade. Vocês *não* querem o melhor para mim. — Asha se levanta da mesa e tropeça para trás até as costas baterem na parede da cozinha.

— Vocês nem me conhecem. Vocês sempre tentaram me

encaixar numa imagem perfeita da filha que queriam. Só me trouxeram para a sua pequena fantasia, mas não me veem. Não me amam. Querem que eu seja como vocês, mas não sou. — Ela balança a cabeça freneticamente enquanto fala. — *Essa* é a verdade. Talvez se fossem meus pais verdadeiros vocês me entendessem e me amassem do jeito que eu sou. — Ela sente o corpo tremer, as mãos suarem. É como se algo estranho entrasse no seu corpo e liberasse o veneno que lhe escorre da boca. Apesar do olhar vazio no rosto do pai e das lágrimas que correm pelo da mãe, Asha não consegue parar.
— Por que nunca me falam dos meus pais verdadeiros? Têm medo de que eles me amem mais do que vocês.

— Asha, nós já dissemos — diz a mãe com voz entrecortada.

— Não sabemos nada sobre eles. Era assim que tudo funcionava na Índia naquela época.

— E por que nunca me levaram à Índia? Todas as outras garotas indianas que conheço vão lá o tempo todo. Qual é o problema, pai? Tem vergonha de mim? Não sou boa o bastante para a sua família? — Asha encara o pai, olhando as mãos dele tão apertadas que os nós estão sem cor. — Não é justo. — Agora Asha não consegue segurar as lágrimas. — Todo mundo sabe de onde vem, mas eu não faço ideia. Não sei por que tenho esses olhos que todo mundo nota. Não sei lidar com esse meu maldito cabelo — grita ela, agarrando-o com as mãos. — Não sei por que consigo me lembrar de todas as palavras de sete letras no Scrabble, mas nenhuma da tabela periódica. Só quero sentir que alguém, em algum lugar, me entende de verdade! — Agora ela chora alto e limpa com as costas da mão o nariz que escorre. — Queria nunca ter nascido — solta ela. O olhar de choque dolorido no rosto da mãe lhe dá alguma satisfação. — Queria que vocês nunca tivessem me adotado. Assim eu não seria uma decepção tão grande para vocês. — Agora Asha está gritando e sente um estranho prazer quando a mãe começa a gritar também.

— Pois olhe, Asha, pelo menos eu *tentei*. Pelo menos tentei ser sua mãe. Mais do que aquela... *gente* na Índia que abandonou você. Eu *queria* uma filha e fiquei aqui, Asha. Todo santo dia. — Ela reforça cada palavra batendo o dedo na mesa. — Mais do que o seu pai, mais do que qualquer um. — De repente, a voz da mãe cai para um sussurro rouco. — Pelo menos eu *queria* você.

Asha escorrega pela parede e cai amontoada no chão, a cabeça enterrada nos joelhos, soluçando. Bem ali, na cozinha em que comemorou aniversários e assou biscoitos, no coração do único lar que consegue recordar, ela se sente tão sozinha e deslocada como sempre se sentiu na vida. Ninguém fala durante vários minutos. Finalmente, Asha ergue os olhos, o rosto riscado de lágrimas e os olhos amarelos contornados de vermelho.

— Não é justo — diz, baixinho, entre fungadas profundas. — Passei 16 anos sem saber, 16 anos fazendo perguntas que ninguém sabe responder. Sinto que simplesmente não pertenço de verdade a esta família, a lugar nenhum. É como se sempre faltasse um pedaço meu. Vocês não entendem? — Ela se volta para os pais, buscando nos rostos deles algo que lhe traga consolo. A mãe encara a mesa. Os olhos do pai estão fechados, a testa apoiada na mão. O rosto dele inteiro está imóvel, a não ser pelo músculo que pulsa no maxilar. Nenhum deles a olha.

Asha se levanta do chão, fungando, e corre para o quarto no andar de cima. Depois de bater e trancar a porta, joga-se na cama, soluçando no edredom de lese branca. Quando finalmente ergue os olhos, está escuro no quarto, e o céu do lado de fora da janela é cinza-escuro. Ela enfia a mão na gaveta de baixo da mesinha de cabeceira, tira uma caixinha quadrada de mármore branco e a pousa à sua frente. Os dedos tremem sobre o desenho geométrico esculpido na tampa pesada da caixa que o pai lhe comprou num brechó quando ela tinha 8 anos. Ele disse que o desenho lhe lembrava a Índia, os entalhes do Taj Mahal.

Ela remove a tampa e tira várias folhas dobradas de papel de carta. O papel é fino e as dobras estão gastas por terem sido feitas e desfeitas tantas vezes. Debaixo de todas as folhas, no fundo da caixa, ela pega a pulseira fina de prata. Está amassada e escurecida. É quase pequena demais para passar com facilidade pela parte mais larga da mão, mas ela espreme o pulso e consegue enfiá-la. Enrola-se em posição fetal, agarrando junto ao peito um grande travesseiro de bordas rendadas, e fecha os olhos. Fica ali, na escuridão que toma conta do quarto, escutando os pais falando alto lá embaixo. A última coisa que ouve antes de dormir é a porta da frente batendo.

Complicações cruéis

Mumbai, Índia — 2000
Kavita

Kavita abre a porta da frente do *chawl*.
— Olá! — grita. Jasu e Vijay já deveriam estar em casa, mas o apartamento está vazio. Ela teme que Jasu esteja bebendo de novo. Três semanas atrás, ele feriu a mão direita na fábrica quando outro operário ligou a prensa por engano enquanto Jasu a regulava. As placas de aço esmagaram seus ossos em três lugares antes de desligarem a máquina. Ele foi levado para o hospital público, onde o médico lhe aplicou uma tala e o mandou de volta à fábrica. Mas o capataz disse a Jasu que ele estava atrasando o serviço e o despachou para casa até conseguir trabalhar direito. Mandou Jasu marcar uns papéis com o polegar e explicou que ele não receberia pagamento enquanto não voltasse ao trabalho.

Nos primeiros dias, Jasu ficou em casa, limpando o chão. Depois começou a perambular pela rua, voltando para casa queimado de sol e coberto de pó. Kavita tentou tranquilizá-lo. Pelo menos já tinham pagado quase tudo ao agiota e, com o salário dela e o pagamento de mensageiro de Vijay, conseguiriam cobrir as outras despesas da casa durante algumas semanas, até a mão dele sarar. Isso não trouxe muito alívio a Jasu; ele só ficou mais mal-humorado. Depois da primeira semana, Kavita começou novamente a perceber nele aquele cheiro inconfundível. Tentou ignorar. Na verdade, ela não tem tempo para pensar muito nisso. Todo dia, levanta cedo, vai trabalhar, volta para casa, prepara o jantar, cai na cama exausta e faz tudo de novo no dia seguinte. Quando tem energia, tenta passar algum tempo com Vijay à noite, embora ele também esteja mal-humorado ultimamente.

Ela pensa em sair para procurar Jasu, mas sabe que ele e Vijay estarão com fome quando chegarem em casa. É melhor preparar o jantar primeiro. Uma hora depois, o *shaak* de arroz e cebola está pronto. Kavita sente o estômago grunhir. Não come nada há oito horas. Belisca a comida cautelosamente com os dedos. Não consegue se forçar a sentar-se e comer direito sem o marido e o filho. Vijay deve estar estudando com algum colega da escola, como tem feito com mais frequência nos últimos dias. Mas Jasu já deveria estar em casa. A inquietude aumenta e se transforma em preocupação e depois rapidamente em medo. Kavita se decide, cobre a comida e calça os *chappals*. Enfia dinheiro e a chave nas dobras do sári antes de sair.

LÁ FORA, KAVITA ANDA DEPRESSA. MANTÉM OS OLHOS FIRmes bem à frente: a rua ali não é segura para uma mulher sozinha depois do anoitecer. *Onde será que ele foi? Como pode se comportar assim, como um grosseirão?* Na maior parte do tempo, ela acha que consegue seguir o conselho da mãe de confiar no marido, de ser corajosa pelo bem da família. Mas às vezes ele faz uma estupidez dessas, como sumir na noite ou voltar para casa cheirando a bebida, e num átimo ela perde a fé. Começa a pensar que errou ao confiar nele, como se todas as decisões fossem más — abandonar as filhas, sair da aldeia, tentar sobreviver nesta cidade que nunca será um lar.

Os pés a levam pelo caminho até a pracinha cercada pelas lojas e pelas luzes das ruas da cidade. Ela passa pelos brinquedos enferrujados e vazios rumo a um grupo de homens sentados debaixo de uma grande árvore. Quando se aproxima, vê um grande narguilé no meio deles e o rastro de fumaça surgindo. Agora está quase completamente escuro. Ela não consegue identificar o rosto dos homens a distância. Todos gargalham, e, por um instante, ela teme o que lhe acontecerá nas mãos deles se Jasu não estiver ali no meio. Quando se aproxima, sente-se primeiro aliviada, e então desapontada ao identificar o marido encostado na árvore, as pálpebras pesadas e a mão engessada caída mole no colo. A mão boa segura uma garrafa.

— Jasu — chama ela. Alguns homens lhe dão uma olhada e depois voltam a conversar. — Jasu! — tenta de novo, em voz alta o suficiente para ser ouvida sobre a piada machista sobre uma mulher e um burro. Ela observa os olhos vermelhos do marido se mexerem e, devagar, se focalizarem no seu rosto. Ele tenta se endireitar assim que a vê.

— *Arre*, Jasu, sua mulher veio buscá-lo como um garotinho? — provoca um dos homens.

— Quem usa o seu *dhoti*, *bhai*? — Outro lhe dá um tapa nas costas, fazendo-o cair para a frente de novo.

Jasu dá um sorriso fraco para os implicantes, mas Kavita vê a dor nos olhos dele. Vê o orgulho ferido, a vergonha, o desapontamento que sabe que ele sente. Nesse instante, ao vê-lo nesse estado confuso e indefeso, Kavita sente a raiva e o medo serem varridos pela tristeza. Durante todo esse tempo, Jasu só teve um objetivo acima de tudo: sustentar a família. E, nos últimos vinte anos, parece que Deus imaginou uma complicação cruel atrás da outra para afastá-lo até desse modesto objetivo. As safras ruins em Dahanu, o emprego ilusório de *dhaba-wallah*, a batida policial na fábrica de bicicletas, o agiota e agora a mão quebrada, pendendo mole ao lado do corpo enquanto ele tenta se levantar. Kavita corre para ajudá-lo.

— Venha, Jasu-ji — diz ela, usando o termo de respeito para falar com o marido. — O senhor queria que eu o chamasse quando o jantar ficasse pronto. Fiz todos os seus pratos prediletos: *bhindi, masala, khadi, laddoo*. — Kavita se endireita sob o peso do corpo grande de Jasu. Ele a olha nos olhos. Não fazem uma refeição assim desde que se casaram.

— Ah, é muito bom ter uma esposa que cozinha tão bem — diz ele enquanto se afastam juntos, devagar. Jasu ergue a mão boa para os homens e diz por sobre os ombros: — Viram a sorte que tenho? Vocês, seus patifes, deviam ter a mesma sorte.

De volta ao *chawl*, Kavita ajuda Jasu a se deitar e lhe cobre a testa com um pano molhado. Com os dedos, serve-lhe arroz frio e *shaak*, que ele come desajeitado antes de cair num sono pesado. O estômago dela grunhe, e ela lembra que ainda não jantou. Kavita percebe que agora já passa das 9 horas e Vijay ainda não está em casa. Ela sente o medo voltar, dessa vez sob a forma de um gosto amargo na boca.

Vijay terminou as entregas de *Sahib* faz cinco horas. A única explicação sensata é que esteja na casa de um amigo. Eles não têm telefone, nem os amigos de Vijay. Provavelmente ele mergulhou nos estudos e não percebeu a hora. É, deve ser isso. Ele é um menino inteligente e responsável. Kavita respira fundo algumas vezes enquanto passa o pano úmido na testa de Jasu. Assim que ele voltar a trabalhar, tudo dará certo. Ela se senta no chão, junto à lâmpada nua que lança alguma luz em sua direção, e prende um botão na camisa de Jasu enquanto espera Vijay. Pelo menos pode se consolar com o fato de que, depois do escurecer, um menino de 15 anos está mais seguro na rua do que uma mulher. Quando finalmente escuta a porta da frente, sente uma onda de alívio inundá la pela segunda vez nesta noite. Vijay entra no quarto.

— Vijay — diz ela, num sussurro bem audível, levantando-se. — Onde estava? Não tem vergonha? Ficamos aqui preocupados com você!

O filho adolescente, que tem sobre o lábio superior um leve começo de bigode, apenas dá de ombros, as mãos no bolso. Nota o pai deitado na cama.

— Por que meu pai já está dormindo?

— Não me faça perguntas, *achha*. Só responda às minhas perguntas. Seu pai e eu trabalhamos duro todo dia para cuidar de você. Entendeu? — A raiva em sua voz começa a se misturar com cansaço. De repente, ela se sente totalmente exausta com tudo isso.

— Também trabalho — murmura Vijay entre os dentes.

— Hein? O que disse?

— Também trabalho. Ganho dinheiro. — A fala murmurada de Vijay fica mais alta quando ele aponta o pai. — Veja só o papai! Bêbado de novo. Ele não está trabalhando, está dormindo.

Kavita ergue a mão depressa e dá um tapa no rosto de Vijay. Ele recua, com cara de espanto, e toca a bochecha com a mão. A boca se contorce e ele enfia a mão no fundo do bolso. Puxa um maço de notas e o joga aos pés da mãe.

— Aí! Tudo bem? Agora temos bastante dinheiro. Papai pode beber e dormir o dia inteiro, se quiser. — Ele a olha em desafio.

O coração de Kavita para de bater. Ela olha o dinheiro como se fosse uma cobra se desenrolando para fora de uma cesta. Deve haver pelo menos 300 rupias ali. Ele não conseguiria ganhar tudo isso com o trabalho de mensageiro. Ela olha o filho com medo e descrença.

— *Beta*, onde arranjou isso?

— Não se preocupe, mãe — responde ele e se vira. — A senhora não precisa mais se preocupar comigo.

Julho de 2001

Eu e o meu pai tentamos fazer dois pratos indianos este fim de semana. O primeiro foi um desastre; disparamos o detector de fumaça quando o óleo e os temperos queimaram o fundo da panela. Mas o segundo, um tipo de curry de tomate com batata e ervilha, ficou mesmo muito bom.

Eu me sinto mal ao dizer isso, mas torço pelos fins de semana sozinha com papai. Mamãe tem ido a San Diego todo mês, mais ou menos, desde que a vovó achou um caroço no seio.

Hoje de manhã, papai ligou para a família dele na Índia e conversei de novo com eles. Ainda é meio esquisito falar com gente que só vi em fotos, mas está melhorando. Ele pegou as receitas com a mãe e fomos até a loja indiana lá em Sunnyvale para buscar os ingredientes.

Amanhã, vamos jogar tênis; papai está treinando o meu backhand. *Assim, agora estamos nos dando muito bem. A única coisa que o irrita é quando falamos do meu futuro e digo que quero ser jornalista, e não médica. Na verdade, isso provocou uma grande briga entre eles quando mamãe me ajudou a conseguir um estágio numa emissora de rádio no verão. Acho que foi muito legal da parte dela. Ela pareceu até feliz quando fui nomeada editora do* Clarim *para o ano que vem.*

Finalmente, não estou mais brigando tanto com eles. E dá para ver a luz: o meu último ano vai passar correndo e depois, faculdade, onde posso fazer o que quiser.

TERCEIRA PARTE

Fim de semana dos pais

Providence, Rhode Island — 2003
Asha

O campus está coberto de folhas secas que farfalham sob os pés quando Asha cruza o grande gramado com os pais. Faz um pouco de frio, mas o sol claro de outono que se infiltra entre os galhos das árvores e as xícaras de sidra de maçã os mantêm aquecidos enquanto ela os guia num passeio.

— A redação do *Daily Herald* fica lá, a poucos quarteirões. — Asha aponta entre os prédios cobertos de hera.

— Gostaria de visitá-la, já que você passa tanto tempo lá — diz a mãe.

— Claro. Mais sidra, pai? — pergunta Asha, a sua xícara pousada debaixo da torneira do barril de aço inox numa das mesas no parque central da faculdade, onde passeiam centenas de outros alunos e pais. Asha sente uma mão no meio das costas. Vira-se e, ao ver Jeremy, dá um grande sorriso e se volta para os pais.

— Mamãe e papai, este é Jer... Sr. Cooper. Já lhes falei dele. É o professor orientador do *Herald*.

— Jeremy Cooper — repete ele, estendendo a mão para o pai dela. — Os senhores devem estar muito orgulhosos de sua filha, Sr. e Sra. Thakkar. Ela realmente...

— Doutor — interrompe o pai.
— Não entendi...
— É doutor. Eu e a mãe de Asha somos médicos — diz ele. Asha vê os olhos da mãe baixarem.
— Ah, sim, é claro. — Jeremy dá uma risadinha. — Asha já me falou. Sempre esqueço o "doutor" do meu próprio nome — diz ele, com um gesto de desdém. Asha dá um risinho. — Como dizia, os senhores devem estar muito orgulhosos da sua filha. Asha é uma das melhores jovens jornalistas que já vi nos meus anos na Brown. — Asha dá um grande sorriso.
— E quantos anos seriam? — pergunta o pai.
— Hã... bem, cinco anos já. É difícil acreditar. O senhor viu o texto que ela escreveu neste outono sobre recrutadores militares no campus? Muito perspicaz. Merecedor de publicação em qualquer grande jornal. É verdade. Excelente. — Jeremy sorri para Asha.
— Sr. Cooper, o que o senhor faz... — começa o pai.
— Por favor, me chame de Jeremy. — Ele põe as mãos nos bolsos com aba do paletó de tweed marrom, puído na beira da lapela.
— Sim, o que você faz — diz Krishnan — além de supervisionar o jornal?
— Bom, dou algumas aulas no departamento de inglês e também tento trabalhar como redator autônomo, quando tenho tempo. — Jeremy balança para trás sobre o calcanhar do mocassim marrom e gasto. — Mas tenho muito que fazer no campus.
— É, dá para imaginar — diz o pai. — Você deve gostar da vida de professor. Afinal de contas, não há muitas boas oportunidades de carreira no seu campo.
— Pai... — implora Asha, com uma careta.
— Não, não, seu pai está certo — disse Jeremy. — Mas nunca fui tão talentoso quanto Asha. Ela pode ser a nossa

próxima grande correspondente estrangeira, viajando para terras distantes para trazer notícias.

Asha vê a mãe fazer uma cara chocada e está prestes a tranquilizá-la quando as colegas dela aparecem.

— Asha! Ah, oi, Jeremy.

Jeremy pede licença, dizendo alguma coisa sobre uma recepção de professores onde o esperam. Asha lhe dá um olhar de solidariedade quando ele sai, pedindo desculpas em silêncio pelo pai.

— Oi, pessoal! — Asha se vira para os pais. — Mãe, pai, se lembram das minhas colegas? Nisha, Celine, e esta é Paula, acho que não a conheceram da última vez.

Nisha e Celine acenam e dizem oi. Paula empoleira os óculos escuros na cabeça, revelando os olhos castanhos de cílios espessos. Ela se inclina para a frente, o suéter de gola ampla e larga permitindo um vislumbre do pálido sulco entre os seios, e estende a mão.

— Muito prazer em conhecê-los. Já ouvi falar muito dos senhores. — Asha troca olhares com Nisha e Celine. Elas costumavam implicar com Paula por ser tão metida a sedutora, principalmente com os professores, até perceberem que ela não sabia se comportar de outro modo. Paula inclina a cabeça para o lado e sorri para o pai da colega. — Asha tem dividido conosco algumas receitas suas de curry. O senhor deve cozinhar muito bem.

— Ah, não mesmo — diz o pai. — Gostamos de cozinhar juntos. Cometo muitos erros, mas Asha tem paciência comigo. — Ele abraça a filha.

— Sabe — diz Paula —, hoje à noite, mais tarde, haverá uma festa *bhangra* no campus. O senhor devia vir. Haverá um ótimo DJ.

— *Bhangra*, é sério? — pergunta o pai. Asha percebe a confusão no rosto da mãe.

— Ah, não queremos atrapalhar — diz a mãe, pondo a mão no cotovelo dele. — Vocês que são jovens que se divirtam.

— Tudo bem, então encontro vocês amanhã de manhã no hotel para o café da manhã? — pergunta Asha.

— Claro, querida. — A mãe se inclina para beijá-la. — Então até mais.

A MÃE DESLIZA SOBRE A MESA, NA DIREÇÃO DELA, UMA caixa embrulhada e amarrada com uma fita larga de cetim amarelo. Asha pousa o suco de laranja e olha do rosto sorridente da mãe para a expressão neutra do pai.

— O que é isso?

— Um presente de aniversário antecipado — diz a mãe.

— Vamos, abra.

Asha desembrulha a caixa e encontra uma filmadora portátil nova.

— Lembrei que você gostou de usar a nossa no Havaí, no verão passado. — A mãe sorri e olha o pai. — E você disse que gostaria de gravar as entrevistas para não perder nada.

Asha sorri. Lembra-se da conversa com a mãe, quando queria dizer gravar o som.

— Não dá para acreditar quantas opções existem — continua a mãe. — Mas o rapaz da loja disse que esta tem as características mais importantes, lente zoom e conexão com o computador. Você pode ligá-la diretamente no seu Mac para fazer a edição.

— Obrigada, mãe — diz Asha. — É maravilhosa, mal posso esperar para usar. — Ela ergue a câmera até os olhos e a aponta para o pai. — Vamos, pai... sorria!

Vida real

Mumbai, Índia — 2004
Kavita

— Acha mesmo que ela iria embora assim com o melhor amigo dele? — pergunta Kavita, dando o braço a Jasu quando saem do cinema.
— Claro que não, *chakli*. Não é a vida real. É só um filme. — Ele passa o braço nos ombros dela e a conduz ao atravessar a rua movimentada durante uma breve pausa no tráfego.
— Então por que fazem filmes assim? Coisas que nunca vão acontecer? — continua ela quando chegam a salvo do outro lado.
— Passatempo, *chakli*!
— Humm. — Para Kavita, o conceito de simplesmente passar o tempo é quase tão estranho quanto a ideia de que agora podem se dar ao luxo de ir ao cinema quando quiserem.
— O que gostaria de fazer agora, *chakli*? Tomar algo frio? — pergunta ele quando se aproximam de uma sorveteria.
— Sim, eu gostaria de um café gelado — responde Kavita. Ela descobriu recentemente essa guloseima doce e cremosa e acha difícil resistir numa noite quente como esta. Costumava achar estranho as pessoas fazerem fila nesses

lugares, dispostas a gastar as rupias suadas com tamanha frivolidade.

— *Ek* café gelado, *ek* sorvete de *pista* — diz Jasu ao homem que usa um boné Nehru de papel do outro lado do balcão. Alguns minutos depois, ele entrega o copo alto à esposa e os dois continuam andando. As ruas e calçadas estão apinhadas. É noite de sábado, a única noite da semana em que toda Mumbai parece esquecer as preocupações e sair. Os restaurantes estão cheios de famílias, e, mais tarde, haverá filas diante das boates mais frequentadas. Esse mundo também é uma descoberta bem recente para Kavita e Jasu.

COMEÇOU HÁ ALGUNS ANOS, QUANDO VIJAY OS LEVOU A um restaurante de verdade para comemorar seu 16º aniversário. Foi a primeira vez que foram a um restaurante com mesas cobertas por toalhas brancas e bem-passadas. Vijay conseguira terminar o décimo ano e abrira uma empresa de mensageiros com o amigo Pulin. Kavita e Jasu ainda prefeririam que ele seguisse outro caminho.

— *Beta*, você é um menino tão inteligente. Foi muito mais longe do que nós na escola. Por que esse negócio de mensageiros, como uma pessoa comum? — perguntou Jasu. — Você pode fazer coisa melhor. Por que não procura um bom emprego de escritório?

— Pai, esse é um bom trabalho — respondeu Vijay. — Sou o chefe. Ninguém me diz o que fazer. — Vijay fez o pedido para todos, já que era o único que sabia ler o cardápio. Kavita não reconheceu os pratos que ele escolheu, mas toda a comida era maravilhosa, apresentada em travessas de prata brilhante e servida por garçons. Ela se sentiu uma rainha e, pela conversa animada de Jasu, podia ver que ele também estava orgulhoso. No fim da noite, Vijay puxou um maço de notas para pagar a conta. Isso Kavita já vira muitas vezes, mas toda vez que ele abria o grosso rolo de notas e as contava uma mão gelada lhe apertava o coração.

— Adoro pistache, poderia comer todo dia. — Jasu termina o sorvete verde-claro.

— Agora você come praticamente todo dia — diz Kavita, lhe dando uma cotovelada na costela.

— Vamos pegar um riquixá para voltar? — Jasu toma o braço dela para guiá-la pela calçada movimentada. É muito mais agradável pegar um riquixá à noite do que embarcar no trem lotado. À frente, um círculo de pessoas parece se reunir em volta de algum tipo de artista de rua.

— O que está havendo ali? — pergunta Kavita. — Músico ou encantador de serpentes? Vamos ver. — As palmas ritmadas da multidão os atraem. Dois homens subiram no murinho de pedra para olhar melhor. Quando Kavita e Jasu finalmente se aproximam o suficiente, ficam ambos chocados com o que veem no meio do círculo de homens. É uma mulher, uma moça, na verdade, com no máximo 18 anos. Está de joelhos no chão, chorando desorientada, tateando atrás de alguma coisa. Um homem no círculo segura uma ponta do seu sári, quase totalmente desenrolado do corpo. A blusa está rasgada no meio, expondo os seios.

Jasu força o caminho até a frente da multidão e se agacha junto da moça. Vira-se, arranca o sári da mão do homem e berra com ele:

— Seu patife imundo! Não tem vergonha?

Ele tenta reenrolar a roupa em torno da moça, mas, como lhe parece muito desajeitado, tira a camisa e a enfia nos ombros dela, protegendo a pele nua dos olhos famintos que a devoram.

— Ei, *bhaiyo*, saia daí. Não estrague a festa! — grita um homem no meio do círculo.

As mãos da moça finalmente encontram o que procuravam: um par de óculos, agora rachados e sujos de terra. Ela os põe no rosto, se levanta e se enrola com força na camisa de Jasu. Kavita olha o rosto da moça. A testa é grande demais, os olhos separados demais. Num instante de horror, percebe que a moça é mentalmente retardada. No rosto de Jasu, vê a mesma faísca de percepção, que imediatamente se transforma em fúria.

— Festa? Para vocês isso é festa? — berra ele para os homens reunidos em volta, alguns dos quais agora se afastam do grupo. — *Arre*, esse comportamento é uma vergonha. Ela é uma moça inocente! Como se sentiriam se alguém tratasse assim a sua esposa? A sua irmã? A sua filha? Hein? — Jasu, vestindo apenas a camiseta sem mangas, faz gestos ameaçadores para os poucos homens que continuam ali, incapazes de aceitar o fim precoce do entretenimento.

Kavita anda rapidamente até a moça e a leva para longe da multidão.

— Está bem, *beti*? — sussurra, quando se encostam no tronco de uma árvore. A moça faz que sim em resposta.

— Onde mora? Precisa de dinheiro para ir para casa? — A moça continua balançando a cabeça no mesmo ritmo, sem indicar nem compreensão nem concordância. Finalmente, a multidão se dispersa, e Jasu se junta a Kavita e à moça. — Acho que devemos levá-la para casa — diz Kavita, depois de finalmente descobrir o endereço. Jasu concorda e desce o meio-fio para pegar um táxi.

— Você está bem? — pergunta Kavita a Jasu. Estavam em silêncio no carro desde que deixaram a moça em seu prédio. Jasu conversou com o ascensorista, que disse que levaria a moça em segurança até o apartamento dos pais.

— *Hahn* — disse ele, monocórdio. — Eu estava pensando... aquela pobre moça estava tão indefesa, e todos aqueles homens só... Se não tivéssemos passado naquele instante, o que aconteceria com ela?

— Você fez uma boa ação. Foi muito corajoso da sua parte. — Kavita põe a mão no braço dele.

— Não foi tanta coragem assim, foi só a sorte de estarmos lá. Só a sorte... — Ele se cala de novo e balança a cabeça. — Não importa. Agora está feito. Espero que não estrague a noite.

— *Nai* — diz ela, sorrindo para ele. — De jeito nenhum. — Kavita não diz o que pensa, como fora bom segurar nos braços o corpo frágil da moça até que parasse de tremer, limpar as suas lágrimas e acariciar o cabelo comprido. Cantar docemente para ela no carro, como a mãe costumava cantar para ela. Como imaginara cantar para sua própria filha secreta.

Parte dela

Menlo Park, Califórnia — 2004
Somer

Depois do jantar, Somer fica junto à pia, os antebraços cobertos por lustrosas luvas amarelas, contente com o ruído da presença de Asha em casa. É a primeira noite dela em casa nas férias de verão depois do segundo ano na Brown. Somer ainda hesita, sem saber direito como é ser uma família de novo. Quando chegou em casa, Asha deixou claro que agora se considera independente, recusando ajuda com a roupa suja que saiu da mala e instalando o laptop num cantinho protegido do quarto.

E Somer e Krishnan finalmente conseguiram encontrar um equilíbrio baseado em muito espaço e em evitar conflitos. Agarram-se ao terreno plano e recuam quando sentem a mínima rachadura sob os pés. Houve uma época em que discutiam às claras. Começou quase de repente depois que Asha partiu. Sem a presença dela em casa, não havia um foco em comum para a energia dos dois, nenhum lembrete para se comportarem bem diante dela. Brigavam pelas dezenas de decisões cotidianas que, de repente, eram só deles. Somer não estava preparada para o silêncio total que, sem Asha, caiu sobre a casa; não havia música emanando do seu quarto, nenhuma reverberação de riso enquanto ela ficava horas ao telefone. Era dos pequenos momentos que Somer sentia falta — o adeusinho na porta da frente, a rápida espiada no quarto de Asha à noite —, os momentos que faziam a casa e o dia parecerem cheios. Depois de tantos anos com Asha no centro de sua vida, Somer se sentiu perdida quando ela foi embora. Mas a vida de Krishnan não mudou muito: ele se consumia principalmente com o trabalho, passando as manhãs na sala de cirurgia e as tardes no consultório.

Kris, agora sentado à mesa com Asha, dá um peteleco com o dedo médio e o polegar numa página do jornal.

— Não dá para acreditar nessa bobagem. Ainda estão brigando por essa coisa na Flórida, tentando manter essa pobre mulher presa ao tubo de alimentação. O cérebro dela morreu há mais de uma década e não a deixam partir em paz. — Ele tira os óculos, bafeja as lentes ruidosamente e as limpa com o lenço.

— Acha que ela teve mesmo morte cerebral? — pergunta Asha, tirando o jornal dele.

— Acho, sim. Mas isso é irrelevante. — Ele ergue os óculos para a luz e, finalmente satisfeito, os recoloca no rosto. — Essa é uma decisão entre a família e o médico.

— E se não concordarem? — pergunta Asha. — Os pais dela querem mantê-la viva, o marido, não.

— Bom, o marido é o guardião — diz Kris. — Em algum momento, a família que criamos se torna mais importante do que aquela em que nascemos. — Ele balança a cabeça. — Ouça, estou dizendo agora a vocês duas que, se um dia eu ficar num estado vegetativo persistente, têm a minha permissão de puxar a tomada.

— Não há nenhuma possibilidade de curá-la? — pergunta Asha.

Ele faz que não.

— A não ser que ela crie um cérebro novo. E agora os políticos também estão querendo interferir na pesquisa com células-tronco.

Do outro lado da cozinha, Somer observa que Asha gosta visivelmente de travar debates vigorosos com Kris. Diz em voz alta:

— Que tal um quebra-cabeça agora à noite? Vou fazer pipoca.

— Legal. — Asha limpa a mesa da cozinha. — Eu pego o quebra-cabeça. Armário do corredor?

— É. — Somer tira a máquina de pipoca da prateleira mais alta. — Tomara que ainda funcione — diz, animada com a familiaridade da noite de quebra-cabeça, evento regular antes da partida de Asha.

Somer despeja os grãos de milho na máquina, fazendo um som alto de chocalho.

Asha traz uma caixa que retrata gôndolas venezianas em cores sortidas flutuando pelos canais.

— Então, o que acha dessa proposta, pai? De financiar a pesquisa com células-tronco?

— Acho que 3 bilhões de dólares para pesquisas na Califórnia seriam maravilhosos. Esses estudos com células-tronco são os mais promissores que já vi na neurociência.

— Você devia escrever um editorial sobre isso para o jornal, papai — diz Asha, atravessando a cozinha. — Aposto que os eleitores adorariam ler as palavras de um neurocirurgião. Posso ajudá-lo.

Ele faz que não, espalhando as peças.

— Não, obrigado, fico com a medicina.

Os disparos rápidos do milho estourando desaceleram e Somer despeja a pipoca branca e fofa numa tigela grande.

— Sal e manteiga?

Asha joga uma pipoca na boca.

— Bom, mas precisa de mais uma coisinha. — Asha pega das mãos dela a tigela de pipoca. — Você e papai podem começar. — Somer se senta ao lado de Krishnan, espantada em como ainda é mais fácil para ele, como Asha busca um terreno em comum com ele. Somer recorda com carinho as vezes que jogou cartas ou Scrabble com o pai. Agora, pela primeira vez, se pergunta como a mãe se sentia quando ela preferia o pai de forma tão gritante.

Asha gira o carrossel dos temperos.

— Vou fazer uma coisinha que eu e as minhas amigas preparamos. — Ela se junta a eles à mesa e oferece a tigela a Kris. — Experimente.

Profundamente concentrado em várias peças de uma gôndola azul, ele enfia a mão no recipiente sem olhar.

— Humm. Muito bom — diz ele.

Somer pega uma pipoca e se choca com a cor vermelho-vivo.

— Ei — diz, pondo-a na boca —, o que você...? — É interrompida pela tosse quando o tempero pungente lhe chega à garganta. Somer estende a mão para o copo d'água mais próximo, mas não consegue parar de tossir tempo suficiente para dar um gole. A boca arde e os olhos lacrimejam.

— Apimentado, mas gostoso, não é? Pimenta-malagueta, alho, sal e açúcar. E cúrcuma, geralmente, mas acho que aqui não tem. — Asha se senta à mesa com a tigela entre ela e Kris.

— Pois então, tenho novidades. — Somer ergue os olhos e Asha continua. — Conhecem a Fundação Watson? Eles concedem bolsas para estudantes universitários passarem um ano no exterior. Eu me candidatei com um projeto sobre crianças que vivem na pobreza. Na Índia. — Os olhos de Asha passam rapidamente de um para o outro.

Somer tenta entender as palavras de Asha, sem saber o que dizer.

— E consegui. — O rosto de Asha explode num grande sorriso. — Consegui, e vou no ano que vem.

— Você... o quê? — Somer balança a cabeça.

— Nem consigo acreditar que consegui mesmo. Os integrantes da comissão disseram ter gostado da minha ideia de trabalhar lá com um grande jornal para publicar uma reportagem especial e...

— E você só conta isso agora? — pergunta Somer.

— É que eu não queria dizer nada enquanto não tivesse certeza de que tinha conseguido, porque a concorrência é grande.

— Em que lugar da Índia? — pergunta Krishnan, sem perceber o choque de Somer.

— Mumbai. — Asha sorri para ele. — Posso ficar na casa da sua família. A minha reportagem será sobre crianças que crescem na pobreza urbana. Sabe, na favela, esse tipo de coisa. — Então ela estende a mão para pegar a de Somer, que ainda segura uma peça do quebra-cabeça. — Mãe, não vou largar a faculdade nem nada, volto para me formar. É só um ano.

— Você... já fez tudo isso? Está tudo planejado? — pergunta Somer.

— Achei que você ficaria orgulhosa. — Asha recolhe a mão. — O prêmio Watson é mesmo muito prestigiado. Organizei tudo sozinha, não estou pedindo dinheiro a vocês. Não fica feliz por mim? — pergunta ela, uma aresta de raiva se esgueirando na voz.

Somer esfrega a testa.

— Asha, não dá para jogar isso em cima de nós e esperar que comemoremos. Você não pode tomar uma decisão dessas sem nos consultar. — Ela olha Kris, esperando ver a raiva refletida no rosto dele. Mas não encontra nada do choque que sente, nada do medo que lhe perfura a mente. *Como pode estar tão calmo com isso?*

E, nesse momento, a ideia a atinge. *Ele sabia.*

O QUEBRA-CABEÇA JAZ INACABADO NA MESA DA COZINHA lá embaixo enquanto Somer tira a roupa na escuridão do closet. Deixa correr a água da torneira do banheiro, escutando o som pela porta do quarto. Esfrega o rosto do jeito que o dermatologista disse para não fazer. Dali a instantes, quando Kris entra no quarto, ela está fumegando.

— Então você não vê problema nenhum nisso?

— Bom. — Junto à escrivaninha, ele tira o relógio. — Acho que pode ser uma boa ideia.

— Boa ideia? Largar a faculdade e viajar para o outro lado do mundo sozinha? Acha que isso é boa ideia?

— Ela não vai largar a faculdade. É só um ano. Ela vai voltar e se formar, e daí se levar mais um ou dois semestres? E ela não estará sozinha, estará com a minha família. — Kris puxa a camisa para fora da calça e começa a desabotoá-la. — Olhe só, querida, acho mesmo que será bom para ela. Vai afastá-la daqueles professores moderninhos que enchem a cabeça dela com a ideia de que o jornalismo é uma profissão glamorosa. O meu pai pode levá-la ao hospital.

— Esse é o seu plano? Ainda acha que vai transformá-la em médica? — Somer sacode a cabeça.

— Ela ainda pode mudar de ideia. Verá todo um lado diferente da medicina por lá.

— Por que não a aceita como ela é? — pergunta Somer.

— E você, por que não? — dispara ele de volta, em voz tranquila, mas acusadora. Há um momento de silêncio enquanto ela o fita.

— Como assim?

— Veja só, ela quer ir à Índia. Tem idade suficiente para tomar essa decisão. Pode ficar com a minha família, conhecer a cultura indiana.

Somer se levanta e segue para o banheiro.

— Não consigo acreditar em você. Você é muito hipócrita. Se ela falasse em ir para qualquer lugar que não fosse a Índia, você estaria tão nervoso quanto eu. — Ela dá meia-volta e o encara de novo. — Você já sabia disso?

Ele esfrega os olhos com os dedos e solta um suspiro pesado.

— Kris? Você sabia? — Ela sente o nó no estômago.

— Sabia! — Ele joga as mãos para o alto. — Sabia, está bem? Ela precisou de uma assinatura no formulário e não queria ter de discutir isso com você se não conseguisse a bolsa.

Somer aperta o cinto do roupão e cruza os braços, sentindo um frio súbito. Fecha os olhos e absorve a notícia, a confissão de culpa. Balança a cabeça.

— Não consigo acreditar que você fez isso. Você agiu pelas minhas costas e... — Ela se interrompe, incapaz de continuar.

Kris senta-se na poltrona do canto, e sua voz se suaviza.

— Isso faz parte dela, Somer. Assim como faz parte de mim. Não há como negar isso. — O quarto fica em silêncio por muito tempo até que ele volta a falar. — Do que tem medo?

Ela força para baixo o nó na garganta e lista as razões.

— Tenho medo de ela largar a faculdade e viajar sozinha para o outro lado do mundo. Tenho medo do fato de ela estar tão longe de casa que podemos não ter a mínima ideia do que está acontecendo com ela. — Somer passa as mãos pelo rosto e depois pela cabeça, continuando com uma nova série de temores. — Fico preocupada com a segurança dela, uma moça sozinha por lá, entrando naquelas favelas... — Ela se senta de novo na cama e segura um travesseiro com força contra o peito. Kris não fala e não se mexe na cadeira do canto, onde a cabeça descansa numa das mãos.

Depois de um longo silêncio, ela limpa a garganta e fala de novo.

— Acha que ela tentará procurar por... eles? — Ela não consegue usar a palavra *pais*, que dá importância demais a pessoas que não têm ligação nenhuma com Asha, a não ser a biologia. Com o passar dos anos, eles se tornaram figuras sombrias na mente de Somer; sem nome e sem rosto, distantes, mas nunca longe demais. Sabe que não há risco de aparecerem algum dia, querendo um papel na vida da filha. Na verdade, é com Asha que ela sempre se preocupou. Esperou com medo o dia em que a filha chegaria a tal ponto de insatisfação com ela ou com Kris que fosse em busca de mais. Somer tentara ser impecável como mãe, mas ainda teme que, no fim, todo o seu amor não compense a filha pela perda que sofreu quando bebê.

— Quem? Ah. — Kris esfrega os olhos e a observa. — Pode ser, acho. Ela terá dificuldade para encontrá-los num país como a Índia, mas pode tentar. Provavelmente está curiosa. Isso não tem importância nenhuma, não é? Você não pode estar com medo ainda...

— Não sei. Eu entendo que não podemos impedi-la de procurar se for o que ela quer, mas... — Somer se cala, torcendo um lenço de papel em torno do dedo indicador. — Só fico preocupada, é isso. Não sabemos o que acontecerá. Não quero que ela se machuque.

— Você não pode protegê-la para sempre, Somer. Ela é praticamente adulta.

— Sei, mas deixamos tudo isso para trás. Agora ela está num bom lugar. — Somer não consegue dar voz ao seu medo real. De perder Asha, mesmo que só um pouquinho. De que o laço que tanto se esforçou para construir seja manchado por esse fantasma. Afinal de contas, esse é o resultado que tentou evitar o tempo todo — a razão de nunca ter desejado voltar à Índia, nunca ter estimulado as perguntas de Asha sobre a adoção. Isso está no centro de todas as decisões que tomou desde que Asha entrou em sua vida.

O mesmo de sempre

Mumbai, Índia — 2004
Kavita

O motorista de táxi para na entrada do prédio novo. Já moram ali há mais de um ano, mas Kavita ainda acha estranho ter alguém à espera para lhe abrir a porta do carro e outro junto ao elevador para levá-los ao terceiro andar. Mais ou menos dois anos atrás, Vijay insistiu que se mudassem para um apartamento maior quando a empresa começou a prosperar.

— Estou com 19 anos, mãe. Acho que é hora de ter um quarto só meu — disse ele.

Eles acharam difícil argumentar com isso, ainda mais quando Vijay disse que podiam continuar pagando o mesmo aluguel da rua Shivaji que ele cobriria a diferença. Kavita não sabe quanto realmente custa esse novo apartamento e acha que Jasu também não sabe. Agora têm um quarto próprio, assim como Vijay, que vai e vem conforme exigem os negócios, quando é chamado no bipe e no celular a qualquer hora. Kavita aprecia o espaço a mais e a cozinha moderna com água corrente sempre quente. Mas ainda sente saudades da casa antiga na rua Shivaji, os vizinhos com quem tinham feito amizade, as lojas da região onde era conhecida.

O melhor resultado da mudança aconteceu com Jasu. Parece que lhe tiraram um peso dos ombros, e até seus pesadelos se reduziram.

— É como se finalmente eu pudesse relaxar um pouquinho — disse ele. — Nossa família é estável, nosso filho cresceu. É uma sensação boa, *chakli*.

Kavita não se sente assim. É inquietante ver o filho como um homem crescido, que vive de forma independente sob o teto comum, fazendo negócios como um adulto que ela mal reconhece. Ainda se preocupa com Vijay por passar tempo demais com o sócio Pulin, pelas horas esquisitas em que trabalha, pelos maços de notas e várias outras coisas que lhe passam pela cabeça em momentos sombrios. Quando o elevador se põe em movimento com um sacolejo, ela se pergunta se um dia deixará de se preocupar com o filho.

Ela também pensa na filha. Agora Usha estará crescida, talvez até casada. Sobre a questão de a filha ter agora filhos próprios, Kavita só se permite especular alguns instantes, apenas a duração da subida do elevador. Assim que a porta se abrir, ela forçará a mente a mudar de rumo. Aprendeu a criar espaço no cotidiano para esses pensamentos que vêm sem avisar, sem no entanto permitir que assumam completamente o controle. Há muito tempo Kavita percebeu que precisava dar um jeito de viver no presente homenageando em silêncio o passado, de conviver com o marido e com o filho que tem sem se ressentir pelo que perdeu.

A porta do elevador se abre e o ascensorista se afasta para permitir que Jasu e Kavita saiam. Enquanto descem o corredor, Kavita sente algo estranho.

— Ouviu isso? — Ela se vira para Jasu, apontando com o queixo o apartamento no final do corredor.

Jasu continua andando, balançando o chaveiro no dedo indicador.

— O quê? Vijay deve ter ligado aquela televisão. Não sei como consegue dormir com o som tão alto.

Kavita desacelera, sem se tranquilizar. Quando chegam à porta do apartamento, ambos sabem que há algo errado. A porta está entreaberta e as vozes altas lá dentro claramente não vêm da televisão. Jasu põe o braço para trás, para manter Kavita às costas, e empurra a porta com a ponta do pé. Ele some lá dentro, e ela o segue depressa. São os escombros que veem primeiro: os pedacinhos conhecidos da vida espalhados por toda parte, como se Kali, a própria deusa da destruição, lhes tivesse feito uma visita.

— *Bhagwan* — diz Jasu entre os dentes ao passar por cima do vidro quebrado do retrato do pai falecido que antes enfeitava o corredor da frente, misturado às pétalas esmagadas da guirlanda de cravinas que Kavita pendurava nele toda manhã. As vozes altas vêm do quarto no fim do corredor. *O quarto de Vijay*. No meio da sala, a mesa está virada. As almofadas do sofá foram cortadas com faca, o sintético recheio branco escapando pelo rasgo. Em transe, Kavita entra na cozinha e vê que os sacos de aniagem de arroz basmati e lentilha sofreram o mesmo que as almofadas, com o conteúdo derramado no chão de concreto. Todos os armários estão abertos e uma das portas pende solta das dobradiças.

— Kavi, me escute — sussurra Jasu na sala. — Vá até o vizinho e espere lá. Vá, depressa! — Ele a leva para fora do apartamento antes que ela consiga pensar em perguntar se deve chamar a polícia. Ela bate à porta do vizinho, mas ninguém atende. Espera alguns minutos no corredor, volta ao apartamento e desce o corredor até o quarto dos fundos, parando do lado de fora. Há dois homens de farda castanha em pé lá dentro, de *lathis* na mão. *Quem chamou a polícia? Como chegaram aqui tão depressa?* Um policial interroga Jasu. Ela se afasta para o lado da porta, para ficar fora de vista.

— Sr. Merchant, vou lhe perguntar de novo, e dessa vez o senhor vai me dizer a verdade. Onde Vijay guarda o estoque? — O policial bate no ombro de Jasu com o *lathi*.

— Seu guarda. *Sahib*, estou lhe dizendo a verdade. Vijay tem uma empresa de mensageiros. É um bom menino, muito honesto. Não faria isso de que os senhores o acusam. — Jasu ergue os olhos com franqueza, na cama onde está sentado. Só então Kavita nota que há molas saindo de um enorme corte diagonal no meio do colchão. O que estarão procurando?

— Tudo bem, Sr. Merchant. Se, como afirma, o senhor não sabe qual o tipo de negócio do seu filho, então com certeza o senhor sabe nos dizer onde ele está. Hein? A esta hora da noite? Se o seu filho é um menino tão bom assim, por que não está em casa?

Kavita espia pela porta. Não vê Jasu com tanto medo desde o ataque da polícia à favela.

— *Sahib*, é noite de sábado, nem 11 horas ainda. O nosso filho saiu com os amigos, como a maioria dos rapazes.

— Amigos, hein? — O policial faz um muxoxo. — É bom o senhor ficar de olho no seu filho e nos amigos dele, Sr. Merchant. — Ele cutuca de novo o ombro de Jasu. — Diga a ele que estamos vigiando. — O policial cumprimenta Kavita de leve com a cabeça ao sair.

NAQUELA NOITE, MAIS TARDE, KAVITA É ACORDADA PELOS gritos de Jasu. Ela se vira e o vê se esforçando para sentar-se, agarrado aos lençóis, berrando: — *Nai, nai*! Me dê aqui!

Ela lhe toca o ombro, de leve, a princípio.

— Jasu? — E depois o sacode. — Jasu? Qual é o problema? Jasu?

Ele para de se debater e se vira para ela. Os olhos vidrados não registram nada, como se ele não soubesse quem ela é. Um instante depois, ele olha as palmas abertas.

— O que foi que eu disse?

— Você disse "não" e "me dê isso". Nada, o mesmo de sempre.

Ele fecha os olhos, inspira profundamente e assente com a cabeça.

— *Achha*. Desculpe tê-la acordado. Vamos voltar a dormir.

Ela concorda, acaricia o ombro do marido e se instala de novo na cama. Não se dá ao trabalho de lhe perguntar qual é o sonho que o persegue. Ele sempre se recusa a lhe contar.

Mudança de fluxo

Menlo Park, Califórnia — 2004
Asha

Asha está sentada com as pernas cruzadas em cima da cama, cercada por todos os lados de coisas que precisam ser embaladas. No canto do quarto, está a maior mala que ela e o pai encontraram na Macy's, com 75 centímetros de altura. No corredor, junto ao quarto, há outra igual. O voo para a Índia é daqui a dois dias. Normalmente, ela esperaria até o último minuto para fazer as malas, mas se refugiou no quarto há algumas horas quando o pai foi chamado ao hospital para cuidar de um aneurisma.

Ela está acostumada às idas e vindas repentinas do pai quando está de plantão. Aconteceu na festa de aniversário de 8 anos no boliche, no campeonato regional de soletração no sexto ano e em incontáveis ocasiões. Quando era menor, ela costumava levar para o lado pessoal e cair em lágrimas quando, de repente, o pai saía no meio do jantar. Sempre achava que havia feito algo errado. A mãe tinha de explicar que o trabalho do pai envolvia ajudar pessoas em situações de emergência, que podiam acontecer a qualquer momento. Finalmente, aquilo passou a fazer parte do padrão da família: Asha aprendeu a sempre atender ao bipe de emergência, e sempre levavam dois carros quando saíam nas noites de plantão. Agora, isso não a incomoda mais. A urgência da profissão do pai lhe lembra a sua quando trabalha no fechamento do *Daily Herald* — a pressão, a consciência constante do tempo passando, a necessidade de se manter extremamente concentrada até o fim. Ela adora essa sensação, e a adrenalina que a acompanha lhe serve de alimento.

Ainda assim, nos últimos meses a presença do pai em casa foi a única coisa a manter sob controle a tensão fervilhante com a mãe. Com o pai por perto, não tem de encarar o desapontamento óbvio da mãe com sua decisão, o medo e a preocupação constantes com essa viagem à Índia. Asha não aguenta mais. Quanto mais a mãe tenta se agarrar a ela, controlá-la, mais Asha quer se afastar. Na presença da mãe, sempre se sente prestes a explodir, e, quando o pai foi chamado hoje mais cedo para uma emergência, Asha fugiu para fazer as malas.

Ela examina as várias pilhas espalhadas pelo quarto. No chão, há um enorme monte de roupas, algumas ainda sujas. Na escrivaninha, materiais para o projeto: o laptop, cadernos, pastas de pesquisa, filmadora. No canto da cama, uma sacola de suprimentos de viagem que achou ali pousada certo dia da semana passada quando chegou em casa. Mesmo sem bilhete, soube que era da mãe: filtro solar, repelente de mosquitos de uso industrial, comprimidos contra malária receitados para ela e mais remédios de emergência em quantidade suficiente para uma pequena aldeia. A anônima sacola da preocupação é um dos poucos gestos de reconhecimento da mãe em relação à viagem. Finalmente, há as coisas que planeja levar no avião para se manter ocupada durante o longo voo: um DVD portátil, o iPod, uma revista de palavras cruzadas e dois livros. Depois de pensar um pouco, acrescenta a essa pilha um terceiro livro, poemas de Mary Oliver, presente de despedida de Jeremy. No lado interno da capa, ele fez uma dedicatória e incluiu a citação favorita dela:

"A verdade é o único terreno seguro onde ficar."
ELIZABETH CADY STANTON

À minha estrela mais brilhante:
Nunca hesite na busca da verdade.
O mundo precisa de você. — J.C.

Há uma batidinha na porta do quarto e o pai a abre.
— Posso entrar? — Sem esperar resposta, ele entra e se senta na cama.
— Claro. Só estou fazendo as malas.
— Achei isto aqui e pensei que talvez fosse útil para a sua viagem. — O pai lhe estende dois objetos esquisitos de plástico e metal. — São adaptadores de corrente. Você liga este lado na tomada lá na Índia e o secador de cabelo ou o computador do outro lado. Muda a voltagem da corrente.
— Obrigada, papai.
— E imagino que isto possa ajudar. — Ele estende um maço de fotografias. — Principalmente depois que você começar a conhecer todo mundo. Temos uma família bem grande por lá, sabe. — Ele contorna a cama para se sentar ao lado dela, e eles repassam as fotos juntos: avós, tias, tios e vários primos e primas mais ou menos da idade dela, que só conhece pelos telefonemas esporádicos e pelos cartões de Divali. Ela está nervosíssima com a perspectiva de passar quase um ano morando com gente que mal conhece.
— Vou levá-las no avião para aprender o nome de todo mundo antes de chegar lá.
— Então, já organizou tudo com o *Times of India*? — pergunta ele.

— É, aquele nome que você me deu, o amigo do tio Pankaj, ele ajudou muito mesmo. Quando soube que eu recebi uma bolsa dos Estados Unidos, o editor ficou muito interessado. Vão me dar uma mesa e indicar um repórter experiente para ir comigo às favelas, mas terei de fazer todas as entrevistas. Podem até publicar uma matéria especial no jornal. Não é o máximo?

— É, e é bom que haja alguém com você. Sua mãe está preocupada com isso.

Asha meneia a cabeça.

— Com isso e com todo o resto. Será que um dia ela supera? Ou vai ficar irritada para sempre?

— Ela só está preocupada com você, querida — diz ele.

— Ela é sua mãe, é isso que mães fazem. Tenho certeza de que ela acaba se acostumando.

— Vocês vão me visitar? — pergunta ela.

Ele a observa por um instante e faz que sim.

— Iremos. É claro que iremos, querida. — Ele lhe dá um tapinha no joelho antes de se levantar e sair. — Boa sorte com as malas.

Com as fotos na mão, Asha vai até a velha escrivaninha e se senta na cadeira. Essa escrivaninha parece pequena comparada à mesa ampla a que se acostumou na redação do *Herald*. Abre a gaveta para procurar um envelope para as fotos, remexe a bagunça e vê uma forma conhecida no fundo. Estende a mão e puxa a caixa de mármore branco esculpido. *A minha caixa de segredos.*

Faz anos desde que viu a caixa, embora ainda possa desenhá-la de memória. Parece menor do que na lembrança. Ela limpa a camada de poeira e deixa a mão ali um instante, na superfície fria. Percebe que prendeu a respiração, inspira profundamente e abre a caixa. Desdobra a primeira carta que está ali dentro, um pequeno retângulo de papel de carta rosa desbotado. Devagar, lê as palavras escritas em uma caligrafia infantil que conhece bem:

Querida mamãe,

Hoje a minha professora pediu à turma que escrevesse uma carta a alguém de outro país. O meu pai me disse que você está na Índia, mas ele não sabe seu endereço. Tenho 9 anos e estou no quarto ano. Queria lhe escrever uma carta para lhe dizer que gostaria de conhecê-la algum dia. Quer me conhecer?

Sua filha, Asha.

A exposição tão clara de sentimentos a faz se encolher. Ela sente as lágrimas ardendo no fundo dos olhos e a lenta inundação de emoções que não vivencia há muito tempo. Tira o resto da pilha de cartas e desdobra a seguinte. Quando termina de ler todas, o rosto está molhado. Os olhos repousam sobre o único item que resta na caixa, uma pulseira fina de prata. Ela a pega e a gira várias vezes entre os dedos.

Naquele momento, escuta uma batidinha e a porta do quarto se abre de novo. Asha gira na cadeira e vê a mãe em pé no portal. A mãe examina o quarto, absorvendo as provas da partida iminente da filha. Os olhos pousam no rosto riscado de lágrimas de Asha e, finalmente, na pulseira em suas mãos. Asha larga a pulseira no colo e, apressada, limpa o rosto.

— Que foi? Não podia pelo menos bater na porta, mãe?

— Eu bati. — Os olhos da mãe estão fixos na pulseira. — O que está fazendo?

— As malas. Viajo daqui a dois dias, esqueceu? — O tom de voz é desafiador.

A mãe baixa o olhar e nada diz.

— Fale logo, mãe. Fale logo.

— Falar o quê?

— Por que tem de ficar por aí se arrastando como se isso fosse a pior coisa que já lhe aconteceu? Não tem *nada* acontecendo com você. — Asha bate as mãos com força nos braços da cadeira. — Não estou grávida, não vou para a reabilitação, não vou largar a faculdade, mãe. Ganhei um prêmio, pelo amor de Deus. Não consegue ficar feliz por mim, só um pouquinho orgulhosa? — Asha baixa os olhos para as mãos, e sua voz é dura. — Nunca quis fazer algo assim quando tinha a minha idade? — Ela encara a mãe, desafiando-a a responder. — Esqueça. Você nunca me entendeu. Por que começar agora?

— Asha... — A mãe anda na direção da filha e estende a mão para o seu ombro.

Asha se afasta.

— É verdade, mãe. E você sabe que é verdade. Você passou a minha vida inteira tentando me entender, mas ainda não conseguiu. — Asha balança a cabeça, se levanta e se vira de novo para a escrivaninha. Enfiando as cartas e a pulseira de volta na caixa de mármore, ouve a porta se fechar às suas costas.

Bem-vinda ao lar

Mumbai, Índia — 2004
Asha

Asha acorda de um sono leve quando escuta a voz do piloto. Ele anuncia que pousarão dez minutos antes da hora prevista, um pequeno consolo depois de 12 horas no ar. São 2h07 da madrugada pela hora local de Mumbai, segundo o relógio de pulso que ela acertou pouco depois da escala em Cingapura. Esse último trecho da viagem pareceu insuportável de tão demorado. Faz mais de 26 horas, um dia inteiro, desde que deu adeus aos pais no aeroporto internacional de São Francisco, e a cena foi ainda pior do que esperava. A mãe começou a chorar assim que chegaram ao aeroporto. Os pais brigaram, como vinham fazendo muito ultimamente, sobre o melhor lugar para estacionar e em que fila ficar dentro do terminal. O pai manteve o braço protetor nas suas costas o tempo todo em que andaram pelo aeroporto. Quando chegou a hora de Asha passar pela segurança, a mãe a abraçou com força, acariciando-lhe o cabelo como fazia quando a filha era pequena.

Assim que ela se virou para ir, o pai lhe enfiou um envelope na mão.

— Provavelmente não valem mais nada agora — disse ele, sorrindo —, mas serão mais úteis para você do que para mim. — Do outro lado do portão da segurança, ela abriu o envelope e viu que continha dúzias de notas de vários valores em rupias indianas. Ela olhou para trás através do labirinto de pessoas, mesas e detectores de metal e viu a mãe, ainda em pé no mesmo lugar onde tinham se abraçado. A mãe sorriu de leve e acenou. Asha acenou de volta e saiu andando. Quando olhou uma última vez por sobre o ombro, a mãe ainda estava lá.

Asha junta as coisas no espaço de 60 centímetros que foi seu lar durante um dia. O pescoço dói de dormir torta e as pernas estão rijas quando se estica para pegar a mochila. Tanto o DVD portátil quando o iPod ficaram sem bateria no caminho de Cingapura. Os livros estão praticamente intocados; ela não teve atenção suficiente para eles. Passou o tempo sem pensar, consumindo com o mesmo desinteresse as refeições e os filmes servidos. A única coisa que tirou várias vezes da mochila foi o grande envelope cheio de fotografias da família do pai e o conteúdo da caixa de mármore branco. Enquanto as horas se passavam durante o voo e os quilômetros aumentavam a distância entre Asha e os pais, ela começou a se sentir diferente. Nervosa. Ansiosa.

Os dois garotos pequenos sentados ao seu lado guardam os Game Boys e a mãe deles ressurge depois da visita ao banheiro, tendo trocado o moletom por um sári e passado uma nova camada de batom. Eles se apresentam como os Doshi, de volta para a visita anual de verão depois de terem se mudado de Bombaim para Seattle seis anos antes "para o trabalho do Sr. Doshi". Quando o avião pousa com um leve solavanco, os passageiros dão vivas e aplaudem. Asha sai do avião com os outros, arrastando os pés, reacostumando-se à sensação de ficar em pé em cima das pernas.

O aeroporto internacional de Mumbai é um caos completo. Parece que outros dez aviões pousaram nessa hora improvável, e agora torrentes de passageiros de todos os voos convergem ao mesmo tempo para os guichês do controle de imigração. Sem saber para onde ir, Asha segue os Doshi até uma fila numa das pontas do grande salão aberto. Assim que ocupam os seus lugares na fila, a Sra. Doshi se vira para Asha.

— Costumava ser muito mais fácil quando podíamos ficar naquela fila — diz ela, apontando uma fila muito menor diante de um guichê com a placa CIDADÃOS INDIANOS. — Mas no ano passado tivemos de abrir mão da cidadania indiana. A empresa do Sr. Doshi o apadrinhou, e agora temos de esperar nesta fila. É sempre mais comprida esta aqui.

— A Sra. Doshi diz isso com objetividade, como se fosse o maior impacto da decisão de se mudar para outro pais.

Asha olha em volta o mar de rostos morenos: alguns mais claros, outros mais escuros do que o seu, mas essas variações são insignificantes à luz da percepção de que nunca esteve perto de tantos indianos. Pela primeira vez na vida, ela não é minoria. Quando se aproxima da frente da fila, enfia a mão na camisa para tirar o passaporte na doleira que a mãe insistiu que usasse. O funcionário do controle de imigração é um rapaz mais ou menos da idade dela, mas o bigode aparado e o uniforme lhe dão um ar de autoridade que o faz parecer mais velho.

— Razão da visita — diz ele, sem inflexão. É uma pergunta que faz tantas vezes por dia que não finge mais curiosidade.

— Bolsa de estudos. — Asha aguarda que ele confira o visto do passaporte.

— Duração da estada?
— Nove meses.

— Que endereço é esse que a senhorita deu? Onde vai ficar? — pergunta ele, olhando-a pela primeira vez.

— Com... parentes? — diz Asha. Soa estranho dizer isso. Embora tecnicamente seja verdade, a palma da mão sua, como se tivesse acabado de mentir para o policial.

— Vejo que nasceu aqui — diz ele, parecendo um pouquinho mais interessado.

Asha se lembra daquela parte anômala do seu passaporte americano que diz BOMBAIM, ÍNDIA como local de nascimento.

— É.

O policial bate o carimbo, deixando um hematoma retangular e roxo-escuro no passaporte, e o devolve com um novo sorriso debaixo do bigode.

— Bem-vinda ao lar, madame.

A caminho da entrega de bagagens, o aroma é o que a saúda primeiro. Tem o cheiro salgado do oceano, apimentado como um restaurante indiano e sujo como o metrô de Nova York. Asha avista suas malas em meio a outras gigantescas que enchem a esteira. Também há enormes caixas de papelão totalmente embrulhadas com fita adesiva, caixas de isopor com a tampa bem amarrada e um caixote grande demais que promete uma pequena geladeira dentro. O Sr. Doshi ajuda Asha a tirar as duas malas da esteira e se vira para um homem magro de turbante ali perto. Quando ela começa a se perguntar por que o Sr. Doshi chamou alguém sem carrinho de bagagem para ajudá-la, o homem de turbante se acocora no chão e, rapidamente, põe as duas malas sobre a cabeça. Com as mãos erguidas para manter as malas empilhadas no lugar, ele levanta de leve as sobrancelhas para Asha. Ela entende que o gesto sutil significa que deve ir na frente; ele dará um jeito de segui-la pela densa multidão, equilibrando mais de 40 quilos na cabeça.

Assim que sai, Asha é recebida por uma lufada de vento quente. Ela percebe que acabou de sair de um prédio com ar condicionado, embora lá dentro não parecesse. Barricadas de metal seguram uma multidão com pelo menos seis pessoas de profundidade que estica o pescoço na direção das portas de correr pelas quais ela acabou de passar. É uma multidão formada principalmente por homens de bigode aparado e cabelo alinhado com gel, todos parecidos com o policial da imigração, só que sem uniforme. E, embora presumivelmente estejam todos esperando que alguém específico saia por aquela porta, Asha sente vários olhos se demorarem nela enquanto caminha.

De tantos em tantos passos, ela se vira para conferir lá atrás o homem de turbante, meio que esperando que as malas caiam, fazendo barulho no chão depois de quebrarem o pescoço dele. Mas, toda vez que olha, ele ainda está lá, o rosto magro sem expressão e imóvel, a não ser pelo leve movimento de mastigação do maxilar. Asha pensa que terá de pagar esse homem e se pergunta se as rupias que o pai lhe deu serão suficientes. O pai lhe disse que um dos irmãos, tio dela, a buscaria no aeroporto. Na hora pareceu uma informação adequada, mas agora, enquanto examina a multidão de centenas de pessoas que enchem a calçada do aeroporto, parece impossível que se encontrem. Ela se aproxima do final da calçada e está prestes a buscar a foto do tio na mochila quando escuta alguém gritar o seu nome.

— Asha! A-sha! — Um rapaz acena para ela. Tem o cabelo preto e ondulado e usa uma camisa de algodão branco que revela os pelos do peito. Ela vai até ele. — Oi, Asha! Bem-vinda. Sou Nimish. Filho de Pankaj *bhai* — diz ele com um sorriso. — Seu primo-irmão! Venha. — Ele a conduz para longe da multidão. — Papai está esperando no carro, bem ali. Que bom que você achou um carregador. — Nimish acena para o homem de turbante segui-los.

— Prazer em conhecê-lo, Nimish — diz Asha, seguindo-o. — Obrigada por vir me buscar.

— Não tem de quê. Dadima queria vir pessoalmente buscá-la, mas lhe dissemos que a essa hora não seria boa ideia. O aeroporto está sempre lotado de voos internacionais. — Nimish leva Asha e o carregador por um labirinto de carros, todos com os faróis acesos e um motorista inclinado para fora da janela. Asha se lembra do pai usando a palavra Dadima ao lhe entregar o telefone naqueles telefonemas semanais para a Índia; ela sabe que significa a sua avó.

— Papai está ali, venham. — Nimish a leva até um sedã cinzento de aparência antiquada com a palavra AMBASSADOR em letra cursiva metálica na traseira. Asha fica um pouco espantada ao ver o homem que Nimish chama de papai. O tio Pankaj parece bem mais velho e tem bem menos cabelo do que na fotografia que o pai lhe deu. É o irmão mais novo do pai, mas parece uma década mais velho.

— Olá, *dhikri* — cumprimenta ele, braços estendidos na direção dela para abraçá-la. — Bem-vinda, estou feliz em vê-la. *Ballot khush, heh*? Como foi o voo? — Ele segura o rosto dela com as mãos e dá um grande sorriso. E, quando põe o braço sobre os ombros dela, a sensação é tão familiar que ela se recosta nele. Pelo canto do olho, Asha vê Nimish abrir a mala do carro para o carregador. Ela pensa de novo no envelope de rupias, mas antes que possa dizer alguma coisa Nimish paga o homem de turbante, que já vai de volta ao terminal. No carro, o tio a enche de perguntas.

— Como foi a viagem? Diga, como vai o seu pai? Por que não veio com você? Faz muito tempo que ele não vem nos visitar.

— Papai — diz Nimish —, chega de perguntas. Dê um tempo. Ela acabou de chegar, está cansada.

Asha sorri com a defesa do primo. Boceja e encosta a cabeça na janela do carro. Lá fora, vê os outdoors que ladeiam a estrada, anunciando de tudo, de butiques da moda e filmes de Bollywood a fundos de investimento e celulares. Em certo ponto, a cena do lado de fora do Ambassador muda de arranha-céus para favelas: barracos dilapidados, roupas penduradas em varais logo acima, lixo jogado por toda parte, animais soltos perambulando. Asha vira fotos na pesquisa preparatória, mas as imagens não lhe deram indicações de como a favela era enorme. Quilômetros e quilômetros do mesmo cenário deprimente, ainda que protegido pela escuridão, começam a provocar uma sensação pesada no estômago de Asha. Ela recorda as advertências ansiosas da mãe sobre visitas a lugares assim e considera, pela primeira vez, que talvez tivesse razão.

Irmão e irmã

Mumbai, Índia — *2004*
Asha

Na primeira manhã em Mumbai, Asha acorda mais cedo do que gostaria com o som da casa que volta à vida. Veste as calças de ioga que usou no avião e vai arrastando os pés até a sala principal pela qual passou rapidamente na noite anterior. Uma senhora de idade vestindo um sári verde novo está sentada à mesa de jantar, tomando uma xícara de chá.
— Bom dia — diz Asha.
— Ah, Asha *beti*! Bom dia. — A senhora se levanta para cumprimentá-la. — Olhe só você — diz ela, pegando as duas mãos de Asha. — Mal a reconheço, como você cresceu. Sabe quem eu sou, *beti*? A mãe do seu pai. Sua avó. Dadima.
Dadima é mais alta do que ela esperava, com uma postura impecável. O rosto é suave e enrugado, e o cabelo grisalho está puxado num grande coque na nuca. Em cada pulso, usa várias pulseiras finas de ouro, que tilintam sempre que se mexe. Asha fica um pouco insegura, sem saber como saudá-la, mas, antes que possa pensar, Dadima a

puxa para os seus braços. O abraço é quente e confortador e dura vários segundos.

— Venha, sente-se, tome um chá. O que quer para o café da manhã? — Dadima leva Asha pelo braço até a mesa.

Asha aprecia o prato de manga fresca cortada à sua frente. Parece que passou dias comendo apenas comida de avião. Enquanto toma o chá doce e bem quente, conversam. Ela se surpreende ao ver como é bom o inglês de Dadima, embora às vezes ela volte ao guzerate.

— Dadaji, o seu avô, está agora no hospital, mas volta para o almoço. Ah, *beti*, a família inteira está tão empolgada para conhecê-la! Convidei todos para almoçar neste sábado. Quis lhe dar alguns dias para você se instalar e se adaptar à mudança de horário e tudo o mais.

— Parece bom. Só tenho de ir à redação do *Times* segunda-feira de manhã — diz Asha. Basta falar essas palavras para sentir um arrepio, a ideia de trabalhar num grande jornal internacional.

Depois de comer, Asha pega o envelope de fotos que o pai lhe deu e pede a Dadima que a ajude a nomear todo mundo de novo. Dadima olha as fotos, rindo de vez em quando do quão desatualizadas elas estão.

— Ah, faz muito tempo que a sua prima Jeevan não é tão magra assim, embora ela ache que ainda é!

Dadima ensina Asha a usar o chuveiro primitivo do banheiro, ligando primeiro o aquecedor de água durante dez minutos. Tomar banho exige mais esforço do que Asha está acostumada, com a pressão baixa da água e a temperatura inconstante. Quando se veste, está exausta outra vez e adormece na cama, e dorme durante toda a permanência de Dadaji em casa para almoçar. Quando finalmente conhece o avô, na hora do jantar, fica surpresa ao achá-lo tão sereno. Esperava alguém mais parecido com o pai, ambicioso e assertivo. A avó é que parece ter mais personalidade, contando histórias, rindo e dando ordens aos criados em volta com um estalar de dedos. Dadaji fica sentado na cabeceira da mesa, comendo em silêncio. Quando sorri com uma das histórias da esposa, os olhos se enrugam no canto e ele assente com a cabeça branca.

Asha passa os primeiros dias em Mumbai se adaptando. A diferença de fuso horário a faz sentir que anda numa neblina. A sonolência a vence no meio do dia. O clima é sufocante, quente e úmido e a obriga a ficar em casa durante quase o dia inteiro. Quando sai para acompanhar Dadima a algum lugar, sempre se choca com a imundície e a pobreza que vê nas ruas, junto aos portões do prédio. Ela prende a respiração quando passam por pontos pútridos e desvia os olhos das crianças mendigas que as seguem.

Toda vez que voltam ao apartamento, ela vai imediatamente para o ar-condicionado do quarto e fica em pé diante dele até a temperatura do corpo voltar ao normal. Depois, há a comida indiana servida três vezes por dia, mais temperada do que está acostumada, que força o estômago a passar por outros ajustes. Ela não se sente bem, e todos os aspectos do ambiente — o pão que vem enrolado em quadradinhos, o jornal cor de esmalte de unhas rosa pálido — lhe recordam como está longe de casa. Pensa em telefonar para casa em busca de consolo, mas o orgulho a impede.

Finalmente, chega o sábado, o dia do grande almoço de família. Asha usa um vestido de verão de linho azul e passa um pouco de blush e rímel. É a primeira vez que usa maquiagem desde que saiu da Califórnia. Com o calor, parece que vai derreter e lhe escorrer do rosto, mas ela quer parecer bonita. Dadima passa a manhã toda zumbindo pelo apartamento, supervisionando os criados que preparam um enorme banquete.

Assim que as pessoas começam a chegar, a torrente não para mais. Parentes de todas as idades correm para Asha com grandes sorrisos e lindos sáris. Chamam-na pelo nome, abraçam-na, seguram-lhe o rosto nas mãos. Observam como é alta, os olhos bonitos. Alguns parecem vagamente conhecidos, mas a maioria não. Apresentam-se a ela com rapidez mas de um jeito comprido, como: "O tio do seu pai e o meu eram irmãos. Costumávamos jogar críquete atrás da casa velha." Asha tenta se lembrar dos nomes e fazer a correspondência com as fotos, mas logo percebe que é improvavel e desnecessário. Há ali pelo menos trinta pessoas, e, apesar de vê-los pela primeira vez, todos a tratam como se a conhecessem há anos.

Quando passa a correria inicial dos cumprimentos, todos vão para a mesa do bufê. Depois de fazer o seu prato, Asha vê um grupo de moças sentadas juntas que antes se apresentaram a ela como primas de um jeito ou de outro. Priya, de 20 e poucos anos, cujo cabelo tem reflexos acobreados e que usa grandes argolas de ouro como brincos, acena para Asha se juntar a elas.

— Venha, Asha, sente-se aqui conosco — diz ela com um grande sorriso, afastando-se para abrir espaço. — Deixe as tias e tios fofocarem.

Asha se senta.

— Obrigada.

— Já conhece todo mundo, não é? — pergunta a prima. — Estas são Bindu, Meetu, Pushpa, e esta é Jeevan. Ela é a nossa prima-irmã mais velha e temos de tratá-la com respeito. — Priya pisca para o grupo. Asha se lembra do comentário de Dadima sobre o ganho de peso de Jeevan e sorri. — Não se preocupe, você não precisa lembrar o nome de todo mundo. Essa é a beleza do clã indiano. Basta chamar todo mundo de Tia-Tio, *Bhai-Ben*. — E dá uma gargalhada.

— Tudo bem, entendi tia e tio, mas o que os outros significam? — pergunta Asha.

— *Bhai-Ben*? — pergunta Priya. — Irmão e irmã. É isso que todos somos. — Ela pisca de novo.

Asha olha em volta as dezenas de pessoas que riem, falam, comem, todos reunidos por causa dela. Essa é a família do seu pai, que se conhece a vida toda, cresceu junto nesta cidade, neste mesmo prédio. Esse poço quente e borbulhante de gente promete atraí-la com a sua força centrípeta, parecendo não ligar para o fato de que ela não tem a mesma história deles nem o mesmo sangue. Ela sorri e prova a comida preparada em sua homenagem. Está uma delícia.

Times of India

Mumbai, Índia — 2004
Asha

Asha gira a maçaneta de latão, abrindo a porta, e é recebida por uma lufada de ar fresco. Lá dentro, os saltos estalam contra o mármore enquanto ela caminha rumo ao elevador. Abrigada no meio da parede há uma placa grande com a inscrição: THE TIMES OF INDIA, FUNDADO EM 1839.
— Elevador, madame? — O ascensorista usa um uniforme de poliéster cinza.
— Obrigada, sexto andar. — Asha não se surpreende mais quando falam com ela em inglês. As primas lhe explicaram que os indianos conseguem perceber imediatamente que é estrangeira, com as roupas ocidentais e o cabelo até os ombros. Até o fato de olhar nos olhos dos outros é revelador. Apesar disso, ela gosta da novidade de andar pelas ruas no meio de uma multidão igual a ela. Asha divide o elevador com mais dois passageiros e o ascensorista. Há apenas poucos centímetros entre eles, e esse espaço está impregnado do odor desagradável de suor. Esse elevador, como a maioria dos que já viu ali, não tem

ar-condicionado, apenas um ventilador que gira devagar para agitar o ar pungente.

Na recepção do sexto andar, Asha pergunta pelo Sr. Neil Kothari, seu principal contato no jornal. Senta-se ali e pega o *Times* desta manhã quando o Sr. Kothari aparece. É um homem alto, magro e desengonçado, mais ou menos da idade do pai, com a gravata frouxa e o cabelo despenteado. Ela recusa a oferta de uma xícara de chá e o segue até a sua sala. Cruzam a redação do *Times*, uma sala grande e aberta com filas de escrivaninhas cheias de computadores. O lugar é barulhento, com telefones que tocam, impressoras que matraqueiam e miríades de vozes. Ela consegue sentir a energia que pulsa ali, a maior redação que já viu, toda cheia de rostos morenos.

— Acho que sou o último que ainda tem uma máquina de escrever na sala — diz o Sr. Kothari. — É claro que na verdade quase não a uso, mas ainda gosto de tê-la aqui.

Ao redor do salão aberto, há várias salinhas fechadas com paredes de vidro. O Sr. Kothari a leva até uma delas, com uma placa na porta de madeira que diz SUBEDITOR.

— Sente-se, por favor — diz ele, indicando as cadeiras.
— Tem certeza de que não aceita um *chai*... chá?
— Tenho, obrigada. — Asha cruza as pernas e puxa o bloco de anotações.

— *Nai* — diz ele a alguém por cima do ombro dela. Asha se vira e vê que um homem baixo, de pele escura, surgiu em silêncio à porta. As unhas dos pés, grossas e amarelas, se espalham de forma grotesca pelas sandálias finas e gastas. Ele faz um gesto de cabeça imperceptível para o Sr. Kothari e sai com o mesmo silêncio com que chegou, sem nunca olhar na direção de Asha. — Muito bem, então aqui está você, vinda lá dos Estados Unidos. Bem-vinda a Mumbai! O que está achando? — pergunta o Sr. Kothari.

— Estou gostando, obrigada. Estou muito empolgada de estar aqui, de colaborar com um jornal tão importante no meu projeto — responde Asha.

— E também estamos empolgados de ter aqui uma moça tão talentosa. Vou apresentá-la a Meena Devi, uma das nossas melhores repórteres. Ela é destemida, às vezes até demais. Será uma excelente mentora. — O Sr. Kothari aperta um botão do telefone e prontamente uma moça surge na porta. — Traga Meena aqui agora mesmo, por favor.

— Alguns minutos depois, outra pessoa aparece à porta, mas, em vez de esperar do lado de fora como os outros, essa mulher entra depressa e se senta.

— *Achha*, o que é tão importante, Neil, para eu ter que vir neste instante? Estamos em cima do fechamento, sabia? — É uma mulher miúda, com pouco mais de 1,5m de altura, mas sua presença dinamiza o clima tranquilo da sala do Sr. Kothari.

— Meena, esta é Asha Thakkar, a moça dos Estados Unidos que está aqui...

— Sim, claro! — Meena se estica um pouco para fora da cadeira para apertar a mão de Asha.

— Você deve se lembrar — continua o Sr. Kothari — que ela está fazendo um projeto sobre crianças que crescem na favela. Arranjamos uma mesa para ela perto da sua sala. O seu trabalho é cuidar dela direitinho. Mostre-lhe a verdadeira Mumbai. Mas cuide da segurança dela — acrescenta ele depressa.

— Venha, Asha. — Meena se levanta. — Preciso terminar essa matéria e depois vamos almoçar. Para ver a verdadeira Mumbai — diz ela, dando uma olhada no Sr. Kothari por sobre o ombro ao sair.

Asha passa as duas horas seguintes lendo uma pilha de recortes de arquivo amontoada em sua mesa, junto com material de escritório básico e um computador antigo. Enquanto folheia uma pasta que contém as detalhadas reportagens anteriores do *Times*, Meena batuca de forma intermitente o teclado na sala ali ao lado. Asha lê uma matéria sobre o crescimento do setor de informática e outra sobre a eficiência operacional do sistema de entrega de quentinhas da cidade. Começa a acreditar que Mumbai é a próxima grande capital industrial do mundo quando dá com uma reportagem sobre a queima de noivas.

Sem acreditar, ela lê sobre jovens noivas banhadas com gasolina e queimadas vivas quando o dote é considerado insuficiente. Pega outra reportagem sobre um integrante da casta dos intocáveis que aleijou de propósito os próprios filhos para provocar pena e aumentar o ganho das esmolas. A matéria seguinte é sobre o sucesso fantástico da Lakshmi Mittal, gigante do setor siderúrgico mundial. A próxima, sobre o mais recente escândalo político, detalha a corrupção e as acusações de cobrança de propinas contra vários ministros do governo. A última reportagem da pasta é sobre os conflitos de 2002 entre hinduístas e muçulmanos no estado de Guzerate, nos quais morreram milhares de pessoas. Depois de ler sobre vizinhos que puseram fogo na casa uns dos outros e se esfaquearam nas ruas, Asha fecha a pasta e, em seguida, os olhos. Será que uma amostra das reportagens do *New York Times* lhe inspiraria a mesma intensidade de vergonha e orgulho?

— Estou quase acabando. Com fome? — grita Meena da sua sala.

— ESTE LUGAR FAZ O MELHOR *PAU-BHAJI* DE TODA MUMBAI — diz Meena acima do rugido do trem. — Sempre que estou a menos de dez minutos daqui, tenho que dar uma passadinha, seja hora do almoço ou não. — Asha não sabe o que é *pau-bhaji* nem se gostará, mas Meena não parece preocupada com isso. Depois que saem do trem barulhento, podem voltar a conversar direito. — Então, o que achou das matérias que leu? — pergunta Meena.

— Boas. Quer dizer, a qualidade do texto e da reportagem é excelente, claro — diz Asha.

Meena ri.

— Estou falando dos temas. O que acha do nosso belo país? É uma pilha de contradições cinco estrelas, não é? Escolhi aquelas matérias para você porque mostram os extremos da Índia, o bom e o ruim. Alguns gostam de demonizar a Índia pelos pontos fracos, outros só louvam os pontos fortes. Como sempre, a verdade fica em algum lugar no meio disso.

É difícil para Asha acompanhar Meena enquanto ela manobra pela calçada, disparando por entre a população tão variada: homens que cospem descuidadamente no chão, magros cães sem dono, crianças mendigando trocados. E, por mais que a calçada seja arriscada, a rua parece infinitamente pior: carros vão e vêm entre as pistas e dão pouca atenção às placas de trânsito, ônibus de dois andares se inclinam perigosamente perto de vacas e cabras desatentas.

— Há 1 bilhão de pessoas na Índia — diz Meena —, e quase 90 por cento delas moram fora das grandes cidades, isto é, em cidades pequenas e vilarejos rurais. Mumbai, até a verdadeira Mumbai, como diz Neil, é apenas uma fração minúscula do país. Mas é uma fração poderosa. Este lugar atrai gente como um ímã. Aqui há o melhor e o pior de tudo o que a Índia tem a oferecer. Ah, aqui estamos. — Meena vai até uma barraquinha de rua. — *Doh paubhaji, sahib. Ek* extrassuave. — Ela se vira e sorri para Asha.

— Aqui? É aqui que vamos almoçar? — Com descrença, Asha olha o vendedor de rua e depois Meena. — É... Eu não acho que deveria. Eu não deveria comer nessas barracas...

— Relaxe, Asha, vai dar tudo certo. Tudo o que o calor não matar, o tempero mata. Vamos, agora você está na Índia!

Tem de vivenciar como é de verdade. Espere até provar! — Meena entrega a Asha uma bandejinha retangular de papel cheia de um guisado marrom-avermelhado encimado com cebola crua picada e uma fatia de limão e dois pãezinhos brancos e lustrosos ao lado. Elas ficam na beira da calçada enquanto uma fila se forma diante da barraquinha. Asha imita o método de Meena e corta um pedaço de pão e o mergulha no guisado. Ela dá a primeira mordida, hesitante. É gostoso. E muito, muito apimentado. Ela olha em volta freneticamente atrás de algo para beber e se lembra das advertências da mãe sobre o perigo da água não higienizada.

— Que tal? Pedi a ele que fizesse o seu mais leve. — Meena sorri. — Versão para turistas.

— Está... um pouco apimentado. O que tem nisso?

— Restos de legumes amassados com legumes. Foi inventado como refeição rápida para operários. Agora é uma das comidas de rua mais comuns de Mumbai, e não há dois lugares que façam igual. E nenhum lugar de Mumbai — Meena lambe os dedos — faz tão bem quanto este aqui.

Depois de comerem, Meena diz:

— Venha, vamos andar um pouco. Quero lhe mostrar uma coisa.

Asha vai atrás sem saber, depois desse almoço, se deve mesmo confiar em Meena. A um ou dois quarteirões, elas finalmente se veem na borda de uma enorme favela.

— Bem, aqui estamos. Isso é Dharavi — diz Meena, estendendo o braço teatralmente. — A maior favela de Mumbai, a maior da Índia e talvez da Ásia. Uma honra duvidosa, mas aí está.

Asha olha em volta devagar. Casas, se é que se pode chamá-las assim, com a metade do tamanho do seu quarto, amontoadas umas contra as outras. Gente jorrando de cada uma das portas — um velho desdentado, uma mulher cansada de cabelo esfiapado, crianças pequenas quase despidas. E em todos os espaços intermediários, imundície — comida apodrecida, dejetos humanos, pilhas de lixo mais altas do que ela. O fedor é insuportável. Ela tapa o nariz, tentando ser discreta. Então Asha vê uma coisa em que mal consegue acreditar: bem ali na calçada há um templo hinduísta improvisado. A estátua de uma deusa de sári rosa-shocking enfeitada com uma pequena guirlanda de flores está encostada no tronco mirrado de uma árvore. A deusa tem um sorriso pacífico no rosto pintado, e há pétalas de flores e grãos de arroz espalhados aos seus pés. Essa pequena alcova de divindade fica deslocada demais em meio a toda aquela miséria, mas parece que ninguém pensa assim. Realmente, uma pilha de contradições cinco estrelas.

— Aqui mora mais de 1 milhão de pessoas — diz Meena —, em 2 quilômetros quadrados apenas. Homens, mulheres, crianças, animais de criação. Fábricas que produzem de tudo, de tecidos a lápis e bijuterias. Muito do que é "Made in India" naquelas etiquetas que você vê é fabricado bem aqui em Dharavi.

— Onde ficam as fábricas? — Asha olha de novo as cabaninhas e fogueirinhas diante das portas, tentando imaginar um chão de fábrica cheio de máquinas.

— Lares neste nível, fábricas no andar de cima. Quase tudo é feito à mão ou com ferramentas primitivas — diz Meena. — Lembra o que falei sobre os extremos da Índia? Pois aqui você vai encontrar todos: os bons e os ruins vivendo lado a lado. Por um lado — diz ela, enquanto andam ao longo da favela —, pobreza, imundície, crime, alguns dos piores aspectos do comportamento humano. Mas, por outro, aqui você verá a mais espantosa engenhosidade. Fazem-se coisas praticamente do nada. Eu e você ganharemos num ano mais do que eles durante a vida inteira, mas mesmo assim eles dão um jeito de sobreviver. Formaram aqui toda uma sociedade: chefes de quadrilhas e agiotas, sem dúvida, mas também curandeiros, professores, homens santos. Então, Asha, veja que há duas Índias. Há o mundo que você verá na casa do seu pai, com apartamentos espaçosos, criados e casamentos absurdos. E também há esta Índia. É um bom lugar para começar o seu estudo.

Nas mãos de Deus

Mumbai, Índia — 2004
Kavita

— Vijay vai ao templo? — pergunta Jasu da varanda, onde engraxa os sapatos.

Kavita espera um instante antes de responder. As bolinhas de massa chiam quando ela as deixa cair com cuidado na panela de ferro. Quando o óleo crepitante se acalma num nível seguro, ela vira a cabeça para a porta e responde:

— Não sei. Ele não disse.

— Então não precisamos esperar por ele. — O comentário de Jasu poderia se referir tanto aos últimos três meses quanto à saída de hoje. Depois do incidente com a polícia, eles tentaram conversar com Vijay, que insistiu que a polícia só estava atrás dele porque se recusara a pagar propinas pela empresa de mensageiros. Desde então, ele se afastara e passava a maior parte do tempo com Pulin e os outros.

Kavita tira da panela as últimas bolinhas de massa frita e as passa para a bandeja forrada de papel, junto com as outras. Limpa as mãos no pano de prato enfiado no sári.

— Posso colocá-las na calda quando voltarmos. Vou me trocar. — Ela decidiu fazer *gulab jamun* para a festa do Divali, embora seja uma enorme trabalheira para apenas os três. Este ano, tanto ela quanto Jasu estão se sentindo muito sentimentais com o Divali; gostariam de voltar a Dahanu para uma visita, mas Jasu não conseguiu licença na fábrica. Ela achou que esse pequeno toque doméstico os ajudaria, e também poderiam levar um pouco para o almoço de Bhaya mais tarde. Ela corre para trocar de sári no quarto. Tentarão chegar ao templo antes da multidão. É o dia mais movimentado do ano no templo de Mahalaxmi e, ao contrário de *Sahib* e *Memsahib*, que deram a ela e Bhaya um raro dia de folga, eles não têm motorista para deixá-los perto da entrada.

— KAVITA BEN, VOCÊ NÃO PRECISAVA TER TODO ESSE trabalho! — diz Bhaya quando abre a porta e a vê segurando a grande tigela de *gulab jamun*. — Mas é claro que adoraremos aproveitar os frutos de tanto esforço. Entrem, por favor. — Bhaya sorri e os leva para dentro do apartamento. Kavita se surpreende ao ver como o espaço parece pequeno, esses dois cômodos quase idênticos ao antigo apartamento no *chawl*. Está cheio com os antigos vizinhos e a família de Bhaya. Todos os saúdam calorosamente.

— Jasu *bhai*, está criando uma barriguinha, hein? O que a sua esposa está lhe dando para comer lá na chique Sion? — brinca o marido de Bhaya com uma risadinha.

— Que lindo sári — diz uma das vizinhas a Kavita, admirando o tom profundo de vinho.

— Obrigada. — Kavita desvia os olhos, sem graça com a atenção. Felizmente, logo estão todos sentados com pratos cheios de comida no colo. Conversam sobre o clima (ruim), a qualidade dos tomates este ano (boa), o preço do pão (alto). Falam dos filhos e netos, de suas realizações na escola e aventuras nos campos de críquete. Inevitavelmente, a discussão chega aos últimos filmes híndis.

— Viu *Dhoom*, Jasu *bhai*? Precisa ver.

— Um filme excelente — concorda outro vizinho.

— *Hahn*, vimos na semana passada — diz o marido de Bhaya. — Excelente. Primeira linha. Não aquelas bobagens de sempre de Bollywood. É sobre uma quadrilha de criminosos que andam de motocicleta, sabe? Não essas motonetas que a gente vê por aí, mas motocicletas velozes de verdade. Andam por toda Mumbai, roubando lugares e criando confusão, sabe? Só que a polícia não consegue pegá-los porque fogem muito depressa. Toda vez! — Ele bate as duas mãos nas coxas e se balança para trás.

— Abhishek Bachchan é tão esperto e bonito, *nai?* — comenta Bhaya com a irmã.

— *Hahn*, mas prefiro John Abraham, tão sedutor! — Elas dão risadas de meninas que desmentem o século que as vidas das duas somam.

— Por falar em quadrilhas — diz o marido de Bhaya —, souberam que os criminosos de Chandi Bajan voltaram a se reunir? *Hahn*! Ele tem uma quadrilha inteira trabalhando para ele em Mumbai, sabe? Vendem drogas. Tráfico dos grandes. Dizem que é heroína. — Ele ergue uma das sobrancelhas e balança a cabeça sabiamente, um dos poucos na sala que consegue ler jornais.

Kavita prova um pouco do *biryani* de legumes e dá uma olhada em Jasu para ver a reação dele, mas só enxerga no seu rosto uma expressão vazia. Decide se intrometer na discussão.

— Onde estão operando? A quadrilha? Em que parte de Mumbai? — Tenta soar pouco interessada.

— Por toda parte. Até bem aqui, em nosso próprio bairro. Sabe aquele garoto com que Vijay e Chetan brincavam na escola? Patel... hã... Pulin Patel? Moram lá na rua M.G., a duas quadras daqui? Disseram que está metido com a quadrilha. A polícia está de olho nele. — O marido de Bhaya balança a cabeça e põe uma grande porção de arroz na boca.

Kavita sente uma dor crua no peito, como se uma verdade horrível a arranhasse, querendo sair. Tenta se concentrar na comida, mas não sente o sabor. A conversa se volta para o mais recente escândalo do governo e depois para os filmes de novo. Finalmente, as mulheres se reúnem perto da cozinha e elogiam a comida de Bhaya, enquanto os homens ficam para trás na sala.

— Kavita, quando vai procurar uma esposa para Vijay? Ele já tem quase 20 anos, não é? — pergunta Bhaya.

— *Hahn*, eu sei. — Kavita fica aliviada ao tratar de questões mais mundanas sobre o filho. — Também acho que já é hora, mas ele não parece muito interessado... "novo demais, novo demais, mãe", é o que diz. — Ela balança a cabeça e sorri, parece que pela primeira vez desde que chegou.

— Não espere demais, *ben*. Agora está ficando mais difícil, com tantos meninos e sem meninas suficientes. — Bhaya baixa a voz num sussurro conspirador. — Algumas famílias estão até pagando para trazer noivas do exterior, de Bangladesh e lugares assim.

O sorriso passageiro de Kavita se esvai quando a dor crua volta ao peito. Tantos meninos. *Sem meninas suficientes.* A dor crua escapa do corpo e a cerca. Ela sente o cheiro terroso do ar das monções, embora seja novembro. Sente o rugido profundo do trovão, embora o céu lá fora esteja limpo. Fecha os olhos sabendo que, em seguida, ouvirá o grito agudo ecoando dentro dos ouvidos. Quando volta a abri-los, Bhaya e a irmã riem, implicando com os maridos por se enfiarem na cozinha atrás de doces.

O resto da tarde se passa num borrão. Kavita sequer sentiu o gosto rico e doce do *gulab jamun* que alguém lhe serviu, a sobremesa que ela passou a manhã toda preparando. Sente como se estivesse lá fora, na varanda, observando as amigas pela vidraça. Está desesperada para ir embora e voltar correndo para casa. Mas, lá no fundo, no mesmo ponto dolorido, sabe que não há nenhum lugar para onde fugir que a faça se sentir melhor. Nem mesmo Jasu conseguiria fazer aquilo ir embora. Quando o grupo começa a se desfazer, Jasu e Kavita se despedem dos amigos. Andam alguns quarteirões quase em silêncio.

— Jasu? Acha que é verdade o que a polícia falou? Acha que Vijay está envolvido com aquela quadrilha de Chandi Bajan? — pergunta Kavita.

Ele leva tempo demais para responder e, quando o faz, a resposta é insatisfatória.

— Fizemos o possível, Kavi. Agora está nas mãos de Deus.

EM CASA, KAVITA REPETE OS MOVIMENTOS DE ACENDER AS *diyas* e colocá-las no parapeito das janelas. Quando criança, ela adorava o Divali simplesmente pelos doces e fogos de artifício. Só mais tarde, já adulta, passou a entender o verdadeiro significado da festa em homenagem à batalha do Sr. Rama, a comemoração do triunfo do bem sobre o mal. Ela vai à varanda e vê milhares de pequenas luzes a brilhar na janela das casas pela cidade. Pensa no que Jasu disse sobre as mãos de Deus e se pergunta se hoje elas amparam Vijay. *O que mais eu poderia ter feito por ele? Como poderia tê-lo afastado desse destino?*

A distância, ela vê o primeiro estalo brilhante de luz pouco antes do barulho dos fogos. Observa por algum tempo, tão mergulhada em pensamentos que eles mal se interrompem com os estrondos e estalos espantosos que respingam pelo céu noturno. Não registra o som da porta da frente que se abre e fecha até escutar água correndo na cozinha. Vira-se e vê Vijay curvado sobre a pia.

— Vijay! — Ela vai na direção dele, para e quase engasga ao ver sangue escorrendo do seu ombro. Corre até ele. —*Arre*! O que aconteceu, *beta*?

— Tudo bem, mãe. Não é um corte fundo — diz ele.

Ela insiste com ele para que dispa a camisa e se sente à mesa, enquanto ela enche uma bacia com água quente e pega ataduras.

— *Beta*, o que fizeram com você? Eu sabia que era apenas questão de tempo antes que algo assim acontecesse. Não são bons esses rapazes com quem você anda, Pulin e os outros. São perigosos, Vijay. Veja só o que lhe fizeram! — Ela aperta um pano com firmeza no ombro dele até a hemorragia se reduzir e depois começa a limpá-lo com água. — Por favor, *beta*, eu lhe imploro. Não se misture com eles.

— Mãe, não foram eles que me feriram — diz Vijay, mexendo a cabeça de forma desafiadora. — Eles me ajudaram. Os meus irmãos cuidam de mim, me defendem. — Kavita se encolhe ao ouvir a menção aos irmãos de Vijay, reais ou imaginários. Morde o lábio inferior para lutar contra as lágrimas que querem escapar. O telefone toca. Alguém querendo desejar feliz Divali? — Nós cuidamos uns dos outros, mãe. Em quem mais se pode confiar, hein? Na polícia? Ninguém ajuda ninguém, todos só cuidam de si, mãe.

O telefone para de tocar e os fogos de artifício continuam a estrondar lá fora. Jasu entra na sala.

— Kavita... — diz ele baixinho.

Jasu nunca usa o seu nome inteiro. Ela ergue os olhos.

Ele não parece se preocupar com a imagem do filho sem camisa e ensanguentado. Olha diretamente a mulher.

— É a sua mãe.

Verdadeira beldade indiana

Mumbai, Índia — 2004
Asha

—Asha, *beti* — diz a avó do outro lado da mesa durante o café da manhã. — Vamos a um grande casamento neste fim de semana. A filha dos Rajaj vai se casar. Já ouviu falar da família Rajaj? Fabricam quase todos os riquixás motorizados e motonetas de toda a Índia. Seja como for, será uma festa deliciosa, e pedi a Priya que viesse hoje à tarde para levar você a Kala Niketan para escolher algo para vestir. Um belo *salwar khameez* ou que tal um *lengha*?
— Ah, tudo bem — responde Asha. — Não quero incomodar, não conheço ninguém. Vocês podem ir. Não me importo de ficar em casa.
— Incomodar como? Que bobagem! — diz Dadima.
— A família foi convidada, e você é da família, não é? Se formos 12 ou 13 pessoas, não faz diferença. Haverá milhares de convidados por lá. Além disso, quero que você veja como é um verdadeiro casamento em Mumbai. Muito chique. Então escolha algo especial, *achha*? Algo... colorido — diz ela, dando uma olhada nas calças largas de sarja marrom e na camiseta cinzenta de Asha. — Priya virá buscá-la depois do almoço.

— Tudo bem, Dadima. — Em poucas semanas, Asha aprendeu a não discutir com a avó, uma mulher formidável que transpira força em tudo o que faz, mas que demonstra o mais puro carinho em relação à neta. Isso a ajuda a ver o pai sob uma nova luz, como o menino criado e formado por essa mulher. Consegue até ver reflexos do pai no sorriso de Dadima. Torce muito para que os pais venham visitá-la, embora o pai não tenha dito nada no último telefonema. A mãe só falou com ela no final para perguntar se estava tomando o comprimido semanal contra malária.

— Ei, Asha? Onde você está? — chama Priya no corredor principal do apartamento. Ela para à porta do quarto de Asha, vestindo um *salwar khameez* de chiffon, sem mangas, cor de suco de manga, com óculos de sol numa das mãos. O cabelo preto pende liso e grosso até os ombros, o banho de hena brilhando avermelhado à luz do sol. — Ah, aí está você! Pronta? — Com um sorriso confiante, Priya dá o braço a Asha. — Vamos encontrar algo maravilhoso para você ir ao casamento. Ordens expressas de Dadima.

Meia hora depois, entrando na loja de sáris, Asha se sente grata por estar com Priya. Quando a prima mandou o motorista embora com instruções de voltar dali a duas horas, Asha ficou perplexa, mas agora consegue ver por que levará tanto tempo. Todo o perímetro da loja está forrado, do chão ao teto, de prateleiras com milhares de sáris de todas as cores e tecidos imagináveis, um país das maravilhas do arco-íris. A loja trabalha exclusivamente com moda feminina, mas só emprega homens. Um deles se dirige imediatamente a Priya, obviamente tendo deduzido quem é que manda nessa expedição. Aponta cortes de tecido de cores vivas empilhados nas prateleiras, falando sem parar, como um leiloeiro, até Priya erguer a mão para calá-lo. Então, com pequenas instruções, ela começa a navegar pela seleção avassaladora.

— *Kanjeevaram bathau! Nai, chiffon nai. Tissue silk layavo!* Verde pistache, cores de tom pastel? — Enquanto Priya dá suas ordens rápidas, o homem atrás do balcão desdobra diante delas as pilhas de tecido sedoso, apontando as bordas trabalhadas com linha de ouro ou prata em desenhos estampados e detalhados de pavões. Asha vê cada sári por alguns segundos antes que seja sepultado sob o seguinte. Só entende uma ou outra palavra, observando espantada o fogo rápido do voleio entre a prima, o homem do balcão e os dois ajudantes que correm de lá para cá entre seções distantes da loja para buscar novas braçadas de sáris.

Ninguém pede a opinião de Asha, nem ela poderia dá-la. Outro vendedor lhes serve copinhos de aço inox cheios de *chai* fumegante e perfumado. Asha, aceitando seu papel de figurante, ocupa-se tomando golinhos de chá e soprando-o para evitar a formação de uma película na superfície. De vez em quando, dá uma olhada na loja, onde de tantos em tantos metros há um manequim elegante de peruca preta e olhos felinos, a postura perfeita e o braço gracioso estendido para segurar o sári. Essa é a roupa principal das mulheres de toda a Índia, de acordo com a pesquisa de Asha, um retângulo de 6 metros de tecido enrolado e enfiado no corpo sem um único botão, colchete ou zíper. Pode ser enrolado de várias maneiras, dependendo da região, e o tamanho único cabe em mulheres altas e baixas, gordas e magras. Tudo soou muito democrático quando Asha leu a respeito, mas agora os manequins sorridentes parecem intimidadores.

Finalmente, Priya se vira para ela e diz:

— Tudo bem, Asha, escolhi algumas coisas. Veja se gosta de um destes. — Quando baixa os olhos para o balcão de vidro, Asha vê que a maioria dos sáris foi empurrada numa grande pilha ao lado e dois estão em exposição diante dela. — Este é de musselina de seda — diz Priya, mostrando-lhe um monte verde-claro, fino como papel, com delicadas miçangas douradas. — Musselina está na última moda. Muito moderna. *Não dá* para ser gordinha e usar musselina de seda, é fofa demais. É preciso ser magra como um palito — diz ela, erguendo o dedo mindinho. — Essa cor ficaria linda em você. — Ela segura o sári junto ao peito de Asha.

— É lindo. — Asha se pergunta se é suficientemente magra como um palito para usar o sári de musselina.

— E este aqui é mais tradicional, elegantérrimo — diz Priya, deslizando a mão sobre um sári lustroso de um tom de ouro velho, com borda vermelho-escura e dourada. — Tem um certo brilho. Bom para a noite. A seda é um pouco escorregadia, mas podemos prender com alfinetes. Você pode usar com uma gargantilha de ouro e rubis. Dadima tem uma *perfeita*.

Asha imagina os 6 metros de seda dourada escorregadia deslizando do corpo e formando uma poça a seus pés.

— Não sei, Priya. São lindos, mas... Para dizer a verdade, nunca usei sári — admite Asha em voz baixa. — Não sei se consigo. — Ela faz um gesto desamparado para o manequim mais próximo. — Há algo um pouco menos complicado que eu possa usar?

Priya a olha um instante, a cabeça inclinada para um lado, uma expressão indiscernível no rosto. Asha sente o rosto corar, com vergonha por não conseguir fazer parte disso.

De repente, Priya se levanta, acena com os óculos de sol e diz aos homens atrás do balcão:

— *Achha, challo*, vamos lá para cima. Por favor, nos mostrem alguns *lenghas*. *Lenghas* para casamento. Só os melhores. *Jaldi*. — Priya vai na direção da escada e Asha a segue até o andar de cima. Asha descobre que *lengha* é um vestido de duas peças, composto por uma saia comprida amarrada na cintura e uma blusa combinando. Parece que não há o mesmo risco de cair do corpo, embora ela tenha medo de tropeçar na saia comprida. Priya escolhe um de cetim rosa-escuro, encimado por uma camada de organza finíssima, a túnica sem mangas cravejada de contas prateadas e brilhantes. Asha concorda em experimentar.

Em pé sozinha diante de um espelho estreito atrás de uma leve cortina, Asha se espanta com a extravagância da roupa. O *lengha* parece algo visto na cerimônia de entrega do Oscar ou num concurso de beleza. Ela se sente pouco à vontade, como se a pegassem usando fantasias de Halloween no dia errado. É desconfortável no corpo. Pesa bastante, e a cordinha da saia aperta a barriga. O decote coça, a linha metálica e as contas irritam a pele.

— Perfeito! — diz Priya, enfiando a cabeça pela cortina. — Vejam só, uma verdadeira beldade indiana! O que acha?

— Bom — diz Asha, aliviada de voltar às calças de sarja. — Vamos.

— Estamos indo para o Tham agora. Venha nos encontrar. Vamos jantar depois — diz Priya ao celular quando saem da loja de sáris. — Era Bindu — explica a Asha enquanto sentam no banco de trás do carro. Ela dá instruções ao motorista e recoloca os óculos escuros.

— Quem é Tham? — Asha segura no colo a caixa amarrada que contém o seu novo *lengha*.

— Quem não, *bena*, o quê. O Tham é, simplesmente, o melhor salão de beleza deste lado de Mumbai. Vou levar você para depilar, Asha.

— Depilar?

— *Hahn, bena*, depilar. Os braços — diz ela, erguendo a sobrancelha acima do aro dos óculos. — O seu *lengha* é sem mangas, *yaar*, você não pode mostrar isso tudo. — Priya aponta os pelos que cobrem os braços de Asha.

— Então vocês depilam os braços? Dá para fazer isso? — pergunta Asha, sem acreditar que a prima conhece a solução desse problema embaraçoso que a fez sofrer a vida inteira.

Priya joga a cabeça para trás e ri.

— Está brincando? Depilo tudo: braços, pernas, rosto. Vou ao Tham de três em três semanas, e vou lhe contar, eles praticamente me depilam da cabeça aos pés. Nunca fez isso? — Agora é a vez de Priya mostrar descrença. — Nem dá para acreditar. Todo mundo aqui depila, *bena*, é tão comum quanto coco num *puja* — diz ela.

— Não dói? — pergunta Asha.

Priya dá de ombros.

— Não muito. Um pouco, acho, mas a gente se acostuma — responde, como se a questão não fosse essa.

Uma hora depois, Asha não tem certeza de que seja capaz de ignorar a dor da depilação. No entanto, está contentíssima com os braços agora lisos, perfumados com loção de pétalas de rosa. O Tham está cheio de indianas, a maioria jovem como Asha e as primas, mas também há outras mais velhas. Como Priya descreveu, muitas mulheres parecem passar o dia lá, fazendo um tratamento atrás do outro: depilação, raspagem, descoloração, retirada com pinça. Todas ali se sentem completamente à vontade para discutir as questões corporais que incomodaram Asha secretamente desde a puberdade. Sobrancelhas grossas, braços peludos e pele manchada são simplesmente incômodos comuns a serem tratados ali no Tham. Não é preciso muita insistência para Bindu e Priya convencerem Asha a tentar tirar as sobrancelhas. Como parece que não há agulhas, barbeadores nem cera quente envolvidos no procedimento, Asha conclui que a dor deve ser tolerável.

Ela só acerta em parte. Mandam-na se recostar numa cadeira do salão até a nuca descansar no alto do encosto. A estilista, com um crachá dizendo KITTY preso ao avental branco, pede a Asha que feche um dos olhos e estique a pele acima e abaixo com os dedos. Kitty segura uma linha comprida entre os dedos e a boca e começa a passar a cabeça perto demais da de Asha. A vibração da linha arde no osso da sobrancelha de Asha e provoca cócegas no nariz. Kitty para algumas vezes quando a linha se rompe e outras vezes para Asha espirrar. Ainda bem que a coisa toda termina em dez minutos. Asha se senta ereta na cadeira, os olhos lacrimejantes, e Kitty lhe entrega um espelho para inspecionar as sobrancelhas recém-modeladas. Kitty se vira para Priya e diz algo em híndi com que a prima parece concordar com um balanço lateral da cabeça.

— O que ela disse? — pergunta Asha.

— Disse que você tem muitos pelos. Não espere tanto da próxima vez e doerá menos.

AS TRÊS, ASHA, PRIYA E BINDU, SENTAM-SE JUNTAS NUM pequeno compartimento revestido de vinil no China Garden, famoso pela comida chinesa em estilo indiano. Bindu passa a Asha um prato de frango agridoce enquanto discute com Priya o próximo casamento. Asha descobriu que todas as primas e até alguns pais consomem comida não vegetariana quando vão a restaurantes, embora ainda mantenham a ilusão tácita de serem completamente vegetarianos na casa de Dadima.

— Andam dizendo que a procissão *jamai* tem seis cavalos brancos, um para cada primo, e o noivo irá num Rolls-Royce branco — cochicha Bindu por sobre a mesa. Asha prova o frango, muito mais apimentado do que agridoce para o paladar dela.

Priya concorda com um gesto de cabeça enquanto morde um rolinho primavera.

— *Arre*, disseram que vão gastar quase 1 *crore*. Querem alimentar 10 mil pessoas! — Priya explica a Asha. — Um *crore* são 100 *lakh* — e depois completa, num sussurro: — ou 10 milhões de rupias.

— Só o colar da noiva tem oito quilates de diamantes, sem falar dos brincos nas orelhas e no nariz. Ela vai usar três conjuntos diferentes, com diamantes, esmeraldas e rubis. E trinta pulseiras de ouro 22 quilates em cada braço. Vão precisar de guardas de segurança só para as joias. — Bindu sorri e serve mais chá verde para todas.

— Você chegou em boa hora, Asha — comenta Priya.
— Será o casamento do ano. Vários candidatos solteiros por lá. — Priya pisca o olho para ela por cima do arroz frito e as três se desfazem em risos como se fossem velhas amigas. Asha ri tanto que o chá verde lhe sai pelo nariz e as lágrimas pelo canto dos olhos.

ANTES DE IR DORMIR, ASHA FAZ A CRÔNICA DOS FATOS DO dia no seu diário. Fica surpresa com a descoberta de que, embora a comida seja apimentada, as roupas desconfortáveis e os tratamentos de beleza dolorosos, esse lugar está começando a parecer um lar e essas pessoas, uma família.

Escapulindo

Menlo Park, Califórnia — 2004
Somer

Somer se parabeniza mentalmente por preparar o frango com perfeição, já que sabe que de Kris não virão elogios. Desde que Asha partiu para a Índia no mês passado, todos os conflitos que passaram anos reprimidos explodiram livremente, vivendo à larga sob o seu teto, mil hóspedes perturbadores. Somer lutou para entender por que Asha fizera as opções que fez. Tentou esquecer a raiva que sentira de Krishnan, mas a cumplicidade dele não lhe saía da cabeça.

Kris come várias garfadas sem fazer comentários e depois fala de boca cheia.

— Precisamos decidir sobre a Índia. Asha não vai parar de perguntar se não lhe dermos uma data. — Ao erguer os olhos, ela nota a garrafa de molho Tabasco junto ao prato dele. Kris tem o hábito de regar tudo o que ela prepara com algum tipo de molho apimentado do sortimento que guarda na geladeira. É como se quisesse apagar todos os sabores delicados que ela tenta dar aos pratos — um toque de sálvia no frango, arroz perfumado com limão — tudo perdido debaixo daquele manto vermelho e ardido. Ela cutuca com o garfo as vagens que perambulam pelo prato.

— Não posso fazer as malas e ir para a Índia de repente, tenho só uma semana de folga nas festas...

— Arranje alguém para ficar no seu lugar, Somer. Eles conseguem sobreviver sem você. — Ela se irrita com a observação, embora já devesse estar acostumada com o desdém que ele demonstra pelo trabalho dela, como se tudo abaixo das cirurgias que ele faz para salvar cérebros fosse prática médica sem valor. Kris tira os óculos e começa a limpá-los com o lenço. — Não entendo qual o problema. É a época perfeita para irmos. Asha está lá, a primeira viagem dela, toda a minha família está lá. Não os visito há quase uma década. Você não vai há... só Deus sabe há quanto tempo. Por que não vamos agora, Somer? Achei que você estivesse preocupada com ela, pensei que queria ficar de olho nela.

É claro que Somer quer ver a filha, mas não tem certeza de que Asha também queira vê-la. Pensa na briga que tiveram pouco antes de Asha partir e no mal-estar no aeroporto. A filha a tem afastado desde que tomou a decisão de ir para a Índia. A ideia de vê-la lá, naquele país que só lhe traz lembranças difíceis, é dura de suportar. Ela já se sente como uma estranha na própria família, esta família à qual dedicou a vida inteira. Não tem forças para ir à Índia agora e se sentir deslocada num país cheio de estranhos.

— Não vejo a minha família há oito anos — diz Kris, a voz ficando mais alta. — Oito anos, Somer. Os meus pais estão envelhecendo, os sobrinhos estão crescendo. Eu deveria ter ido antes, mas agora tenho de ir. — Kris se serve de mais Cabernet e se recosta na cadeira.

— Não fale como se a culpa fosse minha — diz ela. — Você sempre foi e voltou quando quis. Eu nunca o impedi de ir. A culpa é toda sua. — Ele faz um muxoxo e toma um grande gole de vinho. — Para mim é mais difícil, Kris. Você sabe disso — completa ela. — Não tenho a ligação que você tem, é diferente. Você não sabe como é.

— Como assim, não tem ligação? — pergunta Krishnan. — O seu marido é indiano e a sua filha é indiana, caso tenha esquecido.

— Você sabe o que quero dizer — continua ela, fechando os olhos com força e esfregando a testa.

— Não, não sei. Por que não me explica? Da forma como vejo, só há duas explicações. Para você, é um problema Asha conhecer a minha família, que também é a família dela, não se esqueça. Ou então é um problema Asha se tornar um pouquinho indiana. Nos dois casos, Somer, o problema na verdade é seu, e não dela. Fizemos um excelente trabalho na criação dela. Mas agora ela é adulta e você não pode controlar tudo o que ela faz. É sempre você quem diz que temos que aceitá-la do jeito que é, que devemos apoiar os interesses dela. Pelo amor de Deus, com a idade dela me mudei para o outro lado do mundo e os meus pais não desmoronaram.

— Não é a mesma coisa — retruca Somer, com lágrimas se formando no canto dos olhos.

— Ah, é? Como assim? — O sorriso contido dele pouco adianta para disfarçar a crueldade dos olhos.

Porque eles eram os seus únicos pais. Não precisavam ter medo de perdê-lo.

— Só é — responde ela, as únicas palavras que consegue dizer em voz alta.

— É diferente porque vim para este país fantástico, cheio de leite e mel, de onde ninguém jamais desejaria partir? É isso?

Ela faz que não, e as lágrimas escorrem dos olhos. Não consegue encontrar palavras para fazê-lo entender, para penetrar no ar impassível dos seus olhos.

Quando ele finalmente volta a falar, a voz está calma.

— Parto em 28 de dezembro, se quiser vir comigo. — Cada palavra que sai da sua boca corta com a mesma exatidão de um bisturi. Ela ergue os olhos com descrença enquanto ele continua. — Sim, comprei as passagens. Fica muito cheio nesta época do ano e não quis arriscar.

Ela sente o vazio se expandir e encher o estômago.

— Quando... quando fez isso?

— Que diferença faz? — explode ele, e então toma um gole. — Em setembro. Depois que Asha partiu.

— Então é isso? Já está tudo decidido? — Agora está claro. Ela não tem voz nessa decisão, assim como não teve escolha na de Asha.

— É isso. — Ele se levanta e leva o prato para a pia, onde os talheres tilintam contra o metal. — Venha se quiser. Ou não. Talvez seja melhor.

O DIA SEGUINTE PARECE SURREAL. SOMER ATENDE OS pacientes, consulta as fichas, prescreve receitas. Passa pelos mesmos movimentos de todos os dias, mas algo mudou. Parece que alguém pegou o seu mundo e o tirou do eixo. Tudo o que ela conhece está se esvaindo. Além de não precisar dela, parece que Kris e Asha não a toleram mais na sua vida, traindo-a para fazer planos.

Na hora do almoço, ela caminha os poucos quarteirões até a Whole Foods e escolhe a salada embalada e a limonada de sempre. Ao sair da loja, para diante do quadro de avisos comunitário. Examina os anúncios de passeadores de cães e vendas de garagem até achar um apartamento para alugar em Palo Alto. Arranca um dos papeizinhos pendentes com o número do telefone e o enfia na bolsa. Liga e combina tudo depressa antes de mudar de ideia.

Naquela noite, diz a Krishnan que não irá com ele. Que talvez seja boa ideia cada um ter o seu próprio espaço por algum tempo, por poucos meses. Concordam que Asha não precisa saber. Somer está disposta a falar mais, mas se surpreende ao ver que ele não parece surpreso.

— Tomara que você encontre um jeito de ser feliz, Somer. — É tudo o que ele diz. Depois que ele sobe, Somer fica no sofá da sala de estar e chora. Na manhã seguinte, começa a fazer as malas.

Uma promessa

Mumbai, Índia — 2004
Asha

Dadima insiste que Asha vá com as primas à cerimônia de *mehndi* da noiva, ainda que ela mesma não vá.
— Já estou velha, essas coisas não são para mim. Vocês que são moças vão e divirtam-se.

Priya empresta a Asha um *salwar khameez* de musselina azul-claro, felizmente menos ostentatório do que a roupa que compraram para o casamento. A caminho da festa, Priya explica que o *mehndi* é só para mulheres, parentes próximas e amigas que se reúnem antes do casamento para decorar com hena as mãos e os pés da noiva. Os Thakkar foram convidados porque a mãe de Dadima era muito amiga da mãe da Sra. Rajaj, desde a época em que moravam em Santa Cruz, embora ambas já tenham falecido há muito tempo.

Quando chegam à casa palaciana dos Rajaj, Asha descobre que a natureza supostamente íntima do *mehndi* significa que as convidadas dessa noite só ficarão na casa das centenas, em vez dos milhares que comparecerão ao casamento. Dentro do vasto saguão de mármore, há músicos, um organista e um percussionista com a *tabla*, tocando uma animada música indiana. A distância, Asha vê uma mesa de jantar posta com um bufê magnífico com baixela de prata e começa a ir naquela direção. Priya a pega pelo braço e cochicha.

— Primeiro temos que dizer olá. — E indica de leve, com o queixo, a direção da grandiosa sala de estar. A noiva está sentada numa cadeira parecida com um trono sobre uma plataforma elevada. Há uma mulher sentada a seus pés e outra que trabalha nas mãos. Cada uma delas tem um conezinho de plástico cheio de pasta verde-oliva. Quando se aproxima, Asha vê que as mulheres criam na pele da noiva desenhos indescritivelmente intrincados: um ramo florido que sobe pelas costas da mão e vai até a palma, coberta de voltas e espirais. Ainda mais impressionante é que ambas as artistas do *mehndi* parecem desenhar à mão livre, sem olhar nada. Na verdade, elas conversam entre si e com as convidadas o tempo todo.

— Agora, veja se vai ficar bem escuro e firme — diz uma das amigas da noiva para implicar com a artista. — Queremos que o *mehndi* dure muito tempo!

— E faça as iniciais bem pequenininhas. Queremos que ele tenha que procurar bastante. — Outra amiga ri, beijando a cabeça da noiva.

Priya conduz Asha na direção de um grupo de mulheres mais velhas enquanto explica:

— A tradição da noite de núpcias é que o noivo tem de encontrar suas iniciais escondidas no desenho antes que a noiva permita... você sabe. — Priya sorri e pisca. — Venha, aqui está ela.

— Tia Manjula! — Priya junta as palmas das mãos e se curva de leve diante de uma das mulheres mais velhas, envolta num sári de seda cor de vinho, o cabelo de um preto artificial preso num coque bem-arrumado. — Dadima lhe manda seus cumprimentos porque não pôde vir. Esta é a minha prima dos Estados Unidos — diz ela, virando-se rapidamente para apresentar Asha. — Acabou de chegar. Veio dos Estados Unidos com uma bolsa de estudos especial muito prestigiosa.

— Olá, *namaste*. — Asha tenta imitar o jeito tranquilo da prima. — Prazer em conhecê-la.

— Bem-vindas, *betis*. É muito bom receber vocês — diz a tia Manjula, pegando as mãos de Asha em suas mãos gordinhas. — Está se divertindo aqui? Espero que venha amanhã; temos um barco alugado navegando pelo porto. Sempre digo que é a melhor maneira de ver as luzes de Mumbai à noite, bem longe da poluição! — Ela dá uma gargalhada com a piada, provocando ondas nos rolos de gordura da barriga expostos pelo sári. — Por favor, sirvam-se. Há muita comida — diz ela antes de pedir licença para saudar outra convidada.

— Pronto, está feito — diz Priya, e as duas seguem para o bufê. No caminho, Asha vê outras duas artistas de *mehndi* criando desenhos menos complicados, mas ainda lindos, nas mãos e nos pés de outras convidadas. Asha enche o prato de porcelana com *samosas*, *kachori* e *pakora*, mas evita os vários *chutneys*, depois de aprender que tendem a ser apimentados demais para o seu gosto. Pensa no comentário da tia Manjula sobre o cruzeiro no porto e a poluição de Mumbai. Já havia notado o grosso lençol de fumaça que cobre a cidade quase todo dia e se pegara tossindo na rua com frequência, mas também parecia que a maior parte dessa fumaça vinha dos riquixás motorizados e das motonetas com a marca Rajaj. A tia Manjula, velha amiga da família, também é bastante hipócrita. Enquanto passeiam pela casa enorme, Asha verifica discretamente as grandes estátuas de mármore de deuses indianos e as tapeçarias pesadamente bordadas que cobrem as paredes. Priya a apresenta a várias mulheres, mas Asha não consegue entender quase nada da conversa rápida em guzerate.

Asha come e observa as artistas do *mehndi* demonstrarem seu trabalho. Quando uma delas fica livre, Priya a empurra.
— Algo simples — diz Asha —, como isso, talvez.
Ela aponta o desenho de um sol usado por outra moça. Em menos de cinco minutos, ambas as palmas de Asha estão adornadas com esferas radiantes. A artista aplica ao desenho, depois de seco, uma camada de suco de limão e depois óleo, e manda que deixe a cobertura pelo maior tempo possível para a tinta escurecer. Pela manhã, ela fica fascinada com os lindos desenhos vermelhos que restam depois que raspa a cobertura que parece lama seca, e passa o dia inteiro olhando as mãos.

O CASAMENTO ACONTECE DUAS NOITES DEPOIS. ASSIM QUE passa pelos portões do Clube de Críquete da Índia, Asha estanca com a vista diante de si. O terreno inteiro, talvez do tamanho de dois campos de futebol, está coberto de móveis de luxo transportados até lá para a festa: divãs ornamentados, mesas esculpidas, almofadas de seda, tendas delicadamente drapeadas no alto. Parece um enorme palácio ao ar livre. Há milhares de convidados passeando e um número quase equivalente de criados levando bandejas de prata com comida e bebida. O temor de Asha de parecer extravagante demais com o *lengha* novo é superado pela percepção de que sua vestimenta é bastante discreta comparada às das outras mulheres, envoltas em sáris lustrosos e cobertas de joias.
— Venha, *yaar* — diz Priya, segurando-a pelo cotovelo. — Feche a boca, parece que você nunca foi a um casamento indiano! — Asha segue as primas em silêncio por algum tempo, observando, maravilhada, a transformação do campo de críquete. Ela se pergunta se o casamento dos pais foi assim até recordar a foto emoldurada na parede do quarto deles, com a mãe usando um vestido simples de verão e o pai de terno no Golden Gate Park.

— ... e esta é Asha, minha prima americana. Além de bonita, ela é brilhante — diz Priya, cutucando-a nas costelas. Asha volta a atenção para a mão estendida diante dela e a segue até o dono. Os olhos dela se arregalam ao vê-lo.

— Prazer em conhecê-la. Eu me chamo Sanjay — diz ele com um toque britânico na voz.

— O prazer é meu. O meu nome é Asha.

— É, eu sei, Priya acabou de dizer. É um lindo nome, sabe o que significa?

É claro que sei. Meus pais só me contaram umas mil vezes. Mas, muda, ela faz que não, na esperança de que ele continue falando naquela voz inebriante.

— Esperança. Seus pais deviam ter grandes sonhos para você. — Ele sorri, e Asha sente as pernas bambas.

— É. — *Merda. Por que não consegue dizer mais nada?* Ela nota que os olhos dele são cor de caramelo suave. Pelo canto do olho, vê que Priya e Bindu já estão se afastando.

— Vamos buscar algo para comer... já voltamos — diz Priya com uma piscadela.

— Dos Estados Unidos, então? Vem com frequência visitar a família? — pergunta Sanjay.

— Bom, na verdade é minha primeira viagem — responde Asha, recuperando finalmente a capacidade de falar. — E você? É da... Inglaterra?

— Não, não. Nasci aqui em Mumbai, nasci e me criei a poucos quarteirões daqui. Mas estou na Inglaterra há seis anos, fazendo faculdade e pós-graduação.

— Pós-graduação... em quê? — Ela se pega soando como repórter, mas o sorriso descontraído dele a tranquiliza.

— London School of Economics. Estou fazendo mestrado e depois espero trabalhar em algum lugar como o Banco Mundial. Isto é, se o meu pai não me amarrar antes à empresa da família. E você?

— Estou na faculdade, num lugar chamado Universidade Brown, nos Estados Unidos. Estou aqui com uma bolsa para fazer um projeto.

— E qual é o projeto?

— Uma reportagem sobre crianças que vivem na pobreza... em favelas como Dharavi. — Os olhos dele se arregalam. — O que foi, vai me dizer para tomar cuidado como todo mundo? — pergunta ela.

— Não. — Ele toma um gole da bebida. — Tenho certeza de que uma mulher inteligente como você entende o perigo. — O sorriso dele irradia um calor que a faz sentir como se estivesse derretendo. — Então, o que já descobriu?

— A partir daí, a conversa flui com facilidade. Em certo momento, eles perambulam até a mesa do bufê, que exibe pelo menos cinquenta variedades de comida. Ele leva o prato dela até um dos sofás de veludo, onde se sentam. Ele come com as mãos e a estimula a fazer o mesmo. Conversam sobre as próximas eleições nos Estados Unidos, a conversão para o euro e a Copa do Mundo. Ele ri facilmente das piadas dela e cuida para que os copos estejam sempre cheios. A noite passa depressa, e ela começa a procurar as primas.

— Então me conte. Você disse que esta é sua primeira viagem à Índia. Por que não veio antes? — pergunta Sanjay, o braço descansando de leve no encosto do sofá atrás dela.

A confiança tranquila do rapaz foi contagiosa a noite toda, calando a repórter dentro dela. É como se ele já a conhecesse e nada do que ela dissesse pudesse surpreendê-lo. Ainda assim, ela ainda não está disposta a falar sobre isso. Engole e empurra uma madeixa para trás da orelha.

— É uma longa história, longa demais para hoje. Conto em outra ocasião.

— Promete? — pergunta ele.

O estômago dela dá um nó.

— Prometo. — Ela estende a mão e, em vez de apertá-la, ele a leva aos lábios e a beija de leve, depois a cobre com a sua. Quando ela puxa a mão de volta, vê que ele lhe deu um cartão com o seu nome e o telefone.

Bindu e Priya surgem ao lado dela, como se recebessem a deixa.

— Aí está você. Estávamos à sua procura. É absolutamente impossível encontrar alguém neste lugar. Uma loucura. — Priya dá um sorriso maroto.

Eles se despedem, e, quando Asha se vira para ir embora, Sanjay lhe toca o braço.

— Não se esqueça. — Ele sorri. — Promessa é dívida.

A caminho de casa, enquanto as primas implicam com ela por causa de Sanjay, Asha reflete sobre a pergunta dele, que não pode responder porque ela mesma não sabe.

Separada

Palo Alto, Califórnia — 2004
Somer

Em novembro, numa tarde de sexta-feira, Liza, outra médica da clínica, convida Somer para ir com algumas colegas tomar alguma coisa depois do trabalho. Sem pressa nenhuma de voltar ao apartamento que sublocou de um aluno de pós-graduação que vai passar o ano em Madri, ela aceita. O conjugado quase sem mobília numa rua tranquila e arborizada a poucos quarteirões do campus não tem nada demais, com o carpete bege e as paredes neutras características desse tipo de imóvel. Somer esperava que o lugar lhe desse uma sensação de liberdade, sem o incômodo da presença constante de Krishnan e das coisas dele. Mas todo dia, quando volta para lá, sente apenas o vazio.

Elas vão a um bar em Palo Alto, um dos novos lugares da moda ali construídos depois que Somer fez a faculdade de medicina 25 anos atrás. Liza pede um copo de Shiraz e Somer, tonta com tantas opções, pede o mesmo. Somer não conhece bem Liza, só sabe que ela é solteira e praticante apaixonada de ioga que costuma aparecer para trabalhar com uma esteira roxa enrolada debaixo do braço. Os médicos da clínica fazem reuniões de trabalho uma vez por mês, mas fora isso passam correndo uns pelos outros nos corredores. Com 52 anos, Somer é uma das médicas mais velhas do grupo e a que tem mais tempo de serviço por estar lá há mais de 15 anos. O ritmo incansável da clínica combinado à clientela imprevisível e ao salário desanimador provoca alta rotatividade entre os médicos mais jovens e ambiciosos.

Somer toma um gole de vinho e observa que as colegas conseguem passar facilmente da tensão do trabalho para o relaxamento, despindo os jalecos brancos e revirando as taças. Liza, cujo cabelo costuma estar preso num rabo de cavalo baixo, agora o soltou em torno do rosto. Pelos fios brancos e crespos nos cachos negros e pelas rugas em torno dos olhos, parece ter quase 50 anos, um pouco mais nova do que Somer. A conversa gira em torno de temas previsíveis como pacientes excêntricos, enfermeiras malhumoradas e o recente desastre eleitoral. Depois do primeiro copo de vinho, a maior parte do grupo pede licença para voltar para a família que aguarda em casa.

— Pois não estou com pressa nenhuma. — Liza escorrega pelo banco de madeira, agora vazio, na direção de Somer. — Deixei bastante comida para o gato hoje de manhã. E você?

— Também não, não tenho para onde ir — responde Somer, tomando o resto de vinho do copo. Não consegue se forçar a admitir que ela e Kris estão separados. Faz apenas algumas semanas e ela ainda não se acostumou à ideia de morar sozinha: ainda faz café demais para uma pessoa só pela manhã e mantém a TV ligada a noite toda para compensar o silêncio do apartamento. Na verdade, todos os amigos de faculdade e da vizinhança são amigos do casal, e Somer também não lhes contou.

— Ótimo, então outro copo — diz Liza ao garçom.

Somer observa, hipnotizada, o rico líquido vermelho encher o seu copo outra vez. A cabeça começa a ficar agradavelmente leve.

— Ei — diz Liza, baixando a voz. — Fiquei triste ao saber do cargo de diretor. Tinha certeza de que seria seu. Você está lá há mais tempo do que todo mundo, e o pessoal a adora.

— É, pois é, acharam alguém com mais experiência administrativa, alguém que só faz isso há vinte anos, e não apenas de vez em quando como eu. — Somer sabe que não deveria dizer isso, mas ficou desapontada com a perda da promoção e é bom finalmente falar com alguém a respeito.

— Sabe alguma coisa sobre o cara que contrataram?

Somer faz que não.

— Parece que vem de Berkeley. — Ela se sentira lisonjeada quando o antigo chefe, ao se aposentar, lhe sugerira que se candidatasse. Por algum tempo ela se deixou fascinar pela ideia de se concentrar novamente no trabalho, de investir em algo novo.

— Então quais são os seus planos para as festas, Somer?

— Vou visitar os meus pais em San Diego. — Ela se pergunta se é possível que este copo de vinho esteja melhor do que o primeiro.

— Que legal. A sua família vai para lá todo ano?

— A minha... não, na verdade não. — Somer se sente tão aquecida que o resto sai de qualquer jeito. — Vou sozinha. Meu marido vai à Índia visitar a família dele e a nossa filha, que está lá. — Somer toma outro grande gole de vinho e continua. — Eu não queria ir, mas o meu marido foi muito teimoso e então... — Ela balança a cabeça. — É bom ficar algum tempo longe dele. Você tem sorte de não ser casada; não é tão bom quanto dizem. — Até para si, o riso de Somer soa um pouco alto demais para o pequeno salão revestido de madeira.

— Bom, já fui casada, na verdade — diz Liza —, durante seis anos. Eu me divorciei há dez anos. Sem filhos, ainda bem. Pelo menos isso facilitou o rompimento. E a parte dos filhos? É tão boa quanto dizem?

— Hum. — Somer pensa um pouco. — Normalmente eu diria que sim, mas agora essa pergunta parece complicada demais.

— É justo. Sempre me sinto forçada a perguntar por que, já que essa é a razão... quer dizer, a razão principal de eu e o meu marido nos separarmos.

— Ele não queria filhos? — pergunta Somer.

— Ah, ele queria, sim. Muito, até. Eu é que não — diz Liza. — Nunca tive aquele desejo forte de ser mãe e comecei a ver o que a maternidade fazia com as minhas amigas. Mudava o casamento, a carreira. Mudava... as pessoas. Elas não eram mais as mesmas, eram como conchas vazias, totalmente diferentes do que eram antes. — Liza passa o indicador pela armação dos óculos. — Talvez eu seja egoísta, mas gosto mesmo de quem sou, e não queria perder isso. Gosto de ficar em forma. A minha carreira é importante para mim. Não queria abrir mão de viajar durante dez anos. Imaginei a vida com filhos e achei que não ficaria contente com a troca. — Liza dá de ombros. — Acho que não é para todo mundo.

— Ainda acha que foi a opção certa? — pergunta Somer antes que consiga se interromper.

— Às vezes não sei — responde Liza. — Mas na maior parte do tempo estou muito feliz com a minha vida. Adoro o meu trabalho, os fins de semana são só meus, posso viajar... Aliás, estou planejando uma viagem à Itália na primavera com algumas amigas e a minha irmã acabou de cancelar porque terá que operar o joelho. Se estiver interessada em vir junto, será uma viagem ótima: ciclismo na Toscana, comida deliciosa, vinhos ótimos. Só garotas. — Liza sorri e leva o copo aos lábios.

— Humm... É tentador. Ainda mais a parte de deixar o marido para trás. — Somer toma o resto do vinho, com o calor agora se espalhando por todo o corpo.

— Sabe, vou me encontrar com essas amigas para jantar no novo restaurante de comida cingapurense. Por que não vem conosco, se não tiver outros planos?

MAIS TARDE, DIANTE DE PRATOS DE LULA CROCANTE E espetinhos de frango, Somer conhece as amigas de Liza, ambas quarentonas solteiras.

— Eu me chamo Sundari — diz uma delas, que usa o cabelo queimado de sol em duas tranças, uma sobre cada ombro. — É o meu nome espiritual — explica. — Significa bela em sânscrito. E em híndi. E o meu gato se chama Buda. Cobri todas as bases. — Sundari sorri ao pegar o cardápio. — Sempre me esqueço como é difícil para mim comer aqui. Não há veganos em Cingapura?

— Sabe — comenta Liza —, o marido de Somer é indiano.

— É mesmo? — Sundari baixa o cardápio. — Isso é muito legal. Adoro a Índia. Fui a Nova Délhi alguns anos atrás para o casamento de uma amiga. Casamento arranjado, aquela coisa toda. Me vestiram num sári e pintaram as minhas mãos com hena. Adorei. Você também fez isso? Depois fui até Agra e visitei o Taj Mahal. Um país extraordinário. Adoraria voltar para conhecer mais. Soube que o sul é lindíssimo. Já esteve lá? De onde o seu marido é?

Somer aguarda para ver se dessa vez Sundari espera resposta e depois diz, simplesmente:

— Mumbai.

— Que sorte! Eu adoraria me casar de sári. Para uma moça branca do Kansas como eu é muito empolgante. — Sundari dá uma risadinha.

Uma mulher de terninho azul chega à mesa com cara de apressada e puxa uma cadeira.

— Pode me trazer um cosmopolitan? — pede ela ao garçom que passava pela mesa. — Desculpem, garotas, me atrasei. Tive de visitar um imóvel às 5 e depois Justin insistiu que eu lesse três livros para ele. Só consegui sair porque disse à babá que ele podia assistir aos desenhos animados. Subornando o filho de 6 anos, não sou uma ótima mãe?

— É, sim, Gail — diz Sundari, erguendo o martíni para um brinde. — Ainda mais considerando que você tem de ser mãe e pai quase o tempo todo.

— Gail, esta é a minha amiga Somer — diz Liza. — Trabalha comigo na clínica. Estou tentando convencê-la a ir conosco à Itália na primavera.

Gail toca o copo de Somer do outro lado da mesa.

— Ótimo, quanto mais, melhor. Ainda estou tentando convencer Tom a ficar com Justin essa semana. O meu ex — explica ela para Somer. — Ele é um chato na hora de trocar semanas comigo, sempre tem de consultar a namorada antes. Nunca imaginei que, quando me divorciasse, a minha agenda ficaria à mercê da outra.

— "É melhor ter amado e perdido..." — recita Sundari com olhar sonhador.

— Sundari é nossa romântica incorrigível. — Liza balança a cabeça, sorrindo.

— Ainda à espera do príncipe encantado, se conhecer algum candidato... — diz Sundari. — Ei, talvez seja a hora de eu ter um casamento arranjado.

— Acredite em mim, querida — diz Gail depois de tomar um gole de sua bebida —, não resta mais nenhum príncipe encantado, não na nossa idade. A pergunta é: quantos erros você consegue tolerar? — Ela joga a cabeça para trás e dá uma gargalhada, fazendo o garçom que acabou de chegar dar um passo atrás.

Na manhã seguinte, Somer acorda com uma forte dor de cabeça e a boca seca. Rola o corpo devagar e abre um dos olhos para ver o despertador mostrar 10h21. A aspirina está no armário de remédios do banheiro, a uma distância insuportável. Ela move a cabeça devagar até o travesseiro e olha o teto branco, a tinta rachada nos cantos onde começa a parede. Pensa na noite anterior — dois copos de vinho no bar, outras bebidas no restaurante —, fazia tempo que não bebia assim. Divertiu-se com Liza e as amigas: eram engraçadas e ajudaram a afastar a mente dos problemas por algum tempo. Ainda assim, Somer não gostaria de trocar de lugar com nenhuma delas. Liza, perfeitamente feliz por estar livre de filhos, como diz. Gail, lutando para ganhar a vida, criar um filho e gerenciar o ex-marido. E Sundari, ainda procurando o amor na quinta década de vida, mas se contentando em se relacionar com um gato chamado Buda.

Somer rola para fugir da luz do sol que cruza o travesseiro. *Velha demais para ressaca.* Cinquenta e dois anos. Separada do marido. Morando num apartamento de estudante. Trabalhando no mesmo lugar há tanto tempo que já tem plaquinha de patrimônio, mas ainda não está qualificada para ser diretora. *Não foi assim que imaginei a vida.* É como se tudo que foi importante para ela nos últimos 25 anos se desintegrasse, sem ligar para o tempo e a energia que investira. Pode dizer que é médica, mas não vê nisso o mesmo orgulho de antes. No momento não é esposa de verdade nem uma boa mãe. Em algum ponto do caminho, Somer percebe que se perdeu.

Não consegue apontar o dedo para onde o casamento se desfez. Agora, quando pensa em Krishnan, ele mal parece ser o mesmo homem de que ela se lembra dos tempos em Stanford. Este Krishnan é impaciente e desdenhoso, como o estereótipo do neurocirurgião egoísta das piadas da época da faculdade. Não tem mais a ternura e a inocência que tinha quando veio da Índia. Não precisa de Somer do modo como precisava quando ela o ensinou a dirigir e a ligar o forno de micro-ondas. Faz muito tempo que ele não se perde nos olhos dela à mesa do jantar nem segura a mão dela com orgulho quando andam pela rua.

Ela tenta se lembrar da última vez que foram realmente felizes. Na formatura de Asha no ensino médio? No Havaí, nas últimas férias de verdade em família? Em algum ponto depois que Asha foi para a faculdade, a distância entre ela e Krishnan cresceu. Quando a filha partiu para a Índia, estavam afastados demais. Era como se estivessem em lados opostos de um lago, nenhum deles com capacidade de atravessar aquela distância. As palavras irritadas que lançavam pareciam pedras caídas no fundo d'água, deixando ondas de tristeza na superfície.

Somer se senta devagar e espera que a pulsação na cabeça diminua antes de se levantar da cama. No banheiro, joga água fria no rosto e se apoia na pia enquanto pega a aspirina no armário. Depois de fechá-lo de novo, avista o reflexo, a imagem de uma mulher de meia-idade. *Cinquenta e dois anos.* Dali a poucas semanas, Krishnan partirá para se encontrar com Asha na Índia, e Somer ficará aqui sozinha. E, embora seja o marido que embarcará no avião para partir, como fez a filha meses atrás, Somer não consegue deixar de se perguntar se não foi ela que os forçou a isso. Se ela, na verdade, não os abandonou primeiro.

Duas Índias

Mumbai, Índia — 2004
Asha

— Parag fala seis dos 21 grandes idiomas da Índia, além de inglês. Você vai precisar dele, Asha. — Meena insistiu para que levassem um intérprete a Dharavi hoje para fazer entrevistas. — Desse jeito você pode se concentrar nas perguntas e conseguir o que precisa. Não se preocupe, ele não vai atrapalhar.

Asha inspira fundo e solta o ar.

— Tudo bem. — Está nervosa, embora não saiba direito por quê. Fez o dever de casa. Pesquisou os arquivos do *Times* e entrevistou vários urbanistas e autoridades do governo. A maioria concorda sobre como essa enorme favela urbana surgiu. Dharavi era um manguezal até que o riacho secou e os clãs de pescadores foram embora. Nessa época, muita gente saía das aldeias e das cidadezinhas circundantes e migrava para Mumbai em busca de melhores oportunidades econômicas. A infraestrutura da cidade não estava preparada para receber o imenso fluxo de gente, e assim surgiu Dharavi, essa vasta favela que vibra com o zumbido da miséria e da engenhosidade humana. Asha conhece a história, coletou estatísticas e pesquisou alguns fatos. Tem o arcabouço da reportagem montado, mas agora precisa acrescentar o elemento humano. As histórias pessoais que obtiver com as entrevistas farão a diferença entre uma reportagem cativante e apenas mais uma reportagem.

— Quer gravar, não é? — pergunta Meena.

— É. Vamos levar essa. — Asha pega sua filmadora portátil. — Se você não se incomodar em segurar. Desse jeito, posso depois extrair algumas imagens se quiser.

— Levarei isso também — diz Meena, pegando uma sacola de brindes do *Times*: blocos de anotações, canetas, sacolas de pano. — Caso alguém precise de um pequeno estímulo.

No fim das contas, bastam três forasteiros para atrair uma multidão, e Asha logo tem de decidir com quem falar primeiro. Ela é imediatamente atraída por uma menininha com olhos penetrantes e a aponta. Meena liga a câmera e Parag se aproxima dela. A menina parece ter uns 2 anos, usa um vestido simples de algodão bege e um barbante no pescoço. Está descalça, e o cabelo tem apenas meio centímetro na cabeça toda. Segura a mão de uma menina mais velha de tranças, cujo anel de ouro fosco no nariz contrasta com a pele morena.

— Esta é Bina, e a irmã mais nova é Yashoda. — Parag começa a traduzir para Asha, que sorri para as meninas e se agacha para ficar no nível delas. — Bina tem 12 anos e Yashoda, 3.

— Há quanto tempo estão aqui, de onde vieram? — Asha estende a mão para a menininha. Parag traduz, e Bina responde prontamente com voz forte e aguda.

— Ela diz que chegaram pouco antes das últimas monções, então deve ter sido há uns oito ou nove meses. Viajaram duas noites para vir da aldeia até aqui — diz Parag.

Yashoda agora brinca com os anéis no dedo de Asha, girando-os sem parar.

— Pergunte sobre a família. O que fazem os pais delas? — pergunta Asha.

— A mãe é empregada doméstica, o pai trabalha numa fábrica de roupas. Elas têm três irmãos; o mais velho trabalha com o pai, os dois mais novos estão na escola.

Asha ergue os olhos do bloco de anotações.

— Por que ela não está na escola também? Bina? — Parag observa Asha em silêncio. — Pergunte a ela. Pergunte por que ela não está na escola.

Asha vê Parag hesitar mais um instante e depois olhar Meena antes de, finalmente, se virar para Bina. Quando ele faz a pergunta, Bina dá uma olhada em Asha e depois fita os pés. Responde rapidamente e Parag traduz.

— Ela precisa tomar conta da irmã, fazer a comida e lavar a roupa.

Asha não se satisfaz com essa resposta, mas sente, pelo olhar de Parag e Bina, que não obterá muito mais.

— Pergunte a ela por que o cabelo da irmã é tão curto. — Asha acaricia a cabeça da menininha.

— Provavelmente foi... — começa Parag.

— Quero que você pergunte a ela. Quero ouvir a resposta dela.

Ele se vira para Bina, fala, escuta e volta a se virar para Asha.

— Ela diz que foi um problema com bichinhos — diz Parag baixinho. Bina olha os pés de novo, chutando a terra. Asha engole em seco. Yashoda ainda observa Asha com olhos doces e balança uma das mãos da moça.

— Tome — diz Asha, agachando-se e tentando tirar um dos anéis dos dedos agora inchados de calor. Finalmente, consegue tirar um do mindinho, uma aliança fina de prata com uma pedrinha roxa, que estende para Yashoda. A menininha olha primeiro a irmã, depois Asha. Pega o anel cheia de alegria e se joga no pescoço de Asha.

— Obrigada por conversar conosco — diz Asha a Bina, levantando-se. Parag traduz e a menina assente com um sorriso tímido. Asha finalmente solta a mãozinha de Yashoda.

Asha faz um gesto para Parag e Meena e eles entram pela favela. Uma mulher de aparência cansada, de pé em frente a um barraco, grita, chamando sua atenção.

— O que ela está dizendo? — pergunta Asha.

— Está chamando alguém, dizendo que se apresse — responde Parag.

Nesse instante, a mulher se vira, nota a filmadora e se aproxima para cumprimentá-los. Ela e Parag têm uma conversa educada, e ele se vira para Asha.

— Ela vai levar a filha à escola. A menina sempre se atrasa.

— Que ótimo. Será que pode conversar conosco um instante? Que idade tem a filha?

— São quatro filhos, só dois ainda moram com ela... Um já foi para a escola de manhã, tem 13 anos. A que está lá dentro, a filha, tem 10.

— A filha de 10 anos vai à escola? Isso é ótimo.

— É, ela diz que a escola é muito importante — traduz Parag. — Leva e traz a filha todos os dias. Senão, a filha não poderia ir.

— O que faz o marido? — pergunta Asha.

A mulher responde com uma palavra única, que Parag traduz.

— Morreu.

Asha anota isso no bloco, sem saber que pergunta poderia ser adequada em seguida. Nesse momento, vê Meena mudar o foco da atenção e se vira para olhar. À primeira vista, Asha pensa ver uma criança engatinhando para fora da cabana, mas em um instante de horror percebe que a menina é aleijada. Ambas as pernas são tocos, e ela se move pelo chão com os braços, balançando o torso entre eles. Asha inspira rapidamente e baixa a cabeça para não ver a imagem grotesca. Quando ergue os olhos, Meena a encara e lhe faz um sinal de cabeça para que continue. Asha volta ao tema da entrevista bem a tempo de ver a mulher se agachar para a filha sem pernas lhe escalar as costas. Parag fala antes que Asha possa fazer outra pergunta.

— Ela precisa ir, senão vai se atrasar. A escola fica a 2 quilômetros daqui.

Parag agradece a mulher com as mãos postas, e Asha repete o gesto. Observam a mulher com a menina às costas sumir na multidão.

Asha sente a cabeça girar. Será o calor? Tenta respirar fundo, mas as narinas se enchem do fedor opressivo de esgoto e excrementos humanos. Balança a cabeça e se vira para Meena.

— Volto num instante. — Ela atravessa a rua correndo até uma banca de jornais, agradecida por se afastar por um momento. Não esperava ficar tão afetada com o que viu hoje aqui, pensava estar preparada. Mas todas as fotos que viu tinham bordas, os vídeos eram emoldurados pela tela. Aqui, em Dharavi, a miséria continua sem parar, despejando-se em todas as direções até onde ela consegue enxergar. O efeito cumulativo do cheiro pútrido, das condições de vida deprimentes e do desespero na vida dessas crianças provocou uma profunda sensação de piedade dentro dela. Asha compra uma Limca, o refrigerante sabor lima-limão de que passou a gostar. Depois de limpar a boca da garrafa, toma metade num gole só. Um ônibus de dois andares passa diante de seus olhos e ela vê Meena e Parag em pé do outro lado da rua, parecendo impacientes. Ela precisa se recompor. Depois de esvaziar a garrafa, corre de volta para se unir aos outros.

— Tudo bem, só precisava me refrescar um pouco. Estou pronta. Vamos — diz ela, tentando parecer confiante. Andam juntos até Asha parar diante de um barraco onde há uma mulher em pé com um sári verde fosco. Tem um bebê escarranchado no quadril e duas outras crianças pequenas se agarram às suas pernas. O braço esquerdo, entre a borda da blusa do sári e o cotovelo, está coberto de hematomas pretos. A mulher alterna entre mexer algo no fogo e dar arroz ao bebê com os dedos.

— Ela falará conosco? — pergunta Asha a Parag.

A mulher os observa falar e faz um gesto com as mãos e a boca.

— Ela quer saber se você lhe dará alguma coisa... algum dinheiro para comprar comida — explica Parag.

Asha puxa do bolso uma nota de 50 rupias e a estende. A mulher a enfia nas dobras do sári. Dá um sorriso torto, mostrando a ausência de dois dentes.

Asha respira fundo.

— Pergunte a ela quando veio para cá e de onde é.

Parag e a mulher têm uma conversa prolongada na qual ela gesticula com o braço livre apontando o barraco logo atrás e depois algum lugar a distância.

— Ela está aqui, nesta casa, desde que se casou, há dois anos. Antes morava lá — Parag aponta algum lugar mais para dentro da favela — com os pais.

— Aqui, em Dharavi? Quanto tempo morou aqui com os pais? — Asha não achava que esse fosse um lugar onde famílias vivessem por gerações. Os funcionários do governo fizeram parecer que era um local de estada temporária.

— Desde criança, desde que consegue se lembrar — traduz Parag. — Diz que esta casa é melhor que a dos pais. Aqui, são só ela, o marido e as crianças. Lá, eram oito ou dez pessoas. — Parag transmite a informação como se falasse do tempo, como se não houvesse nada chocante no conteúdo. Asha tem a impressão de que ele pode estar fazendo isso de propósito, para irritá-la.

— Ela gosta... ela está feliz morando aqui? — pergunta Asha. Sabe que é uma pergunta absurda para uma mulher que passou a vida inteira na favela, mas não consegue pensar em outra melhor.

— Ela diz que é bom. Gostaria de morar numa casa de verdade algum dia, mas agora não há dinheiro suficiente.

Asha pensa na nota de 50 rupias agora enfiada no sári da mulher e na dúzia de outras no seu bolso, num total de 10 dólares americanos.

— O que o marido faz?

— Trabalhava como motorista de riquixá — diz Parag, depois para, escuta o resto da resposta da mulher e continua. — Ele dividia os turnos com outro homem, mas perdeu o emprego dois meses atrás porque se embebedava e chegava atrasado.

— Então como ganham dinheiro?

Quando Parag traduz a pergunta, a mulher olha para a panela no fogo. Baixa a criança no chão, que prontamente sai correndo com os irmãos. O tom de voz é abafado quando responde.

— Ela vai ao bordel à noite — explica Parag. — Há um logo ali na rua. Ela consegue ganhar 100 rupias por noite por algumas horas de trabalho e depois volta para casa. Diz que não leva os filhos, deixa-os com a vizinha. Não quer que vejam aquele lugar, que vejam o que acontece. Não quer que saibam.

Asha engole em seco quando entende.

— Isso basta? Cem rupias? Quer dizer...

— Ela diz que basta para alimentar a família. Se o marido arranjar emprego, não terá mais de voltar lá.

Asha se sente tonta de novo, sem saber o que perguntar agora e duvidando de que consiga aguentar mais. Olha Meena, que a manda continuar com um movimento de cabeça. Ela examina a lista de perguntas no bloco de anotações e pisca com força, tentando recuperar o foco.

— Que idade tem? — pergunta para ganhar tempo.

Ele se vira para a mulher, cujos filhos voltaram e puxam o seu sári. Ela se abaixa para pegar o bebê.

— Vinte anos. — É a resposta. Asha treme sem querer ao olhar essa mulher que vive na miséria, que se prostitui para sobreviver. Passou a vida inteira neste lugar. Tem três filhos pequenos, um marido bêbado e pouca esperança de um futuro diferente.

Ela e Asha têm a mesma idade.

Os três ficam em silêncio na volta à redação. A mente de Asha não para com a imagem dos rostos que acabou de ver, as histórias inconcebíveis que escutou. Consegue sentir os olhos de Meena sobre si.

— Como se sentiu? — pergunta Meena. É uma pergunta mais suave do que Asha esperava.

Consegue dizer que está horrorizada com gente que vive assim neste país? Que algumas meninas nunca têm a oportunidade de ir à escola porque fazem trabalho doméstico com 3 anos? Que todo mundo parece achar que uma criança sem as pernas é comum?

— Acho que foi um bom começo — diz Asha. — O que você achou?

— Acho que no geral você foi bem. Encontramos algumas histórias boas, bem típicas da vida em Dharavi. Alguma coisa que ficou de fora, que você gostaria de ver da próxima vez? — pergunta Meena.

— Não conversamos com nenhum menino. Nem homens. Na verdade, não vi nenhum. — Pela janela, Asha olha as calçadas cheias. — Por que sempre que saio às ruas elas parecem cheias de homens, mas hoje, em Dharavi, só vimos mulheres?

— Asha — responde Meena —, assim como há duas Índias para os ricos e os pobres, há duas Índias para homens e mulheres. O domínio da mulher é o lar: ela cuida da família, gerencia os criados. O domínio do homem é o mundo: trabalhar, comer em restaurantes. É por isso que aqui, quando você anda nas ruas como mulher, se sente minoria. São os homens que estão por toda parte. E às vezes gostam de implicar com algumas de nós que ousam se aventurar pelas ruas.

Asha pensa nos assobios e nos homens com olhares lascivos que encontra às vezes nas ruas, que lhe dão vontade de usar os golpes de defesa pessoal que aprendeu no curso intensivo do alojamento da faculdade.

— Também não é apenas uma percepção, é um fato. Somos minoria neste país. Sabe que a taxa de nascimentos é toda errada na Índia, não sabe? Temos umas 950 meninas nascidas vivas para cada mil meninos. — Meena olha à frente. — Parece que a Mãe Índia não ama todos os seus filhos da mesma forma.

Um único arrependimento

Mumbai, Índia — 2004
Jasu

Jasu acorda pela manhã já exausto, antes mesmo de o dia começar. Novamente, durante a noite, acordou em pânico, pulando sentado na cama, os braços estendidos para agarrar a pá fugidia que sempre some quando abre os olhos. Despertou ofegante, o coração disparado, com o rosto e o peito encharcados de suor. Kavita lhe pôs um pano frio na testa e tentou acalmá-lo para que voltasse a dormir. Nada que faça ou tente dizer a si mesmo é suficiente. Terá de passar pelo templo hoje antes de ir para a fábrica.

Ele corre e pula no trem bem na hora em que começa a se mover. Esta manhã, ele sente a idade e, por um instante, teme escorregar do degrau mais baixo do vagão. É difícil acreditar que pega este trem quase todo dia desde que chegou a Mumbai, 14 anos atrás. Ele se incomoda com a lembrança do pouco que conhecia na época sobre os modos da cidade e as dificuldades que enfrentaria. Às vezes se vê no rosto dos recém-chegados: os homens vestidos com roupas de aldeia que aparecem todo dia na fábrica de tecidos procurando emprego. Como capataz, agora é ele que tem de mandar embora tantos deles, sabendo que sua decisão significa que aquelas famílias talvez não comam à noite. Quando olha nos olhos desses homens, Jasu reconhece as pressões que enfrentam e o medo que sentem. Todos vieram para cá como ele, com a expectativa de que esta cidade lhes traria riqueza e abundância, mas encontraram algo totalmente diferente.

Na semana passada, um rapaz chegou à porta dos fundos com a camisa rasgada e sem nada nos pés. Em pé atrás dele estavam os quatro filhos e a mulher grávida. Não tinham lugar para ficar, disse ele a Jasu. Quase desmoronou quando Jasu lhe disse que não havia vagas na fábrica.

— Por favor, *Sahib*, por favor — implorou ele, falando com Jasu em voz baixa para que a família não escutasse o seu desespero. — Faço o que precisar, qualquer coisa. Varrer o chão? Lavar o banheiro? — Ele ergueu as mãos postas diante do rosto, como se orasse. Jasu lhe daria emprego se pudesse, mas, mesmo como capataz, tinha pouca influência sobre essas coisas. Deu ao homem uma nota de 50 rupias e lhe disse que voltasse dali a um mês. Ele se sente mal quando vê esses homens, mas, mais do que isso, sente-se afortunado por ter evitado o seu destino. Quase 15 anos depois de deixar o lar e vir para esta cidade estranha, tem um bom emprego, uma renda fixa, um lar decente. Não foi sem muito trabalho, mas, no fim das contas, sabe que boa parte se deveu à sorte.

Houve tantas vezes pelo caminho em que tudo poderia dar errado. O ferimento que sofreu anos atrás poderia ter sido muito pior. Poderia ter perdido a mão ou o pé, como tantos outros, e ser forçado a mendigar nas ruas com os outros aleijados. Naquela única vez em que não pôde trabalhar, quase se perdeu para a bebida. Teria desbaratado o dinheiro da família e a própria vida se não fosse Kavita. Com o passar dos anos, ficou cada vez mais claro para ele que, na verdade, a maior parte da sorte deles se deve a ela, à sua força, ao seu amor, à sua confiança nele. Se tivessem mais filhos, talvez ele acabasse como aquele homem de camisa rasgada, desesperado para fazer qualquer coisa em troca de algumas rupias. É claro que, se tivessem mais filhos, talvez ele não tivesse investido toda a esperança em Vijay, agora destinado a levar uma vida de criminoso. Pensa em todas as escolhas que fizeram desde o nascimento de Vijay, a maioria delas pelo bem do filho, e não consegue se lembrar de nenhuma que gostaria de mudar. Fez tudo o que achava que deveria fazer como pai, e ainda assim Vijay se mostrou uma decepção. Sempre achou que sabia o que seria melhor para a família, mas a idade e a experiência o tornaram mais humilde.

Jasu salta do trem na estação de Vikhroli e anda na direção do pequeno templo a dois quarteirões dali. Sempre passa por ali depois dos pesadelos; ultimamente, tem ido quase todo dia. É um templo modesto; por fora, parece um prédio como qualquer outro do bairro. Ele deixa os chinelos do lado de fora e passa pela fonte de mármore branco da entrada. Quando se ajoelha e fecha os olhos, a mente retorna à única decisão de que se arrepende: aquela noite horrível em que Kavita deu à luz o primeiro bebê. Foram apenas alguns momentos, uma decisão tomada numa fração de segundo, mas vinte anos depois ela ainda o persegue. Lembra-se de segurar nas mãos a criança que se contorcia e de ouvir os guinchos de Kavita quando se afastou. Entregou o bebê ao primo, que, como acertado, se livraria da criança o mais depressa possível. Jasu se acocorou do lado de fora da cabana, fumando um *beedi*, esperando.

Quando viu o primo vir da floresta com a pá na mão, soube que terminara. Os olhos dos dois se cruzaram apenas um instante e dividiram entre si uma compreensão horrível. Jasu nunca soube onde o bebê foi enterrado. Sabia que o primo não lhe contou porque achou que Jasu não se importava. A verdade é que Jasu não perguntou porque não suportaria saber. Fez o que era esperado, o que os outros primos tinham feito e o que os irmãos fariam. Mal pensara nisso como escolha até ver o primo voltando com aquela pá, e então a verdade o atingiu.

Durante muitos anos, não admitira para si mesmo que fizera algo errado, mas demorou muito para conseguir encarar de novo os olhos feridos de Kavita. Só Deus o poupou de cometer o mesmo pecado outra vez com a segunda filha. Quando a parteira lhe disse que o bebê morrera dormindo, fraco demais para sobreviver à primeira noite, ele se sentiu aliviado. Nem essa misericórdia reduziu a profundidade do luto de Kavita. Ainda assim, ele não teve forças de defendê-la das críticas contínuas da família. *Duas filhas quer dizer que ela cometeu um pecado na vida passada*, disseram-lhe os pais. Queriam que ele a repudiasse, que arranjasse nova esposa. Forçaram-no a fazer a ultrassonografia na terceira gravidez e lhe deram dinheiro para fazer o aborto na mesma hora se fosse necessário. Então ele soube que um dia se mudariam da casa dos pais, mesmo que isso significasse sair de Dahanu, fosse qual fosse o risco envolvido. Ele nunca quis escolher entre a lealdade aos pais e a proteção da esposa, mas eles não lhe deixaram opção. Embora tivessem mudado de atitude depois do nascimento de Vijay, Jasu nunca mais os viu do mesmo jeito. Até hoje, quando vão visitar a aldeia, ele não consegue olhar o primo sem o ver andando com aquela pá na mão.

Ele e Kavita nunca falaram sobre aquela noite, nem uma vez. Ele era orgulhoso demais e estava envergonhado demais. Mas Jasu sabe que, aos olhos da esposa, e, provavelmente, aos de Deus também, ele foi um monstro pelo que fez. Passou boa parte da vida tentando compensar aquela única noite, tentando mostrar a Kavita que poderia ser um bom homem, provar a Deus que era digno da família. Sabe que não pode desfazer o pecado que cometeu. Mas tentou desesperadamente torná-lo parte do passado e construir um novo futuro: uma nova cidade, um novo lar, um novo trabalho. Essas coisas lhe deram certa dose de orgulho, mas não apagaram a culpa que lhe pesa no coração. Os pesadelos pararam por algum tempo, durante alguns anos em que finalmente tudo ia bem. Então veio aquela noite terrível em que chegaram e encontraram a polícia revistando a casa.

Os pesadelos recomeçaram e pioraram desde os problemas de Vijay, com a percepção de Jasu de que sua antiga e principal fonte de orgulho acabara por se tornar a maior decepção de sua vida.

Avenida à beira-mar

Mumbai, Índia — 2004
Asha

Asha escuta o arrulhar gutural dos pombos fora da janela e se vira para ver a luz da manhã brilhando atrás das cortinas de algodão escuro. Rola o corpo e arqueia as costas num alongamento demorado, acompanhado por um gemido condizente. Apesar do zumbido alto do ar-condicionado, consegue ouvir Dadima espalhando alpiste na varanda, como faz toda manhã. Dadima diz que os pombos, além de serem criaturas sagradas, são seus mais leais visitantes, fazendo-lhe companhia em todas as manhãs dos 50 e poucos anos que mora neste apartamento, desde que se casou com Dadaji e veio morar aqui com os pais dele.

Dadima descreveu a falecida sogra como uma alma gentil, uma mulher religiosa que toda manhã visitava o templo da esquina. Sua humildade e natureza terna tornaram muito mais fácil conviver com ela do que com a maioria das *sassus*, e Dadima acredita que essa sorte suavizou os primeiros anos do seu casamento. Depois que os sogros faleceram, ela herdou o cargo de matriarca do clã Thakkar. Asha aprendeu com a avó esse pedacinho da história da família no quarto dia em que fizeram juntas um passeio pela manhã. Agora, é a expectativa dessas conversas que motiva Asha a se arrancar da cama tão cedo.

NO PRIMEIRO DIA, HÁ QUASE DUAS SEMANAS, ASHA ACORDOU cedo por acaso, graças aos fogos de artifício que lhe perturbaram o sono na noite anterior. Pela manhã, quando entrou na sala, os olhos cansados, surpreendeu-se ao ver Dadima sentada à mesa, tomando chá.

— Bom dia, *beti*. Gostaria de passear comigo hoje? Está uma brisa adorável agora de manhã. — E assim, sem nada melhor para fazer àquela hora, Asha calçou os tênis, pôs o boné e caminhou com a avó pela Marine Drive, o calçadão de tábuas que ladeia o porto de Mumbai. Não foi uma caminhada vigorosa, já que Dadima andava arrastando os pés com o sári leve e os *chappals*, e elas levaram quase uma hora para ir até a ponta Nariman e voltar.

No primeiro dia, Dadima apontou uma lojinha branca com toldo verde.

— Está vendo aquela sorveteria? Era aonde Dadaji costumava levar o seu pai com os irmãos no domingo. Era o ritual deles, o único dia em que Dadaji não ia ao hospital. — *Clec, clec.* Os *chappals* gastos de Dadima batiam na sola dos pés enquanto andavam. De tantos em tantos passos, ela usava a mão para proteger os olhos da luz do sol que se refletia na superfície cintilante da água. — E aqui havia um jardim de infância que os meninos frequentaram. Era dirigido por uma freira adorável, a irmã Carmine. — Ao andar, elas desviavam os olhos das pessoas que defecavam ao longo do quebra-mar e das crianças seminuas que estendiam a mão na esperança de uma moeda.

No segundo dia, Asha convenceu Dadima a experimentar o seu outro par de tênis, e, por algum milagre, as duas calçavam o mesmo número. Assim que se acostumou com a sensação de ter os pés completamente fechados, Dadima disse apreciar o conforto dos tênis e concordou em adotá-los. Mas se recusou a usar o boné que Asha lhe ofereceu, preferindo cobrir a cabeça recatadamente com o sári, embora isso oferecesse pouquíssima proteção contra o sol. Dadima ressaltou que os tênis podiam ficar escondidos debaixo do sári comprido. Mas quem a visse com aquele boné sem dúvida pensaria que havia enlouquecido. Dadima explicou que, na sua idade, todos viviam procurando sinais disso e ela não precisava lhes dar mais nenhuma prova. No passeio daquele dia e no seguinte, Dadima fez a Asha perguntas sobre a vida nos Estados Unidos. Asha falou longamente sobre a faculdade, as aulas, o jornal e os amigos. Não tinha certeza de quanto Dadima entendera, dadas as diferenças de língua, cultura e geração e o fato de que concordava, mas não perguntava nada. Mas, depois, quando a avó fez referência a algum pequeno detalhe que fora mencionado, Asha percebeu que ela entendera tudo.

No quarto dia, em algum ponto entre os camelôs matutinos que vendem milho assado e os que abriam cocos frescos com facões, Dadima contou a história da sogra. Descreveu que a velha mulher levara a recém-casada à cozinha para lhe mostrar como preparar o curry de berinjela assada do jeito que o filho gostava.

— Foi demais para mim — disse Dadima. — Eu tinha acabado de dizer adeus à minha família e lá estava ela tentando me dizer como fazer *bengan bhartha*. Como se eu não soubesse! Há anos eu preparava esse prato com a minha mãe, que fazia o melhor *bengan bhartha* do bairro.

— E aí, o que aconteceu? — perguntou Asha.

— Saí da cozinha e fiquei sentada na sala durante horas. Naquela época eu era uma garota muito teimosa. — Ela dá uma risadinha. — De qualquer modo, ela veio até mim depois de algum tempo. Pediu que eu fosse à cozinha para lhe mostrar como eu fazia *bengan bhartha*. Disse que agora a cozinha era minha e que eu podia cozinhar do jeito que quisesse. Ela era esse tipo de mulher. Tão cheia de generosidade para com os outros. Sem egoísmo nenhum.

Asha se surpreendeu ao ouvi-la falar da sogra com tanto carinho e respeito depois de ouvir tanta gente se queixar dessa relação.

— Ela vinha a esse templo todos os dias — disse Dadima quando passaram por uma fachada branca comum a alguns quarteirões do apartamento. — Venha, vou lhe mostrar.

Asha nunca entrara num templo e seguiu Dadima, tirando os tênis à entrada. Lá dentro havia uma sala simples com algumas estátuas de vários deuses hinduístas. Dadima ficou alguns momentos diante de uma estátua com cabeça de elefante, os olhos fechados e as mãos postas.

— Ganesh — sussurrou-lhe Dadima —, o removedor de obstáculos. — Depois, deu um passo à frente, moveu a palma da mão direita sobre uma salva de aço onde havia uma pequena chama, pegou um punhado de amendoins com açúcar cristalizado e ofereceu outro a Asha.

Lá fora, Dadima explicou melhor.

— Na minha família, fazíamos as orações diárias em casa e só íamos ao templo nas grandes ocasiões. O templo de Mahalaxmi... você precisa visitá-lo enquanto estiver aqui: um templo adorável, enorme, gente de toda Mumbai vai lá. De qualquer modo, depois que me casei e me mudei para cá, comecei a vir a esse pequeno *mandir* com a minha *sassu*. Há um desses em todos os bairros. As pessoas passam alguns momentos aqui pela manhã ou quando voltam para casa. Acho que traz um pouco de paz ao meu dia.

— Dadima? Espero que não seja muita ignorância minha — aventurou-se Asha no quinto dia. — Como a senhora aprendeu inglês? Parece que a maioria dos vizinhos da sua idade só sabe falar algumas palavras.

Dadima riu baixinho.

— Herança do meu pai. Ele era um verdadeiro anglófilo. Enquanto todos viviam culpando os britânicos pelos problemas da Índia, o meu pai insistiu para que eu tivesse aulas de inglês. Era um homem progressista, o meu pai. Queria que eu terminasse a faculdade antes de deixar que algum rapaz me olhasse pensando em casamento. Estava à frente do seu tempo o meu *bapu* — disse ela, com um sorriso saudoso. — Entendia de verdade o valor das mulheres. Sempre tratou a minha mãe como se fosse de ouro.

E assim foi. Dadima ministrava suas histórias em pequenas doses, voltando cada vez mais na lembrança conforme os dias se passavam. Asha aprendeu a navegar pelo equilíbrio delicado de ser uma boa ouvinte: perguntar apenas o suficiente para fazer Dadima continuar sem perturbar o fluxo da memória. Depois de uma semana de passeios matutinos, Dadima começou a falar da migração de sua família durante a Partição, a divisão do país em Índia e Paquistão que acompanhou a independência do Império Britânico em 1947. A família de Dadima morava em Karachi, capital do estado de Sindh, no norte da Índia. O pai tinha uma próspera empresa de exportação de cereais e costumava viajar para o Oriente Médio e para a África oriental. Tinham uma bela casa, dois carros e centenas de hectares de terra, nos quais Dadima, as irmãs e os irmãos brincavam livremente. Tiveram de deixar tudo para trás quando foram forçados a se mudar.

Karachi foi declarada capital do Paquistão, o novo estado muçulmano. Os britânicos desenharam as novas linhas no mapa do sul da Ásia sem se importar com os que moravam do lado errado. Assim, muita gente foi obrigada a fechar a casa e a empresa e desenraizar a família para viajar para o lado certo da linha. A família de Dadima, como muitos hinduístas de Karachi, se mudou para Bombaim. O pai ficou para trás para resolver os negócios e resgatar o que pudesse do patrimônio enquanto Dadima ia por mar para Bombaim com a mãe e os irmãos. Ela contou que tiveram sorte de poder pagar a passagem de navio, porque quem foi de ônibus e trem sofreu muito derramamento de sangue em escaramuças com viajantes de outra fé que iam no sentido contrário.

— Na época o meu irmão só tinha 14 anos, era cinco anos mais novo que eu — explicou Dadima —, mas era o menino mais velho da família e assumiu o papel do meu pai. Ele cuidou de nós na viagem. Quando o navio se aproximou do porto, eles nos puseram num barco pequeno para ir para terra. Lá estávamos nós, minha mãe e os quatro filhos, flutuando rumo às luzes desta cidade onde não conhecíamos ninguém. De repente, meu irmão se levantou e começou a berrar e acenar para o navio. Ele contara os nossos baús — tínhamos trazido dez — e ele os contou, e só havia nove no barco. Meu irmão queria voltar ao navio e pegar o último. Teria de fazer isso sozinho. — Aquilo era tudo o que nos restava no mundo, aqueles baús. — Dadima balançou a cabeça com a lembrança. — A minha mãe estava apavorada. Não queria que ele fosse. Estava escuro e o navio era enorme. Não havia certeza de que ele acharia o baú, nem mesmo de que voltaria para nós. Mas ele foi. Só tinha 14 anos, mas sabia que o nosso pai o encarregara de ser o homem da família. A minha mãe chorou e rezou o tempo todo em que ele se foi. Fiquei me perguntando o que aconteceria se ele não voltasse. Já tínhamos deixado o meu *bapu* em Karachi e...

— O que aconteceu? — perguntou Asha.

— Ah, ele conseguiu voltar, um pouco abalado, mas achou o último baú. E chegamos sãos e salvos ao porto, é claro — disse ela, mostrando a água.

— E o seu pai?

— *Bapu* veio nos encontrar aqui algumas semanas depois. Todos nós nos reunimos de novo depois da Partição. Tivemos mais sorte do que muita gente — disse ela baixinho. — Mas o meu pai nunca mais foi o mesmo depois que saímos de Karachi. Acho que seu coração doía por deixar para trás a cidade que ele amava e a empresa que tanto trabalhara para construir. Ele nunca mais foi o mesmo.

Elas andaram em silêncio o resto do caminho.

ESTA MANHÃ, ENQUANTO AMARRA O CADARÇO DO TÊNIS, Asha torce para escutar um pouco de sua própria história. Os pais raramente falavam do seu nascimento ou da sua adoção na Índia, e, quando falavam, eram sempre os mesmos e poucos detalhes. Ao nascer, foi entregue ao orfanato, um lugar chamado Shanti. Ficou lá até completar 1 ano, quando então seus pais foram à Índia, a adotaram e a levaram para a Califórnia. Isso é tudo o que Asha sabe sobre sua origem. Não tem certeza de que Dadima lhe contará mais alguma coisa, mas hoje está juntando coragem para perguntar.

— Bom dia, *beti* — saúda Dadima quando ela entra na sala de estar. — Hoje estou pronta para acompanhá-la — diz, sorrindo. — Aquela dor chata no joelho sumiu completamente.

Asha nota que a avó parece mais nova quando sorri. Às vezes, ela se esquece de que está com uma senhora idosa, mas aí Dadima menciona alguma coisa como quando a família comprou a primeira geladeira do prédio e Asha volta a perceber o quanto essa mulher viveu.

— Ótimo, também estou pronta. Esse é o meu? — pergunta Asha, removendo o pires de cima da xícara de *chai* quente. Ela nunca gostou de chá indiano, achava-o muito pesado e doce. Mas algo no *chai* de Dadima, com um toque de cardamomo e folhas frescas de menta, o torna perfeito para saudar o dia.

É UMA LINDA MANHÃ. O AR ESTÁ CURIOSAMENTE REVIgorante, com uma leve brisa soprando pela superfície do oceano e chegando ao calçadão.

— Você está vendo a Índia pela primeira vez aos 20 anos, *beti* — diz Dadima. — O que acha dela? — Sem esperar resposta, ela continua. — Sabe, seu pai não era muito mais velho do que você quando partiu para os Estados Unidos. Ah, ele era tão jovem naquela época. Não sabia das dificuldades que enfrentaria.

— Eu sei. Ele sempre fala de como se dedicou aos estudos na faculdade de medicina. Ele acha que não estudo o suficiente — diz Asha.

— Para ele estudar não era difícil. Sempre foi inteligente. Primeiro da classe na escola, capitão do time de críquete, as melhores notas o tempo todo. Não, com essa parte nunca me preocupei. Sabia que ele iria bem na faculdade. Era o resto. Ele não conhecia ninguém lá. Tinha saudades de casa. Não conseguia encontrar boa comida indiana. No começo, ninguém entendia o seu sotaque. Os professores lhe pediam para repetir as respostas duas, três vezes. Ele ficava sem graça. Começou a escutar fitas cassetes para aprender a falar como um americano.

— É mesmo? — Asha tenta imaginar o pai escutando fitas, repetindo as palavras para si.

— *Hahn*, é. Para ele foi muito difícil. No começo, ele nos contava todas essas coisas quando telefonava, mas com o tempo contou cada vez menos. Acho que não queria nos preocupar.

— A senhora ficou mesmo preocupada?

— *Hahn*, mas é claro! É o fardo que as mães carregam a vida inteira. Vou me preocupar com os meus filhos e netos todos os dias até descansar em meu leito de morte, disso tenho certeza. Faz parte de ser mãe. Esse é o meu carma.

Asha pondera sobre isso e se cala por algum tempo.

— Algum problema, *beti*? — pergunta Dadima.

— Eu estava pensando na minha mãe. Sabe, a minha mãe biológica. Fiquei me perguntando se ela pensa em mim, se fica preocupada comigo.

Dadima pega a mão dela e a segura com firmeza enquanto continuam a andar.

— *Beti* — diz ela —, isso eu garanto a você. Não há um único dia na vida da sua mãe em que ela não pense em você.

Os olhos de Asha se enchem de lágrimas.

— Dadima? A senhora se lembra de quando eu era bebê?

— Se me lembro? Ora, você acha que já sou uma velhinha maluca que perdeu a memória? É claro que me lembro. Você tinha uma marquinha de nascença no tornozelo e outra no alto do nariz... é, essa ainda está aí. — Dadima passa o dedo nela de leve. — Sabe, nas nossas tradições, quem tem marca de nascença na testa está destinado à grandeza.

Com isso, Asha ri.

— Sério? Nos Estados Unidos, quer dizer que estamos destinadas a usar corretivo a vida toda.

— E você adorava comer pudim de arroz com açafrão. Ainda tinha um pouco no dia em que você chegou aqui, e depois tivemos de fazer nova fornada dia sim, dia não, só para você! O seu pai teve de se ajustar. Estava acostumado a toda aquela comida preparada especialmente para ele, mas depois que chegou você virou o foco de todas as atenções. — Dadima sorri. — Ah, sim, e você dobrava a barriga assim que a púnhamos para dormir, se enrolava como uma bolinha e ficava nessa posição até de manhã.

— Dadima? — diz Asha baixinho, sentindo o coração bater mais depressa.

— *Hahn, beti?*

— Eu... eu tenho pensado em tentar encontrar os meus pais biológicos. — Asha vê a mulher mais velha se enrijecer quase imperceptivelmente e uma faísca de alguma coisa lhe cruzar o rosto. — Adoro mamãe e papai mais do que tudo e não quero feri-los, mas... faz muito tempo que me sinto assim, desde que me lembro. Só quero saber quem eles são. Quero saber mais sobre mim. Sinto que há uma caixinha de segredos na minha vida e ninguém mais pode abri-la para mim. — Asha solta o ar e olha o mar.

Depois de outro dos seus longos silêncios, Dadima diz:

— Entendo, *beti*. — Uma onda do oceano bate no quebra-mar enquanto ela fala. — Já conversou com seus pais sobre isso?

Asha faz que não.

— É um assunto delicado para a minha mãe. Ela não entende mesmo, e... eu queria ver se era possível primeiro. Há 1 bilhão de pessoas na Índia... e se não quiserem que eu os encontre? Eles me deram para adoção. Não queriam filhos na época, então por que iriam querer me conhecer agora? Talvez seja melhor eu não procurar.

Dadima para, se vira para ela e põe as mãos enrugadas nos dois lados do rosto de Asha.

— Se você sente que é importante, deve fazer. Esses olhos seus são especiais, tanto quanto você. Você está destinada a ver coisas que os outros não veem. Esse é o seu dom. Esse, *beti*, é o seu carma.

Praia de Chowpatty

Mumbai, Índia — 2004
Asha

— Aonde vamos? — Asha tenta parecer despreocupada quando faz a pergunta que vem perturbando seus pensamentos desde que Sanjay ligou três dias antes. Ao olhá-lo agora no banco de trás do táxi, ela decide que não superestimou quão atraente ele é quando se lembrava da noite do casamento. O cabelo do rapaz ainda está molhado, e ela consegue sentir nele o leve aroma de sabonete.

— Surpresa — diz ele com um sorriso, os olhos escondidos atrás dos óculos escuros. Dali a alguns minutos, ele diz algo ao motorista do táxi e o carro para.

— Pronto — diz ela depois que ele a ajuda a sair do carro. — Estou surpresa, onde estamos?

— Na praia de Chowpatty. É quando mais gosto de vir aqui, bem na hora em que o sol se põe. Agora você pode ver praias e brinquedos, mas daqui a meia hora serão luzes e parque de diversão. Sei que é meio cafona, mas a considero um dos pontos altos de Mumbai. Você não pode ir embora sem ter visto Chowpatty.

Eles andam juntos rumo à beira d'água, as sandálias afundando na areia enquanto avançam.
— Então, como vai o projeto? — pergunta Sanjay.
— Acho que bem. Fiz as primeiras entrevistas na semana passada.
— E? — Ele se senta num banco e desliza para o lado. Asha se senta ao lado dele e olha a água.
— Foi meio difícil.
— Por quê?
O vento açoita o cabelo dela e ela o puxa para o lado.
— Não sei, só achei tão... deprimente. — Ela não falou a ninguém sobre isso, nem mesmo a Meena. — Ver aquela gente, as condições em que vivem, ouvir suas histórias... fiquei me sentindo horrível. Culpada.
— Pelo quê?
— Por ter um estilo de vida diferente. Uma vida melhor. Aquelas crianças nasceram naquilo, sabe? Não pediram aquilo. É difícil encontrar esperança.
Sanjay concorda.
— É. Mas ainda há uma história para você contar, não há?
— Não sei. Acho que as minhas perguntas não foram muito boas. Perdi a tranquilidade depois das primeiras entrevistas. Para todo lado que eu olhava, só via tragédia. O pessoal do *Times* deve achar que sou amadora. Os jornalistas precisam manter a compostura. E eu não consegui.
— Pode ser. Mas você não é só isso, certo? Só jornalista?
— Não, mas...
— Então — interrompe ele —, talvez você precise ver isso de um jeito diferente. — Ele tira os óculos escuros e olha dentro dos olhos dela, que sente um tremor na boca do estômago quando ele lhe toca o rosto. Ele se inclina na direção dela, que fecha os olhos antes de sentir os lábios dele passarem de leve pela sua orelha. — Que beleza... — sussurra ele. Quando ela abre os olhos, Sanjay fita a água

e o fulgor vermelho-alaranjado do sol mergulha abaixo do horizonte.

Beleza? O pôr do sol? Os seus olhos? Ela? O jeito com que ele disse aquilo a faz acreditar que pode ser verdade. A cabeça dela se enche com um milhão de perguntas, mas a dele vem primeiro.

— Com fome?

Ela concorda com a cabeça, incapaz de falar.

Eles andam até uma das barraquinhas de petiscos da praia que tomou vida conforme o céu escurecia, e Sanjay pede dois pratos de *bhel-puri*. Enquanto comem de pé, observam a transformação de Chowpatty. Iluminada, a roda-gigante começa a girar. Um encantador de serpentes atrai a multidão com a música da flauta e outro homem incita um macaco fantasiado a dançar. Sanjay põe o braço nas costas dela enquanto andam pelas várias atrações. Quando chegam à roda-gigante, ele a olha e diz:

— Que tal?

— Claro, por que não? — Eles sobem no banco meio dilapidado. A roda começa a se mexer e ela vê as luzes espalhadas e a vista de Mumbai se espraiar abaixo dela.

Quando chegam ao alto, Sanjay pergunta:

— Então, gostou de Mumbai? O que acha da primeira visita? Deve achar muito diferente, tendo nascido e crescido nos Estados Unidos.

— Na verdade, nasci aqui — diz Asha. Ela sabe que essa informação é desnecessária para a conversa, mas mesmo assim quer dividi-la.

— Sério? — surpreende-se. — Mumbai?

— Bom, não sei com certeza. Meus pais me adotaram num orfanato daqui de Mumbai. Não sei onde nasci. Não sei quem são... os meus pais biológicos. — Ela aguarda a reação dele.

— Está curiosa?

— Estou. Não. Não sei. — Ela se vira para se afastar dos olhos penetrantes do rapaz e observa as crianças que cavalgam em pôneis enfeitados no chão lá embaixo. — Era mais curiosa quando menor, e aí tentei tirar isso da cabeça. Achei que era um sonho infantil que passaria com a idade. Mas estar aqui na Índia trouxe tudo de volta. Tenho tantas perguntas. Como é a minha mãe? Quem é o meu pai? Por que me deixaram no orfanato? Será que pensam em mim? — Asha para, percebendo que provavelmente soa meio maluca. — De qualquer forma... — Ela balança a cabeça e se concentra num pônei branco enfeitado com guirlandas de flores de um rosa bem forte.

Sanjay põe a mão sobre a dela.

— Não acho infantil. Acho que é um instinto muito natural querer saber de onde viemos.

Ela fica calada, sentindo que já disse demais. Quando a roda para de girar, ela se sente ao mesmo tempo desapontada e aliviada com o fim natural da discussão.

— Quer jantar? — pergunta Sanjay. — Há uma ótima pizzaria aqui perto.

— Pizza? — Asha ri. — O quê, você acha que a mocinha americana só come pizza?

— Não, é que, eu só... — Ele fica sem graça pela primeira vez.

— Onde você jantaria com os seus amigos? — pergunta ela. — Me leve lá.

— Está bem, então. — Ele acena para um táxi na Marine Drive. — Um lugar autêntico.

Mais uma mentira

Mumbai, Índia — 2004
Krishnan

Krishnan rearruma a bolsa nos ombros e se vira de lado para passar pela porta de correr que serve como última barreira entre ele e sua cidade natal. Depois de sair, fecha os olhos e respira fundo o ar de Mumbai. Exatamente como se recorda. Atrás das divisórias de metal, vê Asha, a única moça de roupa ocidental, cercada de homens.

— Papai! — Asha lhe acena com todo o entusiasmo que costumava demonstrar quando pequena, esperando por ele na porta da frente.

— Oi, querida! — Ele pousa a sacola para abraçá-la.

— Oi, tio — diz o rapaz ao lado dela.

— Pai, se lembra de Nimish? Filho do tio Pankaj.

— *Hahn*, é claro. Que bom revê-lo — diz Krishnan, embora esse sobrinho só lhe pareça vagamente conhecido, do mesmo jeito que praticamente todo mundo na multidão. Fica grato por Asha estar ali para apresentá-lo.

— Como foi o voo? — Ela lhe dá o braço enquanto andam até o carro.

— Bom. Demorado — responde Krishnan. Nos oito anos decorridos desde a última viagem à Índia os assentos ficaram menores e os aviões, mais cheios, mas a expectativa de ver Asha o animou durante o longo voo.

NO DIA SEGUINTE, NO CAFÉ DA MANHÃ, ASHA DIZ:
— Vamos sair para almoçar hoje, papai. Quero levá-lo a um lugar que adoro.

Krishnan sorri para ela por sobre a xícara fumegante de *chai*, que nunca é tão gostoso quanto na casa da mãe.
— Como assim? Você está aqui há poucos meses e já é especialista na minha cidade natal?
— Bom, especialista talvez não, mas ela mudou muito desde que você veio aqui. Posso lhe mostrar algumas coisas.
— Ela devolve o sorriso.

Asha está certa sobre as mudanças. Na ida do aeroporto até a casa, ele se espantou com o desenvolvimento ocorrido em toda a cidade. Quarteirões inteiros de prédios surgiram onde não havia nada, e há marcas americanas por toda parte: garrafas de Coca-Cola, McDonald's, outdoors da Merrill Lynch. Os sinais positivos de modernização são inconfundíveis, assim como os efeitos negativos. Esta manhã, quando olhou pela varanda, a conhecida vista do mar que esperava encontrar estava praticamente oculta pela névoa de poluição.
— Tudo bem, estou nas suas mãos. — Krishnan dá uma risadinha.
— Que homem inteligente — diz a mãe, entrando na sala. — A sua filha é tão persistente quanto você, talvez até mais. — Ela fica em pé atrás de Asha, com as mãos nos ombros da moça.

Ver isso, a mãe junto de sua filha, faz a voz de Krishnan travar na garganta.

— É, pode acreditar que sei disso. Por que acha que ela ainda não se matriculou na faculdade de medicina?

— Ah, *beta*, é melhor esquecer essa ideia. Ela já tem uma carreira. Você devia ver o trabalho maravilhoso que ela está fazendo no jornal — diz a mãe.

— Levo você lá depois do almoço, pai.

O RESTAURANTE QUE ASHA ESCOLHEU SERVE A CLÁSSICA comida de rua do sul da Índia: gigantescas *masala dosas* finas como papel que chegam à mesa bem quentes e crocantes, *idlis* úmidos servidos com *sambar* apimentado. Este lugar é o equivalente a um pé-sujo de bairro. Sentados no compartimento revestido de vinil, Krishnan nota que são os únicos estrangeiros no lugar. Fica surpreso e contente ao ver que a filha se sente à vontade ali.

— A comida é boa, mas muito apimentada — diz Asha, apontando o prato de *sambar*. — É preciso pôr iogurte nisso. — Em um híndi ruim, ela pede um pouco ao garçom que passa.

— Então, você já foi ao hospital com o seu avô? — Ele observa que está voltando ao ritmo conhecido da língua de Mumbai, uma fusão de híndi, guzerate e inglês.

— Ainda não. Em geral ele já saiu quando volto com Dadima. Já lhe contei que todo dia saímos juntas de manhã para passear? É ótimo. Ela é uma mulher maravilhosa, pai. É uma pena eu só a ter conhecido agora.

Krishnan sente uma acusação na última frase da filha, mas duvida que tenha sido essa a intenção.

— É, ela é uma mulher extraordinária, não é? Não amaciou muito com a idade. — Durante o almoço, falam sobre os membros da família que Asha conheceu, o casamento grandioso ao qual ela foi, as pessoas com quem trabalha no *Times of India*, os lugares que já visitou em Mumbai.

— Humm. Esse *sambar* está bom. Como achou este lugar, Asha?

— Um cara... um amigo, Sanjay, me trouxe aqui. Ele me desafiou a comer num lugar que não atende a estrangeiros. Achou que eu não aguentaria, mas aguentei, com a minha arma secreta. — Ela sorri, apontando o prato de iogurte.

Ele ergue uma das sobrancelhas.

— Sanjay, é? E como o conheceu?

Asha completa.

— Naquele casamento de que lhe falei. Alguém da família dele é amigo de alguém da nossa, não sei direito.

— O que ele faz?

— Está fazendo mestrado na London School of Economics. — Ela sorri e faz uma careta para ele. — Sinto muito, pai, não consegui encontrar um pretendente que fosse médico e indiano.

— Bom, dois em três não é tão ruim assim. — Krishnan sorri a contragosto.

— Então, como mamãe está? — pergunta Asha. — Foi passar as férias em San Diego?

— Foi, ela precisava mesmo. Estava preocupada com a última mamografia da sua avó e queria conversar com os médicos. Não pôde vir durante a semana porque a clínica está muito movimentada... — Krishnan teme estar explicando demais. Ele e Somer combinaram não contar ainda a separação a Asha, pelo menos até chegar a hora de ela voltar para casa. No fundo, Krishnan torce para que, até lá, tenham se reconciliado. Ficar separado de Somer tem sido mais difícil do que esperava. Passou os últimos dois meses trabalhando quase o tempo todo, oferecendo-se para cobrir as folgas dos colegas e ficando até tarde no consultório ajeitando a papelada. Em casa, sem Somer, sente-se insuportavelmente solitário.

Agora, por conta de uma lealdade profundamente enraizada que sente pelas duas, Krishnan conta mais uma mentira.

— Ela queria mesmo vir, Asha.

— Na verdade, estou meio contente de só ter vindo você, pai. Queria conversar com você sobre uma coisa. — Asha soa hesitante pela primeira vez desde que ele chegou. Limpa as mãos e a boca com um guardanapinho de papel e inspira fundo. Krishnan para de comer, sentindo que algo importante está prestes a acontecer. — É o seguinte, pai. Você sabe o quanto amo você e mamãe. Vocês têm sido pais maravilhosos. Sei o quanto fizeram por mim... — Ela se interrompe, visivelmente nervosa, torcendo nas mãos o guardanapo de papel.

— Asha, querida, o que é? — pergunta Krishnan.

Ela ergue os olhos para ele e despeja tudo de uma vez.

— Quero encontrar os meus pais biológicos. — Um instante depois, continua, agora parecendo desesperada para despejar o resto das palavras. — Quero saber quem são e ver se consigo conhecê-los. Sei que é difícil, pai. Não faço ideia de onde começar nem de como procurá-los, por isso preciso mesmo da sua ajuda.

Ele observa a filha, os belos olhos arregalados, buscando algo.

— Tudo bem — diz ele.

— Tudo bem... o quê? — pergunta Asha.

— Tudo bem, entendo... como você se sente. Vou ajudá-la como puder. — Ele previu essa discussão várias vezes. Também está contente de Somer não estar ali agora.

— Acha que mamãe entenderá? — pergunta Asha.

— Pode ser difícil para ela, querida — responde Krishnan. — Mas ela ama você. Nós dois amamos, e isso nunca mudará. — Ele estende o braço sobre a mesa de fórmica e põe a mão sobre a da filha. — Você não pode renunciar ao seu passado, Asha. Ele faz parte de você. Confie em mim.

Ela faz que sim e ele aperta a mão da filha, enquanto ambos reconhecem as consequências dessa decisão.

Krishnan veio à Índia sabendo que teria de proteger Asha das escolhas da mãe. Agora voltará sabendo que também tem de proteger Somer das escolhas da filha.

QUARTA PARTE

Um pai nunca esquece

Mumbai, Índia — 2005
Kavita

Kavita espera com paciência na fila da agência de telégrafo, aguardando a sua vez. Quando chega ao guichê, o atendente sorri para ela.
— Olá, Sra. Merchant. Transferência de dinheiro para Dahanu?

Nos últimos três meses, ela tem ido ali toda semana, mas ainda não sabe o nome desse homem que lhe explica como preencher a papelada, a quem entrega o envelope de dinheiro. Ele sabe o nome dela, é claro, pelo recibo que lhe dá toda semana, que ela guarda cuidadosamente junto com os outros em casa, no armário. Assim que a irmã avisa que recebeu o dinheiro, ela faz uma marquinha no recibo.

As 700 rupias que manda toda semana pagam a enfermeira e os remédios da mãe desde o derrame no outono anterior. Kavita espera ir logo visitar, mas só pode tirar folga uma vez por ano, no alto verão, para não coincidir com as folgas dos outros criados. Só há exceção em caso de morte de familiar próximo. Jasu lhe disse que simplesmente pedisse folga a *Sahib* e *Memsahib*, mas ela não pede. Eles têm sido justos e a tratam bem, e ela sente que precisa manter o emprego. Não é pelo parco salário; é a tranquilidade de saber que tem uma fonte de renda separada do salário pouco confiável de Jasu e da fortuna ilícita de Vijay.

— Mandei o dinheiro hoje à tarde, *bena* — diz Kavita ao telefone.
— Obrigada, Kavi. Ligo assim que chegar — responde Rupa.

Ninguém de casa pergunta a Kavita de onde vem o dinheiro, uma quantia de que nenhum deles jamais poderia abrir mão. Na verdade, Kavita e Jasu também não poderiam abrir mão dela se não fosse por Vijay. Ela sabe que a família supõe, como sempre pensaram desde que ela partiu, que prosperaram em Mumbai como Jasu se gabara que prosperaria. Nos primeiros anos, por lealdade a Jasu, ela evitou lhes contar as dificuldades financeiras. Agora que finalmente têm uma situação confortável, a vergonha que sente por Vijay é a base do silêncio.

— Rupa, como está Ba?

Há um suspiro profundo do outro lado do telefone.

— Está bem. O médico veio vê-la ontem mesmo e disse que ela está o melhor possível. Ele não espera uma recuperação total, *bena*. Ela não conseguirá mais falar muito bem nem enxergar com o olho direito. Mas está confortável, e a enfermeira cuida muito bem dela, graças a você, *bena*.

Toda vez que Rupa lhe agradece por mandar o dinheiro, Kavita sente como se uma serpente se arrastasse pela barriga, não só pela origem do dinheiro como porque é tudo o que tem para dar. Sabe que deveria estar em Dahanu. É uma vergonha que, em vez de cuidar da própria mãe, ela passe os dias lavando os pratos de *Sahib* e dobrando os sáris de *Memsahib*. Essa consciência torna ainda mais pesadas as tarefas cotidianas.

— E Bapu, como vai? — Kavita mantém a voz firme, evitando que o medo e a fragilidade viajem pelo fio até os ouvidos da irmã.

— Não muito bem. Não reconhece mais os netos e, em certos dias, nem a mim. É bom que você não esteja aqui para ver, *bena*, não é fácil vê-lo indo embora.

Essa notícia não é diferente do que Rupa lhe conta toda vez que conversam. O estado do pai vem piorando devagar nos últimos anos. Mas ele é como o antigo pé de marmelo atrás do lar da infância; embora os galhos fiquem mais finos a cada ano e as folhas cada vez mais raras, o tronco orgulhoso continua firme. Ainda assim, as palavras seguintes travam na garganta.

— Ele se lembra de mim? Acha que vai me reconhecer quando eu for?

Há uma longa pausa antes da resposta de Rupa.

— Tenho certeza de que sim, Kavi. Será que um pai esqueceria a filha?

KAVITA APERTA A CASCA DA PEQUENA MANGA COM OS dedos para confirmar a firmeza da polpa, depois a leva ao nariz.

— Meio quilo dessas, por favor. — *Memsahib* acordou hoje de manhã pedindo conserva fresca de manga, e depois do almoço Bhaya mandou Kavita procurar as melhores mangas verdes que encontrasse. Ela tentou três mercados diferentes e agora está a pelo menos meia hora do apartamento de *Memsahib*, mas não importa; todos ainda estarão descansando quando ela voltar. Kavita anda rapidamente até chegar aos portões de ferro, para e pousa junto aos pés a sacola de pano cheia de mangas. Espia pelas grades enferrujadas do portão, chega a ficar na ponta dos pés para ver melhor. É claro que sabe que não adianta nada. Mesmo que tenha sobrevivido, agora Usha seria uma mulher adulta, mais velha até do que Vijay. Sem dúvida não estaria mais neste orfanato. *Então o que procuro aqui, por que ainda me sinto atraída por este lugar?*

Será para conjurar a dor daquele dia em que entregou a filha, para punir-se por abandonar sua própria carne e sangue? Que tipo de vida poderia ter aquela menina? Sem família, criada por estranhos, sem lar para voltar depois que saísse deste lugar. *Será que foi melhor? Melhor para mim apenas ter lhe dado a vida e nada mais do que a mãe deve dar aos filhos?* Ou ainda vinha até esse lugar simplesmente porque virou hábito, como uma cicatriz marcada no corpo na qual não consegue deixar de pensar, que não pode deixar de coçar e beliscar, torcendo para que com o tempo, um dia, ela se cure milagrosamente?

Antigamente

Mumbai, Índia — 2005
Asha

Asha sente o coração disparar com o estrondo do trem ao chegar à estação de Churchgate. A aproximação agita o ar empoeirado e libera do chão fumegante o fedor persistente de urina. O cheiro é avassalador, mas ela só consegue pensar no lugar aonde esse trem a levará. Avança sobre a plataforma, um maço de rupias enfiado em segurança no cinto debaixo da roupa. A mochila, sem uso desde que chegou de avião, contém agora o caderno, mapas da cidade e passagens de trem de primeira classe — a única maneira segura de uma moça desacompanhada viajar na Índia, como insistiu Dadima.

Antes de partir, o pai lhe revelou os únicos detalhes de que conseguia se lembrar: o nome da agência de adoção e o agente que os ajudou. Quando Asha ligou para a agência, encaminharam-na ao orfanato. Dadima lhe deu o endereço do orfanato e o nome do diretor, Arun Deshpande. Por prevenção, ela o escreveu em inglês, híndi e marati no caderno de espiral de Asha. A avó se ofereceu para ir com ela, mas Asha queria fazer aquilo sozinha. Ela se instala em seu lugar no trem, tira do bolso a pulseira de prata e segura-a durante toda a viagem. Quando desce do trem, segue até a frente da fila de riquixás, onde mostra ao motorista o caderno com o endereço do orfanato. Ele concorda, cospe suco de noz de bétele na calçada e sai pedalando com pernas impossíveis de tão magras e tendinosas.

O orfanato é diferente do que Asha esperava, um prédio largo de dois andares com áreas ao ar livre onde as crianças brincam. Ela para diante da placa escrita em inglês do lado de fora:

LAR SHANTI PARA CRIANÇAS
FUND. 1980
MUITO OBRIGADO À FAMÍLIA THAKKAR PELA GENEROSIDADE DE NOS OFERECER O NOSSO NOVO LAR

Thakkar? Como já descobriu desde que chegou aqui, há milhares de Thakkar em Mumbai. É uma mudança agradável não ter de soletrar para todo mundo. Ela toca a campainha do portão da frente, e uma velha de boca franzida surge arrastando os pés.

— Vim falar com Arun Deshpande. — Asha fala devagar, supondo que a velha não entenda inglês. Ao ouvir o nome, ela abre a porta e aponta uma pequena sala no final do corredor. Asha une as mãos para agradecer à velha e entra hesitante no prédio. Sentia-se muito confiante no caminho até ali, mas agora as pernas parecem fracas e o coração dispara. A porta da sala está aberta, mas ela bate mesmo assim. Um homem de cabelo grisalho e óculos bifocais pendurados no nariz fala alto ao telefone numa língua que ela não conhece. Ele acena para que ela entre e se sente. Ela tira uma pilha de papéis da única cadeira da sala. Vê uma plaquinha na mesa que diz ARUN DESHPANDE, e a palma das mãos começa a suar. Enquanto espera, ela pega o caderno e o lápis.

Ele desliga o telefone e lhe dá um sorriso incomodado.

— Olá, sou Arun Deshpande, diretor do Shanti. Entre, por favor — diz ele, embora ela já esteja sentada.

— Obrigada. Sou Asha Thakkar. Vim dos Estados Unidos para uma visita. Eu... na verdade saí daqui, deste orfanato, para ser adotada. Faz uns vinte anos. — Ela põe a ponta do lápis na boca enquanto aguarda a reação dele.

Deshpande se afasta da mesa.

— Thakkar? Como Sarla Thakkar? Ela é sua parente?

— Sarla... hã, é, é minha avó. Mãe do meu pai. Por que pergunta?

— Somos muito gratos à sua avó. Ela fez a doação para construirmos este prédio, deve ter sido há quase vinte anos. Ela queria garantir que tivéssemos salas de aula suficientes no andar de cima para todas as crianças. Todo dia, elas continuam a estudar aqui depois da escola. Música, línguas, artes plásticas.

— Ah, eu... eu não sabia. — Asha mastiga a ponta do lápis.

— Não a vejo há muitos anos. Por favor, mande-lhe lembranças minhas.

— Pode deixar. — Asha respira fundo. — Sr. Deshpande, a razão para eu estar aqui é que espero que o senhor consiga me ajudar. Estou... tentando encontrar os meus pais biológicos, os que me trouxeram aqui para o orfanato. — Como ele não responde, ela continua. — Também queria dizer que sou muito grata por tudo o que o senhor fez por mim aqui. Tenho uma vida boa nos Estados Unidos, amo os meus pais... — ela para, procurando palavras para convencê-lo — e não quero criar problemas. É só que quero muito... sempre quis muito encontrar os meus pais biológicos.

O Sr. Deshpande tira os óculos e começa a limpá-los com a barra da camisa.

— Minha cara, temos centenas de crianças que chegam aqui todo ano. Só no mês passado foi uma dúzia de novos bebês deixados à nossa porta. Os mais afortunados são adotados; os outros ficam aqui até terminarem os estudos, no máximo 16 anos. Não temos como manter registros de todas as crianças. No caso da maioria, nem sabemos a idade correta, e naquela época, bem... — Ele dá um suspiro profundo e inclina a cabeça para olhá-la. — Acho que posso dar uma olhada. Muito bem. Thakkar. Asha, foi o que disse? — Ele se vira para a relíquia de computador sobre a mesa. Depois de alguns minutos batucando o teclado e franzindo os olhos para a tela, ele se vira para ela. — Sinto muito, não consigo encontrar esse nome. Não há registro seu. Como eu disse, os nossos registros... — Ele dá de ombros e põe os óculos de novo.

Ela sente um vazio no estômago e baixa os olhos para o caderno, cuja página está em branco. *Nenhum registro meu.* Ela crava as unhas na palma da mão para evitar as lágrimas que esperam ansiosas por trás dos olhos.

— Sabe, outras crianças vieram aqui, como você, e é difícil encontrar a mãe, mesmo quando sabem o nome dela. Às vezes essas mulheres não querem ser encontradas. Muitas vezes eram solteiras e ninguém nem sequer sabe que tiveram um filho ou que o trouxeram para cá. Pode ser muito... difícil para essas mães caso descubram.

Asha concorda com a cabeça, agarrando o lápis e tentando manter a compostura. *Qual é a próxima pergunta? O que escrevo nessa página em branco?*

De repente, Arun Deshpande se inclina à frente e fita o rosto de Asha.

— Seus olhos são tão incomuns... Só vi essa cor uma vez na vida numa mulher indiana. — Um ar de compreensão se espalha pelo rosto dele. — Quando você disse que foi adotada?

— Em 1985. Em agosto. É mesmo? O que...?
— E sabe que idade tinha? — Ele bate numa pilha de papéis no caminho até o arquivo de aço atrás da cadeira.
— Um ano, mais ou menos, acho. — Ela se levanta e fica perto dele, espiando por trás do ombro.

Ele folheia os arquivos, que parecem mais desorganizados do que a mesa.

— Eu me lembro dela. Era de Palghar ou Dahanu, uma daquelas aldeias ao norte. Acho que veio até aqui andando. Eu me lembro daqueles olhos. — Ele balança a cabeça, depois para e olha a moça. — Veja, isso levará algum tempo. Terei de procurar em todo o ano de 1984... estas pastas, depois algumas lá atrás. Posso lhe telefonar se encontrar alguma coisa?

Ela se sente febril com a ideia de que a informação está ali, em algum lugar desse escritório bagunçado. Não pode simplesmente sair agora.

— Posso ajudá-lo a procurar?
— Não, não. — Ele dá um risinho. — Nem sei direito o que estou procurando, mas se estiver aqui encontrarei. Prometo. Por Sarla-ji. Prometo. Cem por cento. — Ele balança a cabeça de um lado para o outro, do jeito confuso que se usa aqui. Ela aprendeu que é assim que tudo funciona na Índia. É preciso ter fé. Ela arranca uma folha do caderno para escrever o telefone e enfia o lápis atrás da orelha.

— Tem uma caneta?

VÁRIOS DIAS DEPOIS, ELA FAZ A VIAGEM DE VOLTA AO Shanti. Mal consegue se controlar para não sair correndo até a sala do Sr. Deshpande depois de passar pelo portão da frente. Está trêmula enquanto espera por ele. Quando ele entra, ela se levanta.

— Vim o mais depressa que pude. O que o senhor encontrou?

Ele se senta à mesa e lhe entrega um envelope pardo.

— Eu me lembro dela. Da sua mãe. Nunca esqueci aqueles olhos. — Dentro do envelope, há uma única folha de papel, um formulário semipreenchido. — Sinto muito não haver muita informação — diz ele. — Naquela época, achávamos melhor manter essas coisas anônimas. Agora fazemos um serviço mais detalhado, coletando informações, por razões de saúde e afins. Ah, mas descobri por que não consegui encontrá-la logo. Veja bem aqui... — Ele se inclina e aponta um lugar no formulário. — O seu nome era Usha quando você chegou aqui. Acho que os nossos registros não são tão ruins assim, no fim das contas. — Ele volta a sentar-se na cadeira, sorrindo.

Usha. O nome dela era Usha. O nome que recebeu ao nascer. Dado pela mãe. *Usha Merchant*.

— Era o meu primeiro mês como diretor quando você chegou aqui. Estávamos lotados e eu não podia aceitar mais nenhuma criança. Mas a sua mãe veio aqui com a irmã, que me convenceu a aceitar você. Disse que você já tinha uma prima aqui, que não seria direito separá-las.

— Uma prima? — Asha passara a vida inteira sem primo nenhum, e desde que chegara à Índia parecia achar mais um onde quer que olhasse.

— Sim, filha da sua tia. Ela disse que era um ano mais velha do que você, mas isso foi antes de eu vir para cá, e definitivamente não há registro nenhum daquela época.

— Sr. Deshpande, quero encontrá-la... a minha mãe, os meus pais. O senhor sabe como posso fazer isso? — pergunta Asha, tentando engolir o bolo na garganta.

Ele faz que não.

— Sinto muito. Já estou surpreso de ter achado essa ficha.

O Sr. Deshpande ajuda-a a subir num riquixá motorizado e dá ao motorista instruções para levá-la à estação de trem. Ela segura o envelope de papel pardo com força numa das mãos e, com a outra, aperta a do Sr. Deshpande.

— Muito obrigada. A sua ajuda foi muito importante.
— Boa sorte, minha filha. Por favor, cuide-se.

DE VOLTA À MESA NA REDAÇÃO DO *TIMES*, ELA ENCARA A folha única de papel dentro do envelope, embora já tenha decorado as poucas informações que contém.

NOME: USHA
NASC.: 18 08 1984
SEXO: F
MÃE: KAVITA MERCHANT
PAI: JASU MERCHANT
IDADE AO CHEGAR: 3 DIAS

Apenas alguns detalhes, e ainda assim já trouxeram descobertas. A mãe não era solteira. Os pais eram casados e ela sabe como se chamam. O seu nome, durante o primeiro ano de vida, foi Usha Merchant. Asha treina escrevê-lo, primeiro em letra cursiva, depois como assinatura e, finalmente, só a rubrica que usa para assinar as reportagens. Olha o próprio reflexo no monitor escurecido.

Usha Merchant. Ela tem cara de Usha? "Usha Merchant", diz, estendendo a mão para se apresentar ao grampeador sobre a mesa. Asha descansa a cabeça nas costas da cadeira e observa o teto. Chama Meena na sala vizinha.

— Nem sei por onde começar. Como vou encontrá-la?

— Ora, você está no lugar certo. O *Times* tem acesso aos melhores bancos de dados da Índia. — Meena se inclina sobre Asha para digitar no seu teclado. — Temos boas informações sobre todas as principais cidades.

— E se ela não estiver numa cidade? E se ela morar numa aldeia por aí? O diretor do orfanato disse que ela veio a pé de uma aldeia.

Meena para e a fita.

— É mesmo?
— É, por quê?
— Isso é extraordinário. Uma mulher fazer isso, ainda mais naquela época, quando os transportes eram menos confiáveis. Ela devia ser muito dedicada para trazer você para cá. — Meena puxa uma cadeira. — Tudo bem, vou lhe mostrar como usar isso. São apenas cidades maiores, mas você pode começar por aqui. Comece por Mumbai. Ainda bem que o sobrenome deles não é Patel ou coisa parecida. Será mais fácil encontrá-la por meio de um parente do sexo masculino, propriedades e coisas assim. Pronto, aí vamos nós, listagem de inquilinos com nome Merchant... Tudo bem, ainda são muitos.

Não há Kavitas, mas há dezenas de registros de Jasu Merchant ou J. Merchant só em Mumbai, e elas nem olharam as outras cidades. Asha começa com uma lista comprida de nomes e passa várias horas tentando reunir fiapos de informação.

No fim do dia, estreitou a procura a três endereços válidos, e talvez nenhum deles lhe traga nada. Ainda assim, sente-se esperançosa ao sair na direção do elevador com o caderno agarrado junto ao peito.

— Deseje-me sorte — diz a Meena por sobre o ombro. — Quem sabe o que encontrarei?

Revolução

Palo Alto, Califórnia — 2005
Somer

—Imagine-se como uma árvore forte, uma árvore majestosa, e inspire profundamente com a parte inferior do ventre. — Genevieve, a professora de ioga, tem uma voz calmante que a segue enquanto passa pelas 12 pessoas espalhadas pela sala. Somer fica em pé absolutamente ereta, mantendo os braços bem acima da cabeça, as palmas se tocando. A sola de um dos pés está abrigada com firmeza contra a coxa oposta, e os olhos fixos numa manchinha branca na parede de tijolos à frente. *Vrikshasana*, a postura da árvore, é difícil para ela desde que começou a fazer aulas de ioga com Liza há uns dois meses. Somer sempre vacilava sobre o pé e saía da postura, enquanto os outros alunos permaneciam serenamente firmes. Certo dia, depois da aula, Genevieve disse a Somer que o segredo da postura era acalmar a mente e se concentrar no momento presente. Essa pequena mudança de foco, essa leve alteração de ponto de vista fez uma diferença enorme. Em vez de lutar e se esforçar para permanecer equilibrada, ela encontrou um ponto para observar, e, de repente, toda a energia se alinhou e a postura ficou simples. Hoje, Somer permanece perfeitamente imóvel no *vrikshasana*, junto com os outros, até a voz calma de Genevieve chamá-los para a próxima postura.

Somer frequenta essa academia de ioga, ambiciosamente intitulada Revolução, duas ou três vezes por semana. Quando acordou doída depois das primeiras aulas, percebeu há quanto tempo não fazia nenhum exercício físico desde que correra até os pulmões arderem ou nadara até os músculos ficarem alegremente cansados, como fizera durante as duas curtas gestações. Fazia uns vinte e poucos anos, desde que o corpo parara de trabalhar, que Somer deixara de pensar nele como parte importante de si. Quando as costas incomodavam ou as alergias aumentavam, ela se sentia ressentida com o corpo envelhecido que falhava com ela repetidas vezes. Cada nova postura de ioga que experimentava era um desafio, não só no alongamento e nas torções, mas também porque tinha de voltar a conhecer o corpo, quais músculos estavam tensos, quais articulações inflexíveis. Tinha de ser gentil consigo mesma: primeiro entender os limites do corpo e depois descobrir como forçá-los. Dessa forma, Somer aprendeu a recuperar o corpo que achava que a traíra tantos anos atrás.

O ponto de virada aconteceu no dia em que Genevieve disse à turma que prestasse atenção à respiração.

— Estão prendendo a respiração? — perguntou ela. — Vejam se estão prendendo a respiração depois de inspirar; se estiverem, o que têm medo de deixar sair? Ou se a estão prendendo depois de expirar, o que têm medo de deixar entrar?

Somer percebeu que fazia as duas coisas e, assim, como Krishnan acusara tantas vezes, era dominada pelo medo.

Depois de três meses morando sozinha, ela encontrou alguns modos de combater a solidão. Nas quintas-feiras, vai à aula de italiano com Giorgio, que soa muito mais sexy do que é, um siciliano velho e grisalho cujos pelos do peito escapam da camisa. Vem aprendendo a língua devagar, como preparação para a viagem à Toscana. Durante a semana, quando os dias são movimentados na clínica e as ruas do centro de Palo Alto fervilham de estudantes, ela considera tolerável a paz da vida nova.

Os fins de semana são mais difíceis. As horas vagas se esticam cada vez mais e ela fica sem ter com quem conversar durante grandes períodos do dia. Costuma preparar o jantar ou fazer planos de passeios a pé com Liza, que aperfeiçoou o estilo de vida de solteirona. Ainda assim, é nos fins de semana que mais sente falta de Kris. Tem saudades das manhãs preguiçosas que passavam na cama, lendo jornal. Quando o dia se transforma em noite, ela gostaria de poder andar de braço dado com ele até o restaurante tailandês do bairro e dividir um prato de saboroso curry de coco. Sente falta do braço pesado dele em torno do seu corpo quando se deita sozinha na cama. Quando vê os estudantes pela cidade, tenta recordar a sensação despreocupada que tinha com Kris quando eram jovens. Demora-se nas lembranças dos primeiros dias com Asha, quando ela era apenas um botãozinho a se abrir em flor diante deles, e tudo o que ela dizia ou fazia lhes causava risos: ir ao zoológico e passar o tempo todo na frente dos macacos, Asha mandando que os pais fizessem sons e gestos como os dos animais antes de finalmente conseguirem ir embora. As férias que passaram em San Diego quando Asha tinha 6 anos e enterrou Krishnan até o pescoço na areia quando ele adormeceu na praia.

O tempo passado a sós fez Somer avaliar quanto da sua vida foi construído em torno de Kris e Asha. Apesar de tudo que dera a eles com o passar dos anos e do arrependimento que sentia às vezes pelos sacrifícios que fizera na carreira, sem eles a vida ficava sem significado nem plenitude. Mesmo agora, o que espera com mais ansiedade toda semana são as manhãs de domingo, em que vai até a antiga casa para que Kris possa telefonar para Asha na hora marcada. Ele e Asha conversam quase o tempo todo, mas isso não incomoda Somer tanto quanto costumava incomodar. Muitas vezes, basta o som da voz de Asha a quilômetros de distância para levar lágrimas aos seus olhos. Ela sabe que a premissa que ela e Kris apresentam é falsa: a de um casal feliz. Mas não soa nada falsa naquela meia hora em que divide com eles a linha telefônica e, depois, uma xícara de café na cozinha com Kris.

Agora, aparentemente rápido demais, é hora do *shavasana*, a postura de relaxamento que toma os últimos dez minutos de aula. A princípio, essa era a parte que Somer costumava temer, ficar ali deitada sem nada além dos pensamentos ansiosos revirando na cabeça: pensamentos sobre a partida de Asha, a raiva que a filha sentia dela, a briga com Krishnan, a promoção que perdera, a incerteza do futuro. O *shavasana*, a postura do cadáver, que deveria relaxar mente e corpo, era seu inimigo: a única hora em que era forçada a enfrentar os pensamentos mais sombrios. E, depois que eles chegavam, não havia como confiná-los: eles se infiltravam no tempo que passava sozinha, quando a solidão fazia o coração doer, quando a quietude inundava o apartamento. Numa manhã de domingo, deitada na cama contando as horas até o telefonema para Asha, ocorreu a Somer que todo o seu esforço para proteger a filha saíra pela culatra. Era o medo que impedia Somer de deixá-la ir, mas segurá-la com força demais produzira o efeito oposto. Ela afastara Asha. Assim como na postura da árvore, a luta constante a tirara do equilíbrio.

Certa manhã, depois do trabalho, em pé no chuveiro até a água esfriar, Somer percebeu primeiro que gastara toda a água quente e depois que não restava mais ninguém para quem guardá-la. Foi então que admitiu para si que, em certo momento, parara de se doar ao casamento. Sempre esperara que Kris assimilasse a cultura dela, como fizera no começo. Mesmo depois de adotarem um bebê indiano, mesmo quando ele sentia saudades de casa, mesmo quando ele pedia que ela fosse junto. Somer sentia que já dera demais à família. Mas a mãe sempre lhe dissera que o segredo do casamento bem-sucedido era cada cônjuge dar o máximo que achasse possível. E depois, dar um pouco mais. Em algum lugar desse "dar a mais", no espaço criado pela generosidade sem marcação de pontos, estava a diferença entre os casamentos que prosperavam ou não. Toda vez que Sundari lhe fazia uma das muitas perguntas sobre a Índia e sua cultura, perguntas que Somer não sabia responder e que nunca fizera a si mesma, ela pensava que poderia ter sido diferente. Poderia ter abraçado o que tentara rechaçar. Uma leve alteração de ponto de vista, uma pequena mudança de foco poderia ter feito diferença.

Agora, enquanto permite que os membros relaxem no *shavasana*, que os dedos se curvem, Somer pensa em Asha e Krishnan, juntos do outro lado do mundo. Pela primeira vez, está separada por um oceano das duas pessoas que formaram a base da sua vida. Quando cada um deles anunciou que partiria para a Índia, ela achou que eram decisões duras, que tinham o objetivo de puni-la. Mas agora Somer consegue ver que essas decisões vinham se formando há anos. Foi ela que agira com raiva e medo, foi ela que abandonara a família sem pensar nas repercussões dessa escolha. Assim como se casou com um homem de outra cultura sem entender o que isso significava para ele. Assim como adotou uma criança indiana sem pensar em todas as consequências. Sempre tão ansiosa para chegar ao próximo marco no caminho, deixou de questionar o trajeto e olhar para a frente.

O único terreno seguro

Mumbai, Índia — 2005
Asha

Os dois primeiros nomes se mostraram infrutíferos e pertenciam a outros J. Merchant. Para Asha, foi uma luta se comunicar o suficiente para descobrir tão pouco. No caminho do terceiro endereço da lista, ela gostaria que Parag estivesse ali para lhe servir de intérprete. Começa a achar que a ideia foi uma tolice, pensar que conseguiria encontrar os pais nessa cidade de 12 milhões de habitantes, isso se estivessem em Mumbai. E se morarem numa daquelas aldeias que Deshpande mencionou? Será que conseguiria ir até lá? Como se comunicaria? Quando o motorista para diante de um prédio dilapidado, Asha reluta em descer. Mas ele confirma, com mais linguagem incompreensível e gestos vigorosos das mãos, que é o lugar que ela procura. Não há lista de moradores no andar térreo e Asha começa a subir a escada, que fede a excrementos humanos. Ela tapa o nariz e a boca com a mão. As baratas se arrastam diligentemente pelos cantos, e no primeiro patamar ela contorna com cuidado um homem que dorme enrolado num cobertor. Desvia os olhos, mas não pode evitar a sensação deprimente na boca do estômago.

A mente vagueia entre a ideia de que os pais possam morar neste lugar e a de que, caso contrário, ela não sabe onde mais achá-los. Uma possibilidade tão desagradável quanto a outra.

No segundo andar, a maioria das portas dos apartamentos está aberta. Crianças pequenas correm livremente pelos corredores, entrando e saindo, umas atrás das outras, por um dos portais, Asha vê uma moça acocorada, limpando o chão.

— Com licença, a senhora sabe onde posso encontrar os Merchant? Kavita Merchant? — pergunta Asha. A mulher balança a cabeça de um lado para o outro, pega um bebê que engatinha e acena para Asha segui-la. Elas cruzam o andar e entram diretamente, sem bater, em outro apartamento, onde outra moça bate um tapete na varanda. O apartamento é opressivamente pequeno — um cômodo só, ao que parece — e quase não tem mobília. A tinta descasca nas paredes e do teto pende uma lâmpada nua. O cheiro do cozimento de cebolas e temperos vem da cozinha minúscula. As duas mulheres falam e observam Asha com curiosidade. Não são muito mais velhas do que ela. Se não fosse pela diferença de idioma, a conversa conspiradora poderia se confundir com a de Asha com as amigas em casa. Mas ali essas mulheres comiam, morando com maridos e filhos em vez de serem colegas de sala, os dias ocupados com tarefas domésticas em vez de livros e estudos. Asha se sente claustrofóbica com a ideia de morar num espaço tão pequeno.

— Kavita *ben*? Procura Kavita *ben*? — pergunta a segunda mulher num inglês hesitante.

— Isso, Kavita Merchant — responde Asha.

— Kavita *ben* não mora mais aqui. Mudou para rua Vincent. Conhece rua Vincent?

ASHA DESCE CORRENDO OS DOIS LANCES DE ESCADA E SAI do prédio. *Alguém sabe onde está a minha mãe*. Finalmente, sabe que está na pista certa. O primeiro motorista de táxi não sabe onde fica a rua Vincent. O segundo sabe mas não está com vontade de ir até lá a essa hora do dia. Asha tira algum dinheiro do bolso, mas parece que isso não o convence. Droga. Tão perto. Ela vai chegar à rua Vincent mesmo que tenha de sequestrar esse táxi e dirigir ela mesma até lá. Asha esvazia o cinto de dinheiro e acena para ele com todo o seu conteúdo. Finalmente, ele concorda de leve com a cabeça e abre por dentro a porta de trás. A mente da moça dispara durante toda a viagem de meia hora no banco de trás do quarto táxi do dia. As várias revelações das últimas 24 horas reviram em sua cabeça. O nome dela era Usha. Ela tem os olhos da mãe. Tem uma prima. Tem pais que moram na rua Vincent, bem ali em Mumbai. O coração bate com tanta força que é como se fosse sair do peito.

A rua Vincent é uma rua curta, com apenas dois quarteirões e três prédios altinhos que parecem ser de apartamentos. Ela paga ao motorista tudo o que lhe prometeu e só por pouco tempo pensa que isso a deixa sem dinheiro para voltar para casa. O primeiro edifício não tem nenhum morador de sobrenome Merchant. Ela entra no segundo prédio e vê um homem de uniforme sentado a uma mesa no saguão.

— O senhor pode me informar se Kavita Merchant mora aqui?

O homem de uniforme balança a cabeça.

— O porteiro do dia saiu. Volte mais tarde.

Asha vê uma pasta na mesa diante dele.

— O senhor não poderia conferir? Kavita Merchant?

O homem de uniforme, com cara de quem preferiria estar de folga, abre a pasta e passa o dedo pela lista de nomes.

— Merchant... *Hahn.* Vijay Merchant. 602.

Vijay?

— E Kavita? Kavita Merchant? Ou Jasu Merchant? – pergunta ela, olhando em volta para ver se o porteiro do dia aparece.

— *Nai*, único Merchant aqui é Vijay. Vijay Merchant.

Ela sente afundar o coração que ainda bate com força. *Como pode ser?* Só há mais um prédio na rua Vincent. Ela se vira para ir embora.

— Ah, aí está ele — diz o homem de uniforme a outro homem de roupa igual, que deve ser o porteiro do dia. — Essa moça procura Kavita Merchant. Não tem Kavita aqui na lista. Eu disse a ela que só tem um Merchant aqui. Vijay Merchant.

— Hein? Seu idiota. Você não sabe nada! — diz o porteiro, e depois diz algo que ela não consegue entender, a não ser os nomes *Kavita* e *Vijay*. O porteiro se vira para ela e explica: — Sinto muito, ele se confundiu. Kavita Merchant mora aqui, sim. Só que o apartamento está no nome de Vijay. Esse é o motivo da confusão.

— Vijay?

— *Hahn*. Vijay. Filho dela.

O quê?

— Não, não pode ser. Ela... ela não tem filhos. Acho que essa mulher não tem filhos. Kavita Merchant? — pergunta ela de novo, consultando o caderno para ter mais clareza. — M-e-r-c-h-a-n-t. O nome do marido é Jasu Merchant.

— *Hahnji*, madame — diz o porteiro, olhando diretamente para ela e falando com total confiança. — Kavita e Jasu Merchant. E o filho Vijay. Apartamento 602.

Com o filho. A palavra reverbera na cabeça enquanto ela tenta entender.

— Filho?

— *Hahn*, a senhora o conhece! — O porteiro confunde a repetição com reconhecimento. — Deve ter mais ou menos a sua idade. Dezenove ou vinte anos.

A minha idade?

— Tem... certeza? — As palavras e os números ricocheteiam na cabeça de Asha como bolas de bilhar. De repente, os fatos se arrumam numa ordem inconfundível. Finalmente fazem sentido, e novamente não fazem mais. Os pais de verdade tiveram um filho, outro filho. Um filho com que escolheram ficar. Ela sente um gosto azedo de ácido. Ficaram com ele. Com o filho. *Ficaram com ele em vez de mim.* De algum lugar a distância, ela consegue escutar a voz do porteiro, mas entende poucas palavras.

— Kavita... viajou há algum tempo... à aldeia dela... volta daqui a algumas semanas.

O chão sob os pés parece desmanchar. Ela tropeça e consegue achar o degrau de baixo para sentar-se. Não é que a mãe não fosse casada. Não é que não quisessem um filho. Não é que não tivessem condições de sustentá-lo. *Era a mim. Era a mim que não queriam.*

Ela percebe vagamente que os dois uniformes agora a observam, mas não consegue impedir que as lágrimas corram pelo rosto.

— Sinto muito... foi um dia longo. Não estou acostumada com o calor — tenta explicar. — Estou bem. Não se preocupem.

Assim que as palavras saem da boca, ela percebe como devem soar absurdas a esses dois estranhos. Eles não se preocupariam como Dadima, provavelmente à espera dela em casa com uma xícara de *chai*. Nem como o pai, que ligou para ela antes que fosse ao orfanato para lhe desejar boa sorte. Nem mesmo como a mãe, que amassou os comprimidos amargos contra malária na vitamina de frutas para que ela conseguisse tomá-los antes de partir para a Índia.

Ela enterra a cabeça nas mãos e chora desamparada diante desses dois homens que não a conhecem, assim como Kavita e Jasu não a reconheceriam se entrassem no saguão bem agora. Com essa ideia, Asha sente o estômago se apertar. Entra em pânico com a ideia de novas humilhações. *Tenho que sair daqui.* Ela se levanta, fungando alto, e, com certa confusão, recolhe a bolsa. A pressão aumenta no pulmão, e ela só consegue pensar na necessidade de sair.

— Tenho que ir. — Ela se vira para a porta.

— Não quer deixar o nome? — grita um deles quando ela sai correndo do prédio. — Eu aviso que a senhorita veio!

O ar lá fora está espesso de poluição, mas ainda é uma mudança bem-vinda depois daquele edifício com suas revelações. Ela precisa ficar longe, bem longe dali. Um táxi para perto dela.

— Táxi, madame? — Ele sorri para ela com a boca cheia de dentes quebrados e manchados.

Ela entra no banco de trás e diz:

— Churchgate, *jaldi*!

Ela pegou o hábito de Priya de dizer automaticamente aos motoristas para irem depressa, mas nunca isso foi tão sincero.

Ele arranca e pergunta:

— Para onde vai, madame?

Nesse momento, ela se lembra que deu ao último motorista o resto do dinheiro. Não lhe restou nada. Em desespero, vasculha a mochila, abrindo o zíper de todos os bolsos e remexendo tudo. Sente algo desconhecido no fundo e puxa. Um saquinho de chocolates. Quadradinhos de chocolate mentolado Ghirardelli. O seu favorito. Mamãe. Deve tê-los enfiado na mochila dela no aeroporto, assim como costumava pôr um único quadradinho na lancheira. Asha deixa sair um grito, e o motorista se vira. Ela acena para que siga em frente e continua vasculhando a mochila. Não há como saber o que ele fará se ela não puder pagar. Atrás do caderno, ela encontra um envelope gasto, aquele que o pai lhe deu no aeroporto. Um risinho surge entre as lágrimas. A ideia do pai a ajudará a chegar em casa. Ela o abre e conta as rupias. Cutuca o ombro do motorista e lhe mostra o dinheiro.

— Até onde isso me leva?

Ele cospe na rua antes de responder.

— Worli.

O motorista para o carro para ela descer e ela se vê no meio de uma grande multidão, que parece subir para algum lugar. Ela ergue os olhos e vê um prédio enorme, todo enfeitado e esculpido, no alto de uma longa escadaria.

— Com licença. — Ela para um dos que sobem. — Que lugar é esse?

— Templo de Mahalaxmi.

Ela pisca e olha o prédio de novo. Escuta a voz de Dadima ecoar na cabeça. *Traz um pouco de paz ao meu dia.* Asha sobe os degraus devagar. O caminho estreito que leva ao templo é ladeado de lojinhas que vendem flores coloridas, caixas de doces, pequenas imagens de ídolos hindus e outros suvenires. Durante a longa subida, gotas de chuva começam a pintalgar o chão, vindo cada vez mais depressa e com mais força, implorando-lhe que apresse o passo. Quando ela se aproxima do alto, uma visão maravilhosa do mar da Arábia se estende diante dela, que tira as sandálias fora do templo para se unir às centenas já amontoadas ali. Lá dentro, o chão é frio sob os pés descalços. A princípio parece haver silêncio comparado ao movimento ruidoso do lado de fora, mas, assim que os ouvidos se ajustam, ela escuta o murmúrio baixo dos cânticos e das ondas se quebrando nas pedras do lado de fora.

O templo exibe três estátuas douradas de deusas hinduístas, cada uma no seu nicho, decoradas com joias, flores e oferendas de cocos e frutas. Guirlandas florais amarelas, brancas e alaranjadas pendem do centro do teto e se enrolam nas colunas. Asha senta-se sobre os joelhos no meio do espaço aberto, olhando os outros para se orientar. Em pé diante da deusa do meio, um sacerdote de cabeça raspada e tanga branca faz uma cerimônia com um casal que usa coroas de flores. De sári, várias mulheres robustas de meia-idade cantam juntas num canto. Um rapaz mais ou menos da sua idade senta-se ao seu lado de olhos fechados, balançando para a frente e para trás.

Mais ou menos da sua idade. Ela tem um irmão. Vijay. Um irmão do qual nunca ouviu falar, que sem dúvida não sabe dela. Pode estar em qualquer ponto da cidade. Poderia estar ali.

O aroma de incenso lhe chega às narinas. Ela fecha os olhos e inspira fundo. Todos esses anos ela ansiou pelos pais, sonhando com o momento em que os conheceria e, finalmente, se sentiria completa. Sempre pensou que eles também ansiariam por ela. O rosto arde de vergonha com tamanha tolice. As lágrimas voltam a correr. Os pais não ansiavam por ela. Não sentiam a sua falta. Simplesmente a descartaram.

Nesse momento, os sonhos que levava no coração e na caixa de mármore branco se vão. Evaporam no ar como a fumaça que sobe do incenso bem à sua frente. As perguntas foram respondidas, o mistério em torno de suas raízes se foi. Não resta nada a descobrir. Ela não precisa encontrar os pais só para ser desdenhada de novo, rejeitada frente a frente.

Em volta dela, os cantos e cânticos a engolem e cobrem as vozes zangadas em sua cabeça. A pulseira de prata escorrega facilmente do pulso. Asha a gira várias vezes entre os dedos. Ela aperta, e o metal macio se dobra sob o seu toque. Está torta, fosca com a idade, imperfeita. Parece que isso é tudo que jamais terá da mãe. Segura-a entre as palmas das mãos e fecha os olhos. Depois, põe a testa no chão e chora.

Um amor poderoso

Mumbai, Índia — 2005
Kavita

Só a forte dormência no pé esquerdo força Kavita a finalmente mudar de posição. Ela se perdeu dentro da cabeça, repetindo *mantras* que se lembra da infância, conjurando lembranças da mãe. É como se o tempo parasse nesse santuário interior do templo, sem janelas para fora e com a ladainha rítmica do *pandit* levando-a em suas ondas para o passado. O *pandit* faz o *Laxmi puja* para um jovem casal, provavelmente recém-casado. Em geral, Kavita prefere rezar para Laxmi, a deusa da prosperidade, mas hoje está diante da deusa Kali, que, com Durga, representa o espírito sagrado da maternidade. Ali ela se sente segura, com o aroma conhecido de incenso ardente e o pequeno tilintar do sininho nos ouvidos, desligada do mundo lá fora e dos seus problemas.

Outros adoradores vêm e vão: jovens e velhos, mulheres e homens, moradores locais e turistas. Uns caminham pelo perímetro uma vez, devagar, como se visitassem um museu. Outros vêm fazer uma oferenda apressada, um coco ou um cacho de bananas, a caminho de uma entrevista de emprego ou uma visita ao hospital. Aquele grupo de mulheres ricas e gorduchas no canto vai ali toda manhã cantar e demonstrar em altos brados a sua piedade. Outros ainda, como Kavita, só ficam sentados, às vezes por horas. Agora ela entende que são os que estão de luto. Como ela, choram uma perda tão ampla, profunda e abrangente que ameaça inundá-los de pesar.

Ela se ajoelha e se inclina até o chão para fazer a oração final, como sempre faz, pelos filhos. Embora hoje esteja chorando como filha, o seu dever de mãe nunca se acaba. Reza pela segurança de Vijay e pela sua redenção. Reza por Usha, onde quer que esteja, imaginando-a, como sempre faz, como uma menininha de tranças. Em todos esses anos, nunca foi capaz de imaginar como a filha seria quando adulta, logo essa é a imagem que guarda na cabeça, uma menininha paralisada no tempo. Beija as pontas unidas dos indicadores e depois a solitária pulseira de prata no braço. Relutante, levanta-se, sacudindo a rigidez das articulações. Não quer ir embora, mas há um trem que precisa pegar. Lá fora, agora está chovendo. O aguaceiro constante a encharca enquanto ela desce os degraus conhecidos do Templo de Mahalaxmi e dobra a esquina até a Estação Ferroviária Central de Mumbai.

KAVITA FICA NA PLATAFORMA ENQUANTO OS OUTROS PASSAgeiros do trem se dispersam em torno dela. Não há ninguém ali à sua espera. Rupa deveria vir, mas deve estar ocupada com os preparativos. Kavita enche os pulmões com o cheiro conhecido de terra e se senta na bolsa para esperar. Os campos espalhados pelo horizonte são mais verdes do que na lembrança ou a vista se amorteceu com a monotonia cinzenta de Mumbai? Outras coisas mudaram desde que esteve ali pela última vez, há quase três anos. As ruas de terra foram asfaltadas e há uma cabine telefônica diante da estação. Vários carros estão estacionados por perto, de modelos modernos que ela se acostumou a ver em Mumbai. No geral, tudo é um pouco desconcertante. Kavita está acostumada a pensar em casa como um lugar estático, imutável.

— *Bena*! — Kavita ouve a voz familiar e se levanta para ser envolvida pelos braços de Rupa. Kavita nota que a irmã mais velha também mudou com a idade, o cabelo agora mais grisalho do que preto.

— Ah, Kavi, graças a Deus você está aqui. — Rupa a aperta com força e as duas balançam para a frente e para trás no abraço. — Venha — diz ela, finalmente, se afastando. — *Challo*, todo mundo está esperando.

Kavita traça com o dedo a borda do copo de aço inoxidável. Como é estranho lhe servirem chá, a tratarem como hóspede, ali no lar da sua infância. Não mudou muito, observa, tranquilizada. As paredes estão mais amarelas e o piso exibe mais rachaduras do que antes, mas fora isso a casa dos pais parece a mesma. *Como estará Bapu?*

— Não espere demais, Kavi. Ele não é o mesmo que era, isso tudo tem sido duro demais para ele — diz Rupa, tomando o chá. — Ontem à noite acordou chamando Ba, e levei muito tempo para acalmá-lo e fazê-lo voltar a dormir. — Ela suspira, pousa o copo e começa a enrolar no dedo a ponta do sári, gesto nervoso de que Kavita se lembra desde a infância. — Ele não consegue reconhecer quando o próprio corpo precisa ir ao banheiro, mas notou que, pela primeira noite em cinquenta anos, a esposa não dorme ao seu lado. — Meneia a cabeça. — Não entendo direito, mas é um amor poderoso.

A enfermeira entra na sala de estar e faz um sinal de cabeça a Rupa para indicar que acabou de banhar e vestir o pai, que agora pode ser visto.

— Ela tem sido uma bênção, Kavi — diz a irmã baixinho enquanto se levantam. — É tão paciente com Bapu, mesmo quando ele está ranzinza. E Ba a adorava... — Com a menção da mãe, a voz de Rupa se interrompe e Kavita sente o próprio rosto desmoronar. As duas se agarram como costumavam fazer quando eram meninas e dividiam a mesma cama. — Temos de ser fortes por Bapu. — Ela enxuga as lágrimas da irmã e depois as suas com a ponta torcida do sári. — Venha, *bena*. — Ela segura com firmeza a mão de Kavita e as duas entram no quarto.

A primeira coisa que Kavita nota no pai, sentado na cama com as pernas estendidas, é o rosto emaciado. As bochechas estão chupadas e a mandíbula contorna um perfil muito mais estreito do que se lembrava. Ela corre para ele, ajoelha-se ao lado da cama e toca os pés deles com a cabeça. Fica alarmada ao sentir os ângulos agudos dos ossos da perna debaixo do lençol. Então, sente o toque familiar da mão dele sobre a sua cabeça.

— Minha filha — chama ele com voz rouca.

— Bapu? — Esperançosa, Kavita ergue os olhos para ele. — O senhor me reconhece? — Ela se senta ao lado dele na cama e segura de leve as mãos frágeis do pai nas suas.

— Claro que eu a reconheço, *dhikri*.

Ela nota o cinza leitoso do glaucoma que cobre os seus olhos, tornando impossível que ele enxergue algo além de sombras vagas bem à frente.

— Rupa, *beti*, para onde foi a sua Ba agora? Diga a ela que quero vê-la. — Ele diz essas palavras olhando diretamente para Kavita. Ela recua um instante, absorvendo ao mesmo tempo ambas as revelações. Não só o pai não a reconhece como ainda não entendeu que a mãe dela está morta. Ela não sabe o que fazer em seguida, e Rupa se senta do outro lado da cama.

— Bapu, é Kavita. Acabou de chegar hoje, veio lá de Mumbai! — A voz de Rupa é animada de um jeito forçado.

— Kavita... — repete o pai, agora seguindo a voz de Rupa e olhando-a. — Kavita, como você está, *beti*? — Ele ergue a mão para o rosto de Rupa. — *Você* sabe onde a sua mãe está?

Rupa lhe responde com gentileza, como se falasse com uma criança.

— Bapu, já conversamos sobre isso. Ba se foi. Ficou muito tempo doente e agora se foi. A cerimônia de cremação é amanhã.

Kavita vê um rápido olhar de reconhecimento passar pelo rosto magro do pai, uma tristeza doída nesses olhos que, fora isso, nada veem. Ele se recosta no travesseiro fino e fecha os olhos.

— *Ay, Ram* — reza ele baixinho. Kavita fecha os olhos com força, e as lágrimas se espremem e rolam pelas faces. Ela ergue a mão do pai até o rosto e a beija.

— Não se sinta mal, Kavi. Às vezes ele também não me reconhece, e estou aqui todo dia — diz Rupa, enxaguando um *thali* e o entregando a Kavita.

A declaração, embora com intenção inocente, abre uma nova ferida em Kavita, um lembrete de que ela não estava ali junto à família.

— *Achha*, eu sei, está tudo bem — responde Kavita obedientemente, enxugando o *thali* com o pano.

— A morte de Ba tem sido muito difícil para ele. É como se a pouca vontade de viver que lhe restava estivesse indo embora. Estou com medo de como a cerimônia vai afetá-lo. É bom que você esteja aqui. Você traz forças a todos nós. — Rupa envolve a irmã com o braço e aperta o ombro dela com a mão úmida.

Kavita se maravilha com a capacidade da irmã de ser tão adulta diante daquilo, preocupada com as necessidades dos outros, cuidando da casa, fazendo os preparativos da cerimônia. Kavita só sente o mais profundo desespero com a perda dos pais: a morte da mãe, a distância do pai. É como se a própria estrutura da família se esfarelasse debaixo dela. Quando olha em volta, ela quase se surpreende ao ver as paredes da casa ainda de pé. Não sabe direito quem é no mundo sem os pais atrás dela. Mesmo que tenham se passado 15 anos desde que partiu de Dahanu, essa sensação de ser uma menininha na casa dos pais não mudou. Ela se repreende em silêncio por agir como criança, por se comportar de forma tão egoísta à luz da força da irmã.

— Quando chegam Jasu e Vijay? — pergunta Rupa.

— No trem da manhã. — Kavita tira de Rupa o próximo *thali*. Não menciona que, provavelmente, só Jasu virá.

Mãe Índia

Mumbai, Índia — 2005
Asha

Asha está sentada à mesa da redação do *Times* cercada de anotações. No meio da papelada há dois recados de Sanjay. Ela pensou nele muitas vezes desde que foi pela primeira vez ao Shanti 15 dias atrás, mas não teve coragem de telefonar. A descoberta que fez naquele saguão do prédio da rua Vincent fez com que se sentisse confusa e envergonhada. Não consegue explicar a si mesma, muito menos aos outros. Não queria encarar Sanjay e reviver tudo outra vez.

Hoje, Asha tenta transcrever entrevistas, mas não para de pensar no que Meena disse naquele dia em Dharavi: *a Mãe Índia não ama todos os filhos da mesma forma*. Ela vai até o terminal que a liga ao banco de dados do *Times*. Na caixa de busca vazia, digita "Índia, taxa de natalidade" e encontra mais de mil resultados ininteligíveis. Altera a busca acrescentando as palavras "meninas e meninos" e encontra uma dúzia de reportagens. Clica na primeira, de 1991, das Nações Unidas, e lê como a taxa de natalidade de meninas despencou na Índia. O gráfico correspondente mostra tanto a queda acentuada das meninas quanto o aumento da distân cia entre meninas e meninos. A reportagem seguinte critica a disseminação pelo país das máquinas leves de ultrassonografia. Parece que o surgimento de máquinas menores e mais baratas facilitou que pessoas inescrupulosas viajassem pelas áreas rurais da Índia e cobrassem das gestantes para identificar o sexo dos futuros filhos. Embora há uma década o governo indiano tivesse tornado ilegal usar ultrassonografias com o propósito de identificar o sexo da criança, a prática ainda é generalizada e costuma levar a abortos seletivos, expressão que Asha nunca tinha visto.

A terceira reportagem menciona o infanticídio de bebês do sexo feminino, ao lado da queima de noivas e mortes por dote, e faz parte de uma série sobre a luta pelos direitos da mulher na Índia. Asha dá uma olhada rápida nessa matéria antes de fechar os olhos e depois o arquivo. O estômago começa a se revirar. Ela se força a olhar só mais uma reportagem e busca algo animador. Encontra o perfil de uma filantropa canadense que fundou vários orfanatos na Índia. Asha observa a fotografia da velha caucasiana vestida de sári, cercada por todos os lados de crianças indianas sorridentes. Debaixo da foto, a legenda diz que ela não encoraja a adoção por estrangeiros das crianças dos seus orfanatos.

Asha se levanta da cadeira e volta à sua mesa, onde a tela mostra uma imagem paralisada de Yashoda, a menininha de cabeça raspada da favela. A pequena Yashoda, tão cheia de energia e promessas em meio à miséria de Dharavi. Yashoda, com o seu sorriso doce, sem ligar para a infestação de piolhos e o fato de que nunca irá à escola. *É assim que seria a minha vida na Índia?* Nos últimos meses, ela invejou Meena com sua grande carreira jornalística e Priya com a vida de compras e salões de beleza. Mas agora é evidente para Asha que essa não seria a sua vida. Ela seria como Yashoda ou a irmã Bina — apenas uma estatística da Índia, outra menininha a quem ninguém dá valor. Que tipo de futuro terão aquelas meninas? Passarão a vida inteira em Dharavi, da infância à maternidade, como a mulher com equimoses que entrevistou? Ou terão sorte — sairão da favela, para acabar como aquelas duas mulheres do prédio na rua Shivaji, sobrecarregadas de maridos, filhos e afazeres domésticos?

A vida inteira, Asha sonhara com tudo o que lhe faltava por não conhecer os pais biológicos — amor incondicional, compreensão profunda, ligação natural. *Foi isso mesmo que eu perdi? Ou foi só uma vida sem oportunidades?* As palavras de Arun Deshpande lhe vieram à mente na hora: *os mais afortunados são adotados*. Ela pensa na infância na Califórnia, o quarto com o dobro do tamanho daqueles lares de Dharavi, o uniforme da Escola Harper e a formação numa universidade de primeira linha. Todos aqueles anos passados pensando nos pais. Talvez eles tivessem lhe feito um favor.

Usha. A mãe a amava o suficiente para lhe dar um nome.

Ela encara a tela, o barbante fino pendurado no pescoço de Yashoda, lembrando-se de como a menininha ficara fascinada com seus anéis. Meena explicou depois que essas meninas crescem vendo joias, mas nunca têm nenhuma. A mãe a amava o suficiente para lhe dar uma pulseira de prata.

Ela era uma mulher corajosa. Ela devia ser muito dedicada para trazer você para cá. A mãe a amava o suficiente para sair de alguma aldeia e enfrentar uma viagem para levá-la ao orfanato. Amava-a o suficiente para dá-la para adoção.

Amava-a o suficiente.

Amava-a.

Asha limpa as lágrimas do rosto e se obriga a assistir ao resto da entrevista com Bina, tentando encontrar um raio de esperança. Ao se ver agora na tela, percebe como foi insensível com as perguntas sobre cabelo curto e escola. Parag só tentava poupar as meninas de embaraços e não atrapalhar a entrevista. A tristeza da vida de Yashoda é pisoteada pela tragédia da menina aleijada que vem em seguida. Asha volta a afastar os olhos ao vê-la, como fez no dia da entrevista. Depois, devagar, vira-se de novo para a tela e se inclina para assistir com atenção. Ela não se lembra de ter visto o rosto da menina. Ela sorri, assim como a mãe. A mulher realmente parece feliz ao partir na caminhada de 2 quilômetros até a escola com a filha sem pernas nas costas. *Como pode ser?*

A mulher da entrevista seguinte, a dos hematomas e do sári verde fosco, não sorri, a não ser de leve quando Asha lhe dá a nota de 50 rupias. *Droga. Por que não lhe dei mais?* Talvez a poupasse de se prostituir por uma ou duas noites para alimentar os três filhos e o marido alcoólatra. Na tela, os olhos parecem vazios. Asha consulta as anotações e recorda que essa mulher tem a sua idade. Não consegue se imaginar vendendo o corpo nem fazendo nada do que essas mulheres fazem para cuidar da família. Asha rabisca algumas anotações, depois volta e assiste outra vez, concentrando-se nas mulheres enquanto falam, explicando o que fazem todo dia pela família. A próxima ideia cai sobre ela como um paraquedas, cobrindo o chão. A verdadeira história da vida em Dharavi são essas mães. Elas são a face da esperança para as crianças nascidas na pobreza e na desolação. Asha extrai do vídeo uma imagem da mãe sorridente da menina aleijada e a copia em outra tela. No alto da foto, digita uma legenda: "A face da esperança: a sobrevivência nas favelas urbanas."

Começa a escrever, contando as histórias da coragem dessas mulheres. Os dedos voam pelo teclado, correndo para acompanhar as ideias que fluem através dela. Dá uma olhada rápida no relógio da tela e percebe que são quase 7 da noite. Logo a esperarão em casa. O conhecido jorro de adrenalina lhe inunda o corpo, como acontecia quase toda noite no *Herald*, e ela sabe que tem de continuar, a noite toda, se necessário. Ainda digitando, Asha pega o telefone e o acomoda no ombro. Devesh atende.

— Oi. Aqui é Asha. Por favor, avise a *Memsahib* que hoje não volto para casa. Estou trabalhando na redação. Estarei em casa amanhã. — Ela fala devagar, parando entre as palavras para que ele entenda. Trabalha assiduamente a noite inteira até a reportagem tomar forma. Só então deita a cabeça na mesa para descansar.

PELA MANHÃ, QUANDO MEENA CHEGA, ASHA A ESPERA EM sua sala.

— *Arre*, vejam só quem o gato trouxe. Que cara horrível! Passou a noite aqui?

— Passei, sim, mas não tem importância. Sabe, quero voltar a Dharavi, preciso fazer mais entrevistas.

— Ora, quer falar com homens dessa vez? — Meena tira os óculos escuros e deixa a bolsa sobre a mesa.

— Não, mulheres. Mães, na verdade.

Meena ergue uma das sobrancelhas.

— Parece interessante. — Ela se senta. — Sou toda ouvidos.

— Bom, sabe, eu ia me concentrar nas crianças. Assisti às entrevistas várias vezes e percebi que parecem tão deprimentes porque as crianças nasceram naquelas circunstâncias, elas não as escolheram e não têm poder sobre elas. É triste, mas isso não é uma reportagem. Mas, se mudarmos o ponto de vista e contarmos a história das crianças por meio das mães, tudo muda. Vemos coragem. Resistência. A força do espírito humano.

— Gosto disso — assente Meena, girando na cadeira. — É um bom ângulo. Mas escute só, Asha, estou ocupadíssima. Não posso ir com você.

— E Parag?

Meena dá de ombros.

— Você vai ter que falar com ele.

A CAMINHO DE DHARAVI, ASHA DESCREVE A PARAG O TIPO de entrevistadas que procura. Ela não tem certeza de que ele concordou em ir por alguma noção de dever profissional ou por cavalheirismo.

— Ei, escute, fico contente de ter vindo comigo — diz ela quando os dois saem do táxi. Ele concorda com a cabeça, daquele discreto jeito indiano. — Não, é verdade. Não sei andar direito por aqui, como você já notou. Preciso mesmo da sua ajuda. — Ela percebe um leve sorriso e decide mudar de assunto.

Dharavi é cheia de mulheres, de mães que cuidam dos filhos. Há muitas participantes dispostas, mas Asha desce o caminho até encontrar a primeira mulher que quer entrevistar. Está sentada em silêncio, esfregando roupas num balde diante do barraco enquanto três crianças correm em torno dela. Asha saúda a mulher com *namaste* e espera Parag pedir permissão para ligar a câmera. Sussurra para Parag algumas perguntas e o deixa conduzir a maior parte da conversa enquanto fica para trás, filmando a entrevista. Depois de responder várias perguntas, a mulher os convida a entrar no barraco. Tanto Asha quanto Parag têm de baixar a cabeça para passar pela porta. Lá dentro, Asha vê dois colchonetes finos no chão e, na parede entre eles, fotografias emolduradas de um casal de idosos. Ela aprendeu que tais imagens homenageiam gurus ou familiares falecidos, geralmente com flores frescas, mas essas duas estão enfeitadas com guirlandas murchas cheias de moscas. No canto, há um altarzinho com estátuas e incensos. Depois de filmar o interior do barraco, Asha desliga a câmera. Pede a Parag que agradeça à mulher pelo seu tempo. Ele traduz e se volta para Asha.

— Ela quer saber se você aceita um *chai*.

Asha sorri para essa mulher que nada tem e assim mesmo lhe oferece chá. Nas visitas anteriores, esse gesto a faria se sentir culpada e pouco à vontade.

— Sim, obrigada. Eu adoraria. — Eles se sentam do lado de fora enquanto a mulher prepara o chá e Asha ensina as crianças a brincar de pirulito que bate-bate.

As outras entrevistas que fazem são parecidas, muito mais fáceis do que da última vez. Têm conversas prolongadas com as mulheres sobre a vida, os filhos, as esperanças para o futuro. São convidados a entrar e ver outros lares, lhes oferecem mais chá e petiscos. Asha pede a Parag que escreva o nome de todas as mães com quem falaram. Quando sentem fome para almoçar, ela já vê a reportagem se formando na cabeça.

— Somos uma ótima equipe — diz ela, oferecendo a mão erguida, com os dedos abertos, para bater na de Parag. Hesitante, ele repete o gesto e sorri. — Ei, gosta de *pau-bha-ji?* — pergunta ela. — Conheço um lugar ótimo aqui perto.

DEPOIS DO ALMOÇO, PARAG TEM DE IR A OUTRO PONTO DA cidade para o próximo serviço e se oferece para pegar um táxi para Asha antes de seguir para a estação de trem. Na esquina mais à frente, ela vê um homem vendendo guirlandas e flores frescas.

— Tudo bem — diz a Parag. — Vou ficar aqui mais um pouco.

Ele a olha, erguendo uma das sobrancelhas, e depois, sobre o ombro da moça, fita a favela como um alerta. Ela nunca entrou em Dharavi sem escolta.

— Pode ir, está tudo bem. — Ela dá um tapinha brincalhão no ombro dele. Depois que Parag vai embora, Asha se aproxima do vendedor de flores e pede cinco guirlandas. Depois, vai até a carrocinha de sorvete e compra uma dúzia de picolés de *kulfi*. Volta a entrar na favela, seguindo o caminho até encontrar a primeira mulher que entrevistaram de manhã, que agora pendura a roupa na corda. Asha lhe estende duas guirlandas e faz um gesto na direção do barraco. Um sorriso lento se espalha pelo rosto da mulher e ela passa por debaixo das roupas penduradas. Aceita as flores, junta as mãos e baixa a cabeça. Asha sorri e lhe dá três picolés de *kulfi* e volta ao caminho para procurar a próxima casa, ouvindo o riso alegre das crianças enquanto se afasta.

Ela distribui o restante das flores e do *kulfi* entre as outras mulheres, mais ou menos da mesma maneira — sem palavras, sem tradução, sem câmeras. Quando termina, chama um táxi e senta no banco de trás. Com a chance de finalmente descansar, Asha sente uma profunda dor nos joelhos, resíduo de passar a noite em claro. O cabelo está bastante oleoso, mais do que o grau de sempre ao qual se acostumou na Índia. Será um prazer imenso lavá-lo direito quando chegar em casa. Quando pequena, a mãe o escovava pacientemente pela manhã, enquanto Asha assistia aos desenhos animados. Era uma de suas horas favoritas do dia, quando erguia os olhos do Pernalonga para ver o cabelo rebelde domado em duas lindas marias-chiquinhas para a escola.

Ultimamente, muitas lembranças assim têm vindo a Asha. As elaboradas festas de aniversário que a mãe lhe fazia todo ano, passando a manhã inteira preparando o bolo e a cobertura inteiramente à mão. A caçada anual de ovos de Páscoa que organizava no quintal para todas as crianças da vizinhança, sempre escondendo um estoque especial de ovos para Asha no mesmo canto da caixa de areia. E essa filmadora, principalmente a filmadora. A princípio, nenhum dos pais gostara do interesse dela pelo jornalismo, mas a mãe acabou aceitando a ideia. Assim como aceitou quando Asha foi para a faculdade tão longe de casa e escolheu inglês em vez do curso preparatório de medicina. Apesar de muitas de suas opções terem irritado a mãe, algumas até de propósito, Asha nunca duvidara da firmeza do seu amor. Sente uma pontada de remorso pelo modo como se zangara com a mãe antes de partir e pelas conversas curtas e sem sentido que tiveram desde então.

Quando Asha volta à redação já é fim de tarde, e, embora a noite passada em claro esteja pesando, ela ainda não consegue parar. Assiste às novas entrevistas e começa a escrever. Continua trabalhando até que o esqueleto da reportagem fica pronto. Ela relê tudo e se recosta na cadeira. Precisa de mais material e muita revisão, mas ali está uma reportagem que só ela poderia escrever. Asha fecha os olhos e um lento sorriso se abre no rosto. Está exausta, e só há uma pessoa com quem quer conversar. Ela pega o telefone e liga para o número dos pais. Toca quatro vezes e a secretária eletrônica atende.

— Mãe? — pergunta Asha. — Oi, sou eu. Tem alguém aí? Pai? — Ela espera mais alguns segundos e disca de novo. Tenta o celular da mãe. Ninguém atende. *Que estranho. Onde será que ela está às 5 da tarde durante a semana?* Asha desliga, se recosta na cadeira giratória e estica os braços bem acima da cabeça quando um profundo bocejo lhe escapa da boca. Dá para sentir a fadiga no fundo dos ossos. Ligará amanhã, depois de dormir.

Tão bom quanto me lembro

Menlo Park, Califórnia — 2005
Krishnan

Krishnan anda de um lado para o outro com o telefone na mão, começa a ligar, depois desliga. Senta-se à mesa da cozinha. *Isso é ridículo. Por que estou tão nervoso?* Ele passou a maior parte do voo de volta da conferência em Boston pensando no que queria dizer a Somer e agora não consegue sequer se forçar a telefonar. A mala ainda está fechada no saguão e uma pilha de correspondência exige sua atenção na bancada da cozinha. Desde que chegou do aeroporto, tudo o que fez foi escutar os recados da secretária eletrônica, desapontado por não encontrar nenhum de Somer.

Ele inspira fundo e liga de novo. Ela atende depois do segundo toque.

— Olá, sou eu — diz ele. — Só queria avisar que já estou de volta.

— Ah, ótimo. Então, nos vemos no domingo? — pergunta Somer. Além das ligações semanais conjuntas para a filha, Krishnan telefonou algumas vezes sozinho para Asha, tentando apoiá-la na busca dos pais biológicos. Da última vez que ligou, Asha tinha acabado de ir ao orfanato, mas foi reticente ao falar e respondeu às perguntas de forma vaga. Pela primeira vez, ele se viu nervoso com isso, temendo que as descobertas de Asha pudessem influenciar a sua relação. Pela primeira vez, entendeu Somer e como aquilo podia inquietá-la. O fim de semana seguinte seria um dos últimos telefonemas, porque Asha tem de voltar para casa daqui a 15 dias. Krishnan não faz ideia do que ela encontrará quando chegar nem de como a família será afetada. Está ansioso para fazer as pazes com Somer antes disso. As saudades e o remorso mantidos em banho-maria durante a separação ferveram em fogo alto com a volta iminente de Asha. Agora, aos 55 anos, ele volta a tentar um cortejo desajeitado com a esposa.

— Sim. Ei, escute. Acabei de pegar as fotos da viagem à Índia e achei que você gostaria de vê-las. — Ele respira fundo outra vez. — Talvez eu pudesse passar aí... amanhã à noite... se você tiver tempo? Podemos jantar, talvez? — Na pausa que se segue, Krishnan fecha os olhos com força e tenta pensar em uma ideia melhor.

— Kris, preciso ir à cidade para uma consulta amanhã depois do trabalho — diz Somer, e para antes de continuar. — A minha mamografia da semana passada mostrou uma anormalidade. Provavelmente não é nada, mas marquei um horário para fazer uma biópsia, só por precaução.

— Ah. — Krishnan demora um pouquinho para entender. — Bem, posso levar você lá. Podemos jantar depois.

Após outra longa pausa, ela responde.

— Tudo bem. A consulta é às 4h30.

— Pego você às 3h30. — Ele desliga e vasculha a pilha de objetos sortidos sobre a bancada da cozinha até encontrar a câmera. Pega o telefone de novo e liga para o número que já decorou.

— Alô? Quanto tempo leva para imprimir as fotos de um cartão de memória?

Somer sorri para Krishnan quando entra no carro. Cumprimentam-se com beijinhos, e ele nota como ela está bonita. O rosto brilha e a blusa sem mangas mostra os braços visivelmente tonificados.

— Cal-Pacific — diz ela, pondo o cinto de segurança.

A última vez que levou a mulher a esse hospital foi no último aborto. Agora a lembrança daquele período da vida deles o deixa nervoso. Krishnan pega a rodovia 280 para São Francisco, a mais lenta e de vista mais bonita das duas autoestradas e a que Somer sempre prefere. Ele dá uma olhada nela, que observa pela janela os morros cobertos de árvores.

— Encontrei um pequeno nódulo na axila — diz Somer, respondendo à pergunta que ele hesitava em fazer. — Na semana retrasada, no chuveiro. Tenho certeza de que é só um cisto, mas com o histórico da minha família quis dar uma olhada. Fiz uma mamografia na semana passada e o radiologista viu uma massa anormal.

— Quem foi o radiologista? — pergunta Krishnan. — Tem cópia do vídeo? Eu podia pedir a Jim para dar uma olhada...

— Obrigada, mas não é necessário. Eu mesma assisti ao vídeo, busquei uma segunda opinião. Quero a biópsia só por precaução. — A voz dela está calma, sem nenhum vestígio da preocupação ou da ansiedade que a ensombrecia quando lutavam com a infertilidade, o último grande problema de saúde.

— Quem vai fazer a biópsia? Mike faz várias consultas no hospital, eu poderia perguntar a ele quem é o melhor.

Somer se vira para olhá-lo.

— Kris — diz ela, gentilmente, mas com firmeza —, não preciso que você resolva isso por mim. Só quero que você esteja lá para me dar apoio, tudo bem?

— Tudo bem. — Ele aperta o volante e sente as palmas úmidas de suor. Estende a mão para o ar-condicionado e luta para se manter calmo enquanto os fatores de risco passam como manchetes pela sua cabeça. Caucasiana, 50 e tantos anos, sem filhos biológicos, mãe com câncer de mama: tudo que agrava a situação de Somer. O único fator na outra coluna, ironicamente, é aquele que já causou tanto pesar: o fato de ela ter parado de menstruar vinte anos antes do que devia.

— Eu já lhe contei que recebi um e-mail de Asha na semana passada, enquanto você estava viajando? Ela foi a um lugar chamado Gruta do Elefante.

— Grutas de Elephanta. É, eu disse a ela para não deixar de ver. — Krishnan sorri. — Fica numa ilha perto do porto. São cavernas antigas, com esculturas feitas diretamente na rocha. É uma grande atração turística. Nunca levei você lá?

— Acho que não. Parece que há macacos por toda parte, e eles pulam nas pessoas que visitam, nos turistas e tudo o mais; pulam nos ombros, procurando comida. Asha mandou uma foto dela dando uma banana a um deles. Parecia estar se divertindo muito. Acabei me lembrando de quando ela era pequena. Lembra de como ela adorava os macacos no zoológico?

— Ei, veja só. — Ela se interrompe. — Red's Java House. Dá para acreditar que ainda existe depois de todos esses anos? — Somer aponta pela janela a barraquinha branca onde iam comer hambúrgueres nos fins de semana quando moravam em São Francisco.

Ele se força a sorrir.

— É, difícil de acreditar. Já se passaram... vinte anos, mais ou menos?

— Vinte e... sete, desde que nos mudamos para cá. Caramba. Mais velho do que Asha. Já a trouxemos aqui?

— Hum. Acho que não. Podíamos pagar coisa um pouco melhor quando a tivemos. — Ambos riem. A comida gordurosa do Red's não tinha nada de especial, mas eles podiam comer por menos de 5 dólares, elemento importantíssimo num salário de residente. É bom rir, e Krishnan sente um pouco da tensão sair dos ombros.

NO HOSPITAL, ENQUANTO SOMER PREENCHE A PAPELADA na recepção, Krishnan nota as pernas definidas dela, visíveis abaixo da saia que vai até o joelho. Sente uma vontade súbita de cruzar a sala, erguer o cabelo dela e lhe beijar a nuca. Em vez disso, cruza as pernas e pega uma revista. Dali a alguns minutos, ela se senta ao lado dele e espia por sobre o ombro.

— *Good Housekeeping*? Não sabia que você procurava um Frango Assado de Domingo — diz ela, observando a reportagem que ele estava encarando.

Ele baixa a revista.

— Acho que estou meio distraído.

— Mostre as fotos — diz ela.

— Fotos?

— Da viagem à Índia.

— Ah. Acho que deixei no carro.

— Dra. Thakkar? — chama a enfermeira na sala de espera.

Distraído, Krishnan ergue os olhos de repente, até que Somer pousa a mão suavemente na dele.

— Não é Dr. Thakkar dessa vez. — Ela sorri, dá um tapinha na mão de Kris e segue a enfermeira.

Enquanto espera, Krishnan deixa a mente vagar pelas piores possibilidades. Mastectomia, radiação, quimioterapia. O nível de sobrevivência do câncer de mama é relativamente bom, mas Krishnan já vira doenças suficientes para saber que, em geral, há uma injustiça cruel no modo como atacam. Pacientes mal-humorados desafiam as probabilidades, enquanto os bons, aqueles que lhe preparam biscoitinhos e lhe trazem tomates da horta, parecem sempre morrer cedo. As taxas de mortalidade usam a lei das médias sem considerar quem é mais merecedor. *Isso não pode acontecer. Não com ela. Não agora.*

Os últimos meses foram difíceis. A casa, onde passa o mínimo de tempo possível, é cheia de lembranças da vida a dois. Ele nunca pensou que sentiria falta das refeições medíocres que Somer preparava na cozinha quando ele chegava em casa nem do jeito como as roupas dela ficavam jogadas na cama no fim do dia. E as manhãs. As manhãs, quando ele acordava de madrugada para as cirurgias, quando tomava banho e se vestia, a ausência do corpo dela na cama era gritante. Não havia ninguém para beijar ao sair para a frieza da sala de cirurgias, nada que o deixasse ansioso pela hora de voltar. A casa e o trabalho passaram a lhe causar a mesma sensação estéril sem a presença dela.

Ele se levanta e anda de um lado para o outro, passando tantas vezes na frente da mesa da recepção que a mulher ali sentada para de erguer os olhos com expectativa a cada vez. Em algum lugar dentro da bolsa que Somer deixou ali, o celular toca. Ele não gosta disso, da expectativa. Pensa nas centenas de vezes em que entrou numa sala de espera para falar com a família, para dar notícias arrasadoras. Ontem mesmo, contou a uma mulher não muito mais velha do que ele que o marido tivera morte cerebral. Incentivou-a a ligar para os familiares para se despedirem enquanto ele estava no respirador.

— Despedir? Ele ainda está vivo, não é? — perguntou-lhe a mulher com absoluta convicção.

Krishnan nunca entendia por que a família de alguns pacientes se agarrava a eles muito depois que o funcionamento cerebral cessava e os corpos eram cascas vazias Mas agora entende. Porque aconteceu assim, de repente. Em um momento a gente ria no carro com a mulher e, no momento seguinte, ouve um diagnóstico terrível na sala de espera de um hospital. Em um momento. O cérebro, mesmo com todas as suas espantosas capacidades e vias neurais, com todos os mistérios que ele passou a respeitar, não sabia lidar com esse tipo de notícia. Aquelas famílias ainda viam a pessoa que amavam em algum lugar ali, em meio aos tubos e máquinas que a mantinham viva. Agarravam-se aos sonhos que tinham de ir ao casamento da filha, de pegar o neto no colo, de envelhecer junto. Agora ele sabe, da mesma maneira, que não seria tão fácil deixar Somer ir embora, mesmo que fosse isso que ela quisesse.

Ela reaparece na sala de espera e se senta ao lado dele.

— Foi tudo bem? — pergunta ele. Ela faz que sim. — Seu telefone tocou — avisa ele.

— Ah, provavelmente a professora de ioga. Nunca perco a aula de terça-feira. — Krishnan concorda com a cabeça, preocupado com a força da própria voz. — Ei, obrigada — diz ela, puxando a bolsa para o colo — por vir comigo hoje, estou muito contente de você estar aqui.

— É claro. Onde mais eu estaria?

Ele lhe aperta o joelho e deixa a mão ali.

— Quando sai o resultado?

— Vão fazer com urgência. Talvez daqui a um ou dois dias.

Krishnan se surpreende com o súbito surto de emoção que sente, o nó subindo na garganta.

— Venha, vamos sair deste lugar — diz ele, passando o braço em torno dos ombros dela e mantendo o corpo dela junto ao seu. — Vou levar você para jantar onde você quiser nesta cidade maravilhosa. Pode escolher.

É UM DIA RARO DE PRIMAVERA EM SÃO FRANCISCO, ENSOlarado e límpido, de modo que conseguem ver perfeitamente a Bay Bridge da mesa de piquenique diante do Red's. O cabelo de Somer, geralmente preso, flutua em volta do rosto com a brisa suave.

— Não é tão bom quanto me lembro — diz ela, segurando o hambúrguer embrulhado em papel-alumínio diante do rosto. Ela sorri de um jeito que a faz parecer dez anos mais nova.

— Acho que o nosso paladar mudou um pouco nas últimas décadas — comenta Kris.

— Sem falar do metabolismo. Aposto que essa batata frita vai parar diretamente no meu quadril amanhã de manhã. — Ela ri alegremente.

— Você está ótima, querida — diz ele.

— Quer dizer, supondo que eu não esteja com câncer, não é?

— Não, quero dizer que você está mesmo ótima. Firme, em forma. Está fazendo ioga?

— Estou, e agora consegui que a mamãe fizesse também. Depois da última cirurgia, ela ficou com muita dificuldade de erguer o braço e levantar coisas e estava ficando frustrada. Você sabe como ela gosta de fazer tudo sozinha — explica Somer. — Então a levei comigo para fazer algumas aulas e lhe arranjei uns vídeos para ela usar em casa. Isso ajudou o tecido a cicatrizar, a amplitude de movimentos aumentou e o nível de energia dela está muito maior.

— Que ótimo.

— Fiquei espantada com a diferença que fez, e o oncologista dela também. Escrevi um artigo para a revista *Stanford Women's Health* sobre os benefícios do ioga para sobreviventes de câncer de mama. O Centro de Câncer me pediu que fizesse oficinas com os pacientes, acho que vou pedir a mamãe que vá comigo. Ela pode demonstrar as posturas de ioga enquanto eu passo os slides.

— Ela tem sorte de ter você para cuidar dela — comenta Krishnan. — Todos temos. — Ele sorri para Somer, a mulher forte, inteligente e confiante por quem se apaixonou, mostrando um lado que não via há muito tempo. *Será que ela mudou tanto assim nos últimos meses ou eu é que deixei de notá-la com o passar dos anos?* Ainda assim, não é só Somer que parece mudada. Toda a natureza da interação deles está diferente. Seja o tempo da separação, a distância de Asha ou o medo da biópsia, é como se uma luz forte brilhasse sobre eles, expondo tudo o que reprimiram durante anos. E, assim como acontece na mesa de cirurgia, embora essas verdades possam ser desagradáveis, vê-las claramente é o primeiro passo para a cura.

Somer sorri e brinca com o pingente do colar, fazendo-o lembrar-se dos dias de paquera declarada. Com isso, eles deixam para trás toda a discussão latente de doença, morte e medo e, em vez dela, pela primeira vez desde que se separaram, falam com detalhes sobre o que têm feito enquanto moram sozinhos. Somer lhe conta da viagem para pedalar na Itália e das mudanças pessoais na clínica. Ele lhe conta do próximo torneio no clube de tênis e do aquecedor quebrado em casa. O tópico da filha é claramente evitado. As fotos de Krishnan permanecem intocadas no carro. Eles se sentam ao ar livre até que as gaivotas dão cabo do resto do jantar, até que o ar fica gelado, luzes cintilantes iluminando o contorno da ponte.

— A gente devia ir embora. — Somer se envolve com os braços, tremendo.

A viagem até em casa é rápida, e Kris percebe que foi para a casa dos dois, onde está morando sozinho. Ficam sentados dentro do carro na entrada da garagem, como um casal de adolescentes da escola. Ele desliga o motor.

— Sabe... você... você gostaria de passar a noite aqui? — pergunta, sentindo-se estranhamente tímido. — Sei que ainda temos muito para...

Ela o interrompe pondo dois dedos sobre os lábios dele e sorri.

— Sim.

Pela manhã, Kris abre os olhos e vê o cabelo dourado de Somer espalhado no travesseiro. Suspira e sente o jorro súbito de emoção que costumava sentir quando se apaixonou pela primeira vez. Levanta da cama, com cuidado para não acordá-la. Ao descer a escada, percebe que a geladeira ainda está vazia depois da semana que passou viajando e pensa em dar uma corridinha até o mercado para comprar o café da manhã. Enquanto enche a cafeteira, nota a lâmpada vermelha que pisca na secretária eletrônica. A mensagem é da mãe, na Índia. Ela só pede que ele retorne a ligação, mas mesmo com a má qualidade da gravação Krishnan sabe que algo não está certo.

Problema de família

Mumbai, Índia — 2005
Asha

Asha adormece no táxi na viagem de volta da redação do *Times*, e o motorista tem de acordá-la quando chegam. Ela o paga e entra no prédio. Está acordada há 36 horas e quase tudo é um borrão — escrever, filmar, editar; as imagens das mulheres de Dharavi não param de lhe passar pela cabeça. Ela diz a si mesma para ligar para a mãe pela manhã. Boceja, bate à porta do apartamento e espera os passos conhecidos de Devesh. Tira do bolso o cartão de Sanjay. *Promessa é dívida.* Ela ligará para ele de manhã também, agora que finalmente tem a história toda. Depois de um bom tempo esperando e ouvindo sons lá dentro, Asha gira a maçaneta e vê que a porta está destrancada. Entra, pousa a bolsa, passa por cima dos vários *chappals* que entulham o saguão e vai até a sala de estar, onde escuta murmúrios baixos. *Quem viria visitar a essa hora?*

Dadima está no sofá, ladeada por mulheres com a mesma cara de preocupação. A avó está de cabeça baixa, mas, mesmo antes de ver o seu rosto, Asha sabe que há algo errado.

— Esta é Asha, a minha neta dos Estados Unidos — diz Dadima quando ergue os olhos. — Por favor, me deem licença um instante. — Ela se levanta, anda devagar até Asha e pega a mão da neta.

— Claro, claro — dizem as senhoras em harmonia, balançando a cabeça de um lado para o outro.

Dadima anda em silêncio na direção do quartinho que, no último ano, Asha passou a chamar de lar. Senta-se na cama e faz um gesto para Asha sentar-se ao seu lado.

— *Dhikri*, a hora do seu *dadaji* chegou. Hoje de manhã cedo, ele se foi em paz enquanto dormia.

Asha cobre a boca com a mão.

— Dadaji? — Ela corre o olhar pela sala, na direção da porta. — Onde...?

Dadima pega as mãos dela com suavidade.

— *Beti*, já levaram o corpo. Ele faleceu hoje de manhã cedo, com muita paz.

Hoje de manhã, enquanto eu estava... trabalhando? A voz de Dadima é firme, mas os olhos avermelhados contam a Asha o resto da história. Ela baixa o olhar para as mãos pousadas no colo, dois pares entrelaçados: os dedos ossudos de Dadima, com veias verdes e visíveis debaixo da pele frouxa, e as dela, firmes e cheias de juventude. Enquanto as lágrimas ressecam lentamente a variada paisagem morena das mãos, Dadima segura as dela com mais força e sussurra com voz rouca.

— Tenho de lhe pedir uma coisa, Asha. O seu pai não estará aqui para cumprir o papel de filho mais velho e você terá de ocupar o lugar dele. Você acenderá a pira na cerimônia de cremação do seu *dadaji*. Conversei com os seus tios e eles estarão ali ao seu lado, mas quero que você acenda o fogo. — Ela para antes de continuar. — É o seu dever para com a sua família — diz ela com firmeza, para sufocar quaisquer protestos que pudessem vir.

Asha sabe bem que isso não é verdade. Sim, é papel do filho mais velho guiar a família depois que o patriarca morre, mas na sua ausência outros homens também servem — tios, amigos, primos e até vizinhos. Se há uma coisa que Asha aprendeu na Índia é que sempre há uma longa sucessão de homens dispostos a assumir um papel de honra. Ela olha nos olhos da avó e vê que está decidida. Dadima trouxe Asha para os braços desse clã como se a neta sempre tivesse sido um deles, tratou-a como se fosse ao mesmo tempo preciosa e forte. O seu dever para com a sua família. *A minha família*. Pessoas que Asha nunca vira e com quem mal falara há apenas um ano, que a buscaram no aeroporto no meio da noite, levaram-na a pontos turísticos que não tinham interesse em rever, ensinaram-lhe a usar uma *lengha*, a soltar pipas de papel de seda, a comer todo tipo de pratos novos. Ela não nascera nessa família, não crescera com ela, mas isso não fazia diferença. Tinham feito tudo por ela.

E agora é a vez dela. Asha sente o nó subir pela garganta e concorda com a cabeça.

Os pombos acordam Asha quando a luz da aurora se infiltra pela janela. Ela os escuta bicando e arrulhando na varanda, correndo em meio à comida de passarinho que Dadima espalha ali toda manhã, até mesmo hoje. Asha se levanta, toma um banho e se veste como a avó instruiu.

Na sala de estar, uma grande foto emoldurada de Dadaji está enfeitada com flores frescas. Dadima, sentada à mesa, fita a janela, sem a xícara de chá de sempre.

— Olá, *beti*. Venha, vamos nos vestir. O *pandit* logo estará aqui. — Asha fica nervosa ao entrar no quarto dos fundos, os olhos indo imediatamente para o lado da cama que era de Dadaji. Sobre o colchão há dois sáris. Dadima pega o amarelo-claro com barras finas bordadas e o estende a Asha. — O seu *dadaji* gostaria de vê-la usar o seu primeiro sári. Vista a anágua e a blusa e lhe mostro como enrolar.

O outro sári continua na cama, sem adornos e branco puro, a cor tradicional usada pelas viúvas indianas pelo resto da vida. A ausência de cor, joias e maquiagem assinala o luto. Asha se maravilha de novo com a avó, que consegue abraçar a tradição por completo com uma das mãos e estilhaçá-la com a outra. Antes da viagem, ela acharia enlouquecedor esse tipo de contradição, hipócrita em seus pais ou em outros. Mas as experiências do último ano lhe ensinaram que o mundo é mais complicado do que pensava. Ela começou buscando uma família e acabou descobrindo outra. Foi à Índia sem nada conhecer dos pais biológicos e com certezas sobre o resto da vida, e agora o que tem é justamente o contrário.

A blusa de sári de Dadima, ajustada a uma mulher cujo corpo deu à luz e amamentou filhos, é grande demais para Asha. Quando a moça propõe usar uma camiseta justa, Dadima reluta, mas finalmente cede, e até admite que ficou bom.

— Por que será que nós todas não fazemos isso? — murmura Dadima para si enquanto prende o sári de Asha. Quando a avó termina de vesti-la, a moça olha o reflexo no espelho e se espanta. O sári a deixa mais bonita e é surpreendentemente confortável.

Pouco depois de se vestirem, os parentes começam a chegar. Priya, Bindu e as outras mulheres se reúnem na sala em torno do retrato de Dadaji, algumas cantando baixinho, as outras em oração silenciosa. Quando o *pandit* chega, Dadima pede a Asha que os siga até a varanda. O estômago de Asha ronca quando passa pela cozinha, mas Dadima já lhe disse que só podem comer depois da cerimônia.

Do lado de fora, o *pandit* cumprimenta Dadima com a cabeça.

— Onde estão os seus filhos, Sarla-ji? — pergunta ele.

— Vão nos encontrar no *ghats* — diz ela —, mas Asha é que o ajudará com os rituais, no lugar do pai.

Um ar de confusão passa pelo rosto dele, seguido por um sorrisinho esforçado.

— Por favor, Sarla-ji, a senhora não vai querer comprometer a alma do seu marido. A senhora deveria escolher um parente homem, um dos outros filhos...

Asha observa a avó, vê os seus olhos cansados.

— *Pandit-ji*, com todo o respeito, esse é um problema de família. Já nos decidimos.

AO CHEGAREM, ELES ENCONTRAM CENTENAS DE PESSOAS JÁ reunidas para a cerimônia. Há dezenas de funcionários do hospital vestidos com jalecos. Ela vê Nimish e os outros primos, os tios e mais parentes que conheceu durante o verão. Sanjay está em pé ao lado do pai, os olhos vermelhos como os dela. Ela reconhece muitos vizinhos do prédio e até o vendedor de legumes que vai à porta deles todos os dias. Neil e Parag, do jornal, estão lá. A maioria dos presentes a saúda com a cabeça baixa e as mãos unidas em *namaste*, e vários se curvam para tocar os pés de Dadima no maior sinal de respeito possível.

A pira de madeira é quase da altura de Asha, com o corpo de Dadaji envolto em um pano branco descansando em cima. Asha fica ao lado do *pandit* e observa com atenção quando ele começa a cantar. Ele mergulha os dedos em vasilhas de água benta, grãos de arroz e pétalas de flores, salpica-os na pira e faz um gesto para que ela o imite. Em breve, o ritmo contínuo do canto do *pandit* a acalma e ela se torna menos consciente das pessoas que os cercam.

O *pandit* faz um gesto para os tios de Asha, que avançam. Ele fala baixo e põe nas mãos deles arroz cozido, varinhas de incenso, uma vasilha de *ghee*. Os tios contornam a pira e fazem suas oferendas ao corpo de Dadaji. Terminam de dar a volta na pira e voltam para ficar ao lado de Dadima.

Finalmente, o *pandit* diz a Asha algumas palavras em guzerate e aponta a chama que arde na lâmpada de óleo. Asha procura o rosto enrugado de Dadima, seus olhos úmidos, e dá um passo à frente. Tira da lamparina os ramos amarrados. Seguindo as instruções do *pandit*, contorna a pira três vezes e depois encosta a chama na extremidade. Com as mãos trêmulas, segura-a no lugar até que pequenas labaredas lambem a borda da madeira dos galhos.

Asha recua para o lado de Dadima e observa as chamas envolverem devagar a lenha da pira e, finalmente, o corpo do avô envolto na mortalha branca. Por entre as chamas tremeluzentes, vê o rosto dos tios e primos. A minha família. Só falta o pai, mas ela sabe que a presença dela ali é o que ele queria. *Em algum momento, a família que criamos se torna mais importante do que aquela em que nascemos*, dissera ele. Asha pega a mão enrugada de Dadima e a segura com firmeza enquanto as lágrimas correm pelo rosto.

Placidez incomum

Dahanu, Índia — *2005*
Kavita

—Sabia disso aqui? — pergunta Kavita, erguendo um exemplar de 1987 da revista *Stardust*, cheio de orelhas
— Não. O que Ba fazia com isso? Ela nem sabia ler!
— Não sei. Talvez gostasse das fotos? — Kavita folheia a esfarrapada revista de cinema. — *Arre*! Veja essas roupas, tão fora de moda. Caramba.

Rupa vai até Kavita, fica na ponta dos pés e espia dentro do armário de metal que Kavita estava esvaziando.

— *Bhagwan*! Deve haver cem delas aí! — Ela ri e puxa uma pilha de revistas amarradas com barbante.

— Não dá para acreditar que ela gastava dinheiro com revistas, e logo revistas de Bollywood. A nossa mãe tão simples, que poupava cada grão de açúcar. Por que será que guardava tudo isso? — pergunta Kavita.

— Quem pensaria que Ba era tão fã de cinema? — Rupa empilha as revistas em cima da cama, junto aos sáris da mãe.

— Ah, é bom rir. Sinto que só fiz chorar desde que cheguei aqui. — Kavita dá à irmã um sorriso fraco, sentindo-se culpada de novo.

— *Hahn*. Hoje de manhã foi difícil, não foi? Ver Bapu lá? — Rupa se refere à cerimônia de cremação, realizada no centro da aldeia. O pai caiu de joelhos e chorou assim que viu a mãe delas sobre a pira. O corpo frágil se sacudia violentamente com gritos sem sentido. Ninguém conseguiu consolá-lo. A visão tão clara daquele pesar, do seu total desespero, foi demais para Kavita. Ela não sabia que imagem lhe cortava mais o coração: se a mãe em uma mortalha ou a angústia do pai ao seu lado. Ficou grata por ter Jasu junto de si, os seus braços fortes a segurá-la enquanto ela chorava feito criança. Normalmente, as mulheres choravam em casa em vez de comparecer à cremação, mas as irmãs não poderiam deixar Bapu ir sozinho. Por um tempo que não se podia precisar, todos ficaram em pé e observaram o fogo, até que as últimas brasas se apagassem. As cinzas foram reunidas pelo *pandit* com uma pazinha e entregues a eles em uma urna de barro. O pai não falara nem comera desde que chegaram em casa. Depois, nas palavras e abraços que trocou com os convidados, Kavita se viu explicando a ausência de Vijay com o mínimo possível de explicação, embora quisesse gritar: *Não, o meu filho não está aqui, mas o dinheiro dele está — nessas guirlandas de cravos, nessa comida que vocês comerão.*

— Hum. — Kavita concorda. — Muito difícil. Ainda bem que agora ele está dormindo. Talvez seja uma bênção que esteja perdendo a memória. Talvez não se lembre de nada quando acordar.

— Infelizmente, parece que essa é a única parte da memória dele que funciona, a parte que se lembra dela. É bonito, na verdade — diz Rupa. — Pense só, quando eles se casaram, Ba tinha 16 anos e ele, 18. Passaram meio século juntos. Provavelmente ele nem consegue se lembrar da vida antes dela.

Kavita concorda com a cabeça. Não consegue encontrar palavras para responder à irmã, porque, novamente, a garganta está apertada de tantas lágrimas.

A ÁGUA É DE UMA PLACIDEZ INCOMUM HOJE DE MANHÃ. Ondas delicadas na superfície dançam timidamente com os primeiros raios de sol. Fios de luz clara contrastam com a escuridão mais profunda, como linha dourada bordada num sári escuro. Quando mergulha os dedos dos pés no barro frio e liso da beira d'água, Kavita tenta imaginar como seria deslizar para as profundezas. Ficar completamente sem amarras, livre das preocupações e responsabilidades da vida, livre para apenas flutuar, flutuar... flutuar... e então desaparecer.

Ela sabe que a alma da mãe não está mais nas cinzas que enchem a urna de barro ao seu lado, mas quer acreditar que parte dela está ali hoje. A mãe apreciaria essa manhã tão pacífica. Kavita pega a urna e envolve com as mãos a base larga.

— Ba — diz baixinho, e então sorri, percebendo que deve ser o espírito da mãe que traz essa calma à manhã. Anos depois de se tornar mãe foi que Kavita descobriu como a mãe dela influenciava tudo — trabalhando em silêncio, ficando de propósito nos bastidores da vida de todos. E pensa, enquanto segura a urna no colo, que o impacto da mãe continua vivo. *Quando a mãe cai, toda a família cai.*

— Bena? — Rupa aparece ao lado dela, com o sári puxado respeitosamente sobre a cabeça. — Ele já está pronto. — Ela inclina a cabeça de leve, indicando o barqueiro em pé ao lado da jangada que flutua na água.

— *Hahn*. Vamos. — Kavita se levanta devagar, como se não quisesse incomodar a urna. Elas andam até o barqueiro que as aguarda, parecido com uma criatura anfíbia. O corpo seminu, com uma tanga enrolada nos quadris e nas coxas, lembra couro por causa do sol. Ele está até a cintura dentro d'água, igualmente à vontade em terra e no mar. Os membros são magros e musculosos, adequados para correr pela água antes de se lançar na jangada. Kavita e Rupa sentam-se nas duas pontas da embarcação, uma de frente para a outra, enquanto o barqueiro fica em pé no meio, entre elas. Com movimentos decididos, ele maneja a longa vara de bambu que empurra pelo fundo. Kavita imagina outras cinzas lá embaixo, os restos de todos os outros entes queridos jogados nessas águas — pais, mães, irmãs, filhos. Finalmente, chegam bem longe da margem, e o barqueiro finca a vara como uma lança na areia lá embaixo. Agora o sol está totalmente visível no horizonte, seu brilho alaranjado a aquecer o rosto e o pescoço.

Poderiam ter pedido ao *pandit* que fosse até lá para cantar *slokas* enquanto elas espalhavam as cinzas da mãe. Mas as irmãs queriam cumprir sozinhas esse ato final de homenagem a ela. Concordaram que até para o pai seria melhor estar ausente hoje. Dois dias depois da cerimônia de cremação, que acontecera no mês passado, ele voltou a perguntar onde estava a esposa. Elas não sabiam direito se a mente adoecida lhe aprontava travessuras ou se sabiamente o poupava da dor da verdade. Fosse como fosse, decidiram finalmente lhe dizer que a mãe fora visitar a irmã na aldeia vizinha e voltaria no dia seguinte. Essa tia, na verdade, morrera alguns anos atrás, mas esse fato não era problema para o pai. Em vez disso, a explicação servia para deixá-lo calmo pelo resto do dia. Na manhã seguinte, quando perguntava de novo, elas simplesmente repetiam a mentira. A cada dia, ficava mais fácil. Os dias se passaram e o pai voltou, aos poucos, à rotina antiga de simplesmente resmungar sobre o ventilador de teto fraco ou o chá matutino morno. Dali a alguns dias, Jasu voltou a Mumbai, mas Kavita decidiu ficar mais algum tempo para realizar os últimos rituais.

Ela tira a tampa da urna de barro e a inclina na direção de Rupa. Embora haja pouca hierarquia a seguir numa família que só tem filhas, ela demonstra respeito pelo papel de Rupa como mais velha. A irmã mergulha a mão na boca estreita da urna e tira um pequeno punhado de cinzas. Quando abre lentamente os dedos, parte das cinzas some instantaneamente pela beira da palma com a brisa leve. Ela estende a mão acima da água e a inclina até que as cinzas caiam na superfície. Flutuam por um instante e depois já não são mais visíveis, misturadas ao mar e a tudo que contém.

Kavita estende a mão para a urna e polvilha o resto de um lado para o outro na água, movimento que usara muitas vezes para polvilhar farinha e enrolar *rotli*. Elas observam até as cinzas desaparecerem e então Rupa estende a mão outra vez. Continuam assim, alternando um punhado para cada uma, até a urna ficar quase vazia. Então, sem que precisem falar, seguram juntas o recipiente de barro sobre a água e o viram até que as últimas cinzas caiam. O silêncio que se segue é quebrado por Rupa. O choro dela é baixo a princípio, e vai ficando mais alto até o corpo todo se sacudir. Kavita passa um dos braços em torno da irmã e depois o outro, segurando-a enquanto chora. Elas observam juntas até que os últimos restos do corpo da mãe tenham sumido sob a superfície.

Isso é família

Mumbai, Índia — 2005
Asha

— O *mulligatawny* é muito bom aqui. — Sanjay está sentado do outro lado do compartimento, as mãos cuidadosamente cruzadas sobre a mesa, os olhos penetrando os dela.

Por insistência de Dadima, Asha concordou em almoçar com ele hoje. O rapaz partirá em breve para Londres, mas desde a cerimônia de cremação ela relutava em sair do lado da avó. Assim, aqui está ela, sem maquiagem, o cabelo não lavado preso num rabo de cavalo, num restaurante fino de hotel com alguém que, para ela, é o mais próximo possível de um namorado. Asha fecha o cardápio plastificado.

— Tudo bem, eu vou pedir isso — diz ela. — Sanjay, o que significa *Usha*?

Ele ergue os olhos do cardápio.

— *Usha*? Significa... aurora. Por quê?

— Aurora — repete, olhando pela janela. — Foi o nome que me deram. Os meus pais biológicos só ficaram três dias comigo antes de eu ir para o orfanato, mas me deram o nome de Usha.

Ele baixa o menu e se inclina para a frente.
— Você os achou?
Asha faz que sim. Ainda não contou a ninguém. E depois que disser em voz alta as palavras sobre as verdades que agora sabe, elas se tornarão parte irrefutável dela.
— Achei. Não os encontrei pessoalmente, mas os achei.
O garçom se aproxima da mesa. Sanjay faz os pedidos para os dois e o dispensa.
— Eles se chamam Kavita e Jasu Merchant — continua ela. — Moram num prédio de apartamentos em Sion. — Faz uma pausa. — E têm um filho, Vijay. Ele é um ano ou dois mais novo do que eu. — Ela espera a reação de Sanjay, que a incentiva a continuar com um movimento de cabeça. — Tiveram um filho depois de me deixar no orfanato. Ficaram com ele porque era menino e...
— Você não sabe se foi essa a razão.
Asha lhe dispara um olhar exasperado.
— Ora, vamos, eu não nasci ontem.
— Pode haver muitas explicações. Talvez não pudessem sustentar um filho na época. Talvez morassem num lugar perigoso. Ou talvez tivessem se arrependido de perder você e decidido que, afinal de contas, queriam um filho. Não dá para saber o que acontece no coração dos outros, Asha.
Ela concorda, girando no pulso o aro de prata.
— Ela veio de alguma aldeia ao norte daqui, a algumas horas de distância. Viajou o caminho todo até a cidade grande só para... — Ela se cala, sentindo um nó na garganta.
— ... para levar você para aquele orfanato? — Sanjay termina por ela.
Asha faz que sim.
— E ela me deu isto. — Ela enfia a pulseira de volta no braço.
— Eles lhe deram tudo o que tinham para dar — diz Sanjay. Ele estende a mão pela mesa até a dela. — Então, como se sente, agora que sabe?

Asha fita a janela.

— Eu costumava escrever cartas quando era pequena — diz ela. — Cartas à minha mãe, lhe contando o que aprendia na escola, quem eram os meus amigos, os livros de que gostava. Eu devia ter uns 7 anos quando escrevi a primeira. Pedi ao meu pai que a enviasse e me lembro que ele ficou com um ar tristíssimo nos olhos e disse: "Sinto muito, Asha, não sei onde ela mora." — Ela se vira para encarar Sanjay. — Então, quando cresci, as cartas mudaram. Em vez de lhe contar a minha vida, comecei a fazer várias perguntas. O cabelo dela era crespo? Ela gostava de palavras cruzadas? Por que não ficou comigo? — Asha balança a cabeça. — Tantas perguntas. E agora eu sei — continua ela. — Sei de onde vim e sei que fui amada. Sei que estou numa situação muitíssimo melhor do que estaria se fosse diferente. — E dá de ombros. — E isso me basta. Algumas respostas terei que descobrir sozinha. — Ela respira fundo. — Sabe, tenho os olhos dela. — Eles brilham quando Asha sorri, descansando a cabeça no espaldar da cadeira. — Gostaria que houvesse algum jeito de fazer com que soubessem que estou bem, sem... sem invadir a vida deles.

O garçom chega e põe na mesa os pratos de sopa diante dos dois. Asha percebe como está com fome, tendo comido pouquíssimo nos últimos dias, entre a noite que virou trabalhando e a cremação do avô. Ela prova a sopa. Os dois comem por algum tempo sem falar.

— Sabe, quando fui ao orfanato descobri que a minha avó lhes fez uma grande doação depois que fui adotada — diz Asha. — O nome da família está numa placa do lado de fora, e ela nunca me contou. Não é estranho?

Sanjay dá de ombros e balança a cabeça.

— Não acho. Para mim faz todo o sentido. Ela tinha uma dívida de gratidão. — Ao ver a cara de paisagem da moça, ele se inclina na direção dela e continua. — Por *você*. Ela estava grata por você.

Asha baixa os olhos para as mãos.

— É mesmo?

— Com certeza. Isso é muito comum aqui. O meu avô mandou abrir um poço na sua aldeia natal como forma de retribuir a todos que o ajudaram.

Asha respira fundo.

— É demais para mim pensar em todas as coisas que fizeram por mim no decorrer dos anos, coisas que eu nem sabia, que ainda não sei. Sou produto disso tudo: todo esse esforço, todas essas pessoas que me amaram, antes mesmo de me conhecerem.

Sanjay sorri.

— Isso é família.

— Sabe, acho que sempre guardei ressentimento dos meus pais por não haver ligação biológica entre nós. Achava que faltava alguma coisa. Mas agora... é mesmo extraordinário... eles fizeram tanto por mim, sabe, mesmo sem ter o mesmo sangue. Fizeram só porque... só porque quiseram. — Ela limpa a boca com o guardanapo e sorri. — Então acho que tenho essa dívida de gratidão com muita gente. — Ela respira fundo. — E devo desculpas à minha mãe.

— Por falar nisso, você me deve uma cópia do seu projeto quando estiver pronto. Vou mandar para o meu amigo da BBC. E depois que você ficar famosa, vai ficar mesmo me devendo. — Ele dá uma piscadela. — Pelo menos uma visita a Londres.

— Veremos. — Asha sorri. — Ei, quer fazer uma coisa comigo amanhã? Quero ir ao Shanti para deixar algo lá.

Atravessando oceanos

Mumbai, Índia — 2005
Somer

Somer olha Krishnan na poltrona ao lado dela, observando pela janela o céu vazio. Por fora, ele se parece com as centenas de outros indianos no avião, um profissional liberal instruído e bem-vestido a caminho de casa para uma visita. Mas Somer consegue perceber os pequenos indícios de mais alguma coisa sob a superfície. O maxilar de Krishnan, geralmente contraído, hoje está relaxado. A pálpebra superior caída faz os olhos castanhos parecerem foscos e menores do que de costume. E, no canto da boca, há um leve tremor. É uma expressão que o marido não exibe com frequência, acostumado a projetar confiança na sala de cirurgia, intensidade na quadra de tênis, impermeabilidade em todos os outros lugares.

Ela estende a mão e a pousa sobre a dele. Os olhos dele começam a se encher de lágrimas, e, ainda olhando a janela, ele segura com força a mão dela, entrelaçando seus dedos nos dela. Ele se agarra a ela como se isso fosse necessário à sobrevivência, como fez no escuro na noite passada, deitados juntos na cama pela segunda noite seguida depois de seis meses separados. Ontem, o dia inteiro, enquanto compravam passagens e pediam vistos, Krishnan manteve a compostura. Mas à noite, depois das malas feitas e prontas no saguão da frente, depois de chamar o táxi para buscá-los de manhã, chorou feito criança nos braços dela pelo pai que acabara de perder.

Não havia dúvida de que ela iria com ele. Assim que ele a acordou ontem pela manhã para lhe dar a notícia, Somer se ofereceu para acompanhá-lo. Não quis que ele tivesse de pedir, e ele pareceu agradecido por isso. O lugar dela era junto da família, e agora sabia disso no mais íntimo do seu ser.

CHEGAM A MUMBAI NO MEIO DA NOITE, PEGAM UM TÁXI no aeroporto e são recebidos no apartamento por um criado. Têm apenas algumas horas de sono agitado antes de o dia amanhecer. Quando entram juntos na sala, Somer observa como a mãe de Kris parece mais velha, o cabelo mais fino e agora totalmente branco. Krishnan se abaixa para lhe tocar os pés, algo que Somer nunca o vira fazer. Ele e a mãe se abraçam e trocam algumas palavras em guzerate. A conversa na mesa do café da manhã de chá e torradas é escassa, amortecida.

— *Beta*, temos de cuidar da papelada no banco — diz Dadima a Krishnan. Ele concorda e olha Somer.

— Tudo bem, podem ir. Espero aqui até Asha acordar.

SOMER ABRE A PORTA DO QUARTO DE ASHA E VÊ A FILHA dormindo profundamente, o cabelo espalhado no travesseiro, a respiração tranquila e pesada — parecendo ao mesmo tempo mais velha do que quando partiu e a menina que já viu dormir tantas vezes. Fecha a porta em silêncio e volta para a sala. Dá uma olhada no relógio, pega o celular e tecla um número.

— Alô, aqui fala a Dra. Somer Thakkar. Pode chamar o Dr. Woods? Eu espero. Obrigada. — Nos vários minutos que se passam, ela fita a toalha de mesa, traçando com a unha os desenhos florais. Finalmente, escuta uma voz.

— Dr. Woods. — A voz dele trai o fato de que foi acordado. — James, é Somer. Sinto muito incomodar a essa hora, mas...

Ele boceja.

— Tudo bem. Estava tentando encontrá-la. Boas notícias, Somer. O resultado da biópsia foi negativo. É um cisto benigno. Você está limpa.

Somer fecha os olhos e sussurra a resposta.

— Ah, graças a Deus. — Ela solta uma inspiração profunda. — Obrigada, James. Volte a dormir. Até logo.

Ela desliga o aparelho e descansa a cabeça nas mãos.

— Mãe?

Somer se vira e vê Asha de camisola, o cabelo despenteado.

— Asha, querida. — Ela se levanta, abre os braços, e Asha vai até ela.

Depois do abraço, Asha se afasta para olhá-la.

— Mãe? O que foi? Com quem você estava falando?

Somer acaricia o cabelo da filha e observa que está bem mais comprido.

— Venha cá, querida, tenho de lhe contar uma coisa. — Ela pega a mão de Asha e as duas se sentam à mesa. — Estou bem, primeiro quero que você saiba disso. Fiz uma biópsia há alguns dias por causa de um nódulo no seio, mas era benigno. Portanto, está tudo bem.

Os vincos marcando a testa de Asha persistem. Seus olhos são sinceros.

— Sério, estou bem — diz Somer, tocando o joelho da filha. — É tão bom vê-la, querida.

Asha dá um pulo à frente e joga os braços em torno do pescoço de Somer.

— Ah, mãe! Tem certeza de que está bem? Absoluta?

— Claro, certeza absoluta. — Ela segura as mãos da filha e as aperta. — E você, como está?

Asha volta a sentar-se na cadeira.

— Senti muitas saudades suas, mãe. Estou contente de você estar aqui.

— É claro. — Somer sorri. — Onde mais eu estaria?

— Sei que significa muito para Dadima também — completa a garota. — Ela tenta não demonstrar, mas tem sido difícil para ela. Consigo escutá-la chorando no quarto à noite.

— Deve ter sido terrível — diz Somer. — Perder o marido depois de... quantos anos? Cinquenta?

— Cinquenta e seis. Eles se casaram um ano depois da independência — diz Asha. — Ela é uma mulher maravilhosa. Aprendi muitíssimo com ela. Todo mundo tem sido maravilhoso... Sabia que tenho 32 primos aqui? Tem sido bom, muito bom.

Somer sorri.

— E o seu projeto?

Os olhos de Asha faíscam e ela endireita as costas.

— Quer ir ao *Times* comigo hoje? Posso lhe mostrar.

SOMER SEGUE ASHA PELO LABIRINTO DA REDAÇÃO, IMPRESsionada com a segurança que a filha demonstra nesse ambiente.

— Meena? — Asha para finalmente e bate à porta de alguém. — Quero apresentar a minha mãe a você.

A mulher miúda pula da cadeira.

— Ah, então essa é a famosa Dra. Thakkar! Asha fala muito bem da senhora. É um privilégio conhecê-la.

Ela estende a mão e Somer a aperta, consciente de como é bom ser reconhecida à primeira vista como mãe de Asha.

Meena se vira para a jovem.

— Já mostrou a ela?

Ela balança a cabeça, sorrindo.

— Traga-a aqui — diz Meena. — Vou apagar a luz.

— Filmamos todas as entrevistas que fiz na favela — explica Asha, arrumando o laptop na mesa da jornalista. — E editei alguns pontos principais num videozinho. — As três mulheres se amontoam em torno da tela.

Depois que as luzes voltam a se acender, Somer não consegue falar, ainda comovida pelo que acabou de ver. Asha conseguiu achar esperança no lugar mais improvável. No meio da pobreza e do desespero da favela, mostrou a ferocidade do amor materno. E como, dessa maneira, somos todas iguais. No fim do filme, havia uma dedicatória a todas as mães que o possibilitaram. Asha listou todas as mulheres pelo nome. O de Somer era o último, numa tela só sua.

Meena é a primeira a falar.

— O *Times* vai publicar a reportagem como matéria especial no mês que vem. Asha vai assinar e receberá crédito pelas fotos. — Ela põe o braço em torno da moça. — A sua filha é um talento e tanto. Mal posso esperar para ver o que ela vai fazer agora.

Somer sorri enquanto fagulhas de orgulho lhe disparam no peito. *Kris estava certo. A Índia fez bem a ela.*

— Agora o que eu realmente gostaria de fazer é almoçar. Pronta, mãe?

— Este lugar é ótimo — sussurra Somer do outro lado da toalha branca. — Parece novo. — O cardápio do restaurante do hotel parece ter vindo diretamente de Florença.

— É, abriu pouco antes de eu chegar — diz Asha. — Eles têm um cozinheiro italiano de verdade, e fica tão perto do apartamento que venho aqui sempre que me canso da comida indiana. — Elas pedem ao garçom saladas e massas e se servem da cestinha de pão. — Então, papai lhe contou a notícia? — pergunta Asha.

— Acho que não. — Somer sente um aperto instintivo no estômago e repassa possibilidades na cabeça. — Que notícia?

— Conheci um rapaz. Sanjay — diz Asha, com um toque de alegria na voz. — É inteligente, engraçado e muito bonito. E tem aqueles olhos castanhos e profundos, sabe?

— É, acho que sei — diz Somer, balançando a cabeça.

— Fatais. — As duas riem enquanto comem, pondo em dia os meses de separação.

Quando chega o *tiramisu*, Asha pede desculpas.

— Mãe — diz ela —, sinto muito... sinto muito por tudo o que aconteceu antes de eu viajar. Sei que não foi fácil para você...

— Querida — interrompe Somer, estendendo a mão para ela —, também sinto muito. Dá para ver que este ano foi bom para você. Estou muito orgulhosa do que você fez. Parece que aprendeu muito e cresceu depressa.

Asha faz que sim.

— Sabe — diz ela baixinho —, o que aprendi é que tudo é mais complicado do que parece. Estou muito contente de ter vindo para cá, de conhecer a minha família, de saber de onde vim. A Índia é um país incrível. Há partes dele que adoro, que realmente parecem um lar. Mas ao mesmo tempo há coisas aqui que me dão vontade de sair correndo e não voltar, sabe? — Ela olha Somer. — Isso soa muito ruim?

— Não, querida. — Ela toca o rosto de Asha com as costas da mão. — Acho que entendo — diz Somer, e fala com sinceridade. Este país lhe deu Krishnan e Asha, as pessoas mais importantes da sua vida. Mas, quando ela lutou contra o poder da sua influência, também foi a raiz do seu maior tormento.

Orações matutinas

Dahanu, Índia — 2005
Kavita

Cada um dos degraus ásperos de pedra que Kavita sobe faz as lembranças voltarem na hora. Embora faça mais de vinte anos desde que dividiu essa casa com Jasu, a sola dos pés se lembram dela como se o tempo não tivesse passado. Em todas as visitas que fez a Dahanu nas últimas duas décadas, mesmo a essa mesma casa onde ainda moram os pais de Jasu, nunca se sentiu assim. Talvez seja a hora do dia, essa hora pacífica antes que a aldeia acorde e o ruído da atividade humana se torne audível para todo lado. Talvez seja a estação do ano, os últimos dias de primavera, quando os marmeleiros estão cheios de flores, enchendo o ar com seu doce aroma. Talvez seja por estar ali sozinha: não para visitar os sogros, não para mostrar a Vijay o lar da sua infância, mas sozinha. Ou talvez seja o estado de espírito, tendo acabado de dar o último adeus à mãe ontem, à beira-mar.

Kavita saiu da casa do pai de manhã cedo, antes que a enfermeira acordasse. Banhou-se depressa e pegou algumas coisas no *mandir* — um *diya*, uma varinha de incenso, um cordão de contas de sândalo, a imagenzinha de latão de Krishna tocando flauta. A intenção era apenas sair da casa para fazer o *puja*, preferindo o ar fresco da aurora como pano de fundo para as orações matutinas. Mas, assim que se viu ao ar livre com aqueles itens tão conhecidos pesando nas mãos, Kavita sentiu vontade de continuar andando até a sua velha casa. Os sogros ainda dormiriam pelo menos uma hora, então ela podia se aproximar sem que ninguém a visse.

Em pé no alto dos degraus de pedra, Kavita abre a velha toalha de pano no mesmo lugar. Ajoelha-se nela, virada para leste. Um a um, arruma os itens que trouxe consigo. Krishna no meio, *diya* à direita, incenso à esquerda, contas diante dela. Cada movimento segue automaticamente o anterior, uma série de rituais repetidos tantas vezes a ponto de se tornarem naturais. Risca um fósforo para acender o *diya*. Segura a ponta da varinha de incenso junto à chama até que se acende e depois agita-a de leve, fazendo o brilho fosco e alaranjado surgir na ponta. Quando completa a rotina, senta-se nos calcanhares e solta devagar um suspiro profundo que parece ter ficado preso durante muitos anos.

Ela relaxa os músculos do corpo e fita o brilho hipnótico da chama até que a respiração caia num ritmo constante. O cheiro familiar de incenso e *ghee* ardente lhe enche as narinas. Ela vê o sol romper o horizonte distante e escuta o chilrear dos pássaros nas árvores lá em cima. Fecha os olhos e pega as contas, sentindo com os dedos as asperezas de cada uma, cantando baixinho. Enche-se de algo tão grande que parece que vai lhe romper o pulmão. Mas, ao mesmo tempo, se sente vazia. O que lhe enche a mente e o coração é uma sensação avassaladora de vazio, um pesar profundo por todas as coisas que perdeu.

Kavita espalhou as cinzas ontem mesmo, mas faz quase um mês que perdeu a mãe. Esperava a tristeza, mas foi um choque ver como se sentia sem raízes depois do falecimento da mãe. Partiu desta aldeia anos atrás e saíra da casa dos pais há mais tempo ainda. Viveu muitos anos como adulta, mas perder a mãe a fez sentir-se criança de novo. As lembranças que agora ecoam na mente de Kavita são tão antigas que ela não consegue localizá-las: a mão fresca da mãe em sua cabeça febril, o aroma de jasmim trançado no cabelo dela.

Contas entre os dedos
Mão fresca na testa
Aroma de incenso e jasmim

Agora, também está perdendo o pai. Ele está escapulindo para longe dela, dá para sentir. Em alguns dias Kavita sente que o espírito dele está lá; em muitos mais, parece muito distante. Há três dias, enquanto lhe dava pudim de arroz com uma colher, ele a chamou de "Lalita". As lágrimas lhe encheram os olhos quando ouviu esse nome, pelo qual ninguém a chamava há 25 anos, nome que só o pai poderia usar para chamá-la. Agora ela chora de novo, recordando como soara nos lábios dele.

Lalita
Contas entre os dedos
Mão fresca na testa
Incenso e jasmim

Foi a decisão certa partir daqui, deixar a família há tantos anos? Tudo seria diferente se não tivessem partido. Partiram por Vijay, mas no final ele se perdera. E quanto tempo fazia que perdera Vijay? O que acontecera com aquele menininho que brincava na terra com os primos? Onde sua inocência se perdeu pelo caminho? O que acontecera com a criança que recebera o nome de Vitória?

Vitória
Contas entre os dedos
Lalita
Mão fresca na testa
Incenso e jasmim

Fazia mais de vinte anos que ali perdera as duas filhas, a que nunca teve nome nem vida e a preciosa Usha. Ao pensar em Usha, vem a dor física no coração. Não se passa um dia desde o nascimento dela que Kavita não pense na filha, chore a sua perda e ore para que o sentimento vazio de pesar vá embora. Mas Deus não lhe deu ouvidos. Ou então ainda não a perdoou. Porque a dor no coração tem persistido.

Usha
Contas entre os dedos
Vitória
Mão fresca na testa
Lalita
Incenso e jasmim

Ela passou vinte anos longe da família. Perdeu primeiro as filhas, depois o filho e agora os pais. A única relação que prosperou contra tantas complicações cruéis foi o casamento com Jasu. Sim, ele cometeu erros e tomou decisões equivocadas pelo caminho, mas cresceu e se tornou um bom homem. A jornada dos dois foi atrapalhada por dificuldades e tristezas, mas mesmo assim aprenderam a enterrar os remorsos e o ressentimento que poderia ter-se acumulado durante a vida. Cresceram juntos, um na direção do outro, duas árvores se apoiando uma na outra enquanto envelhecem. Quando a hora deles chegar, talvez ela e Jasu tenham a sorte de um amor como o dos pais dela, que dura além de toda razão e até da morte.

Kavita pensa em tudo que ainda não sabe, mesmo agora que é adulta. Não sabe onde está a filha. Não sabe onde errou com Vijay. Não sabe se Bapu se lembrará dela hoje ou amanhã. Não sabe como continuará sem a mão fresca da mãe na testa. A única coisa que sabe com certeza é que, nos próximos dias, cuidará do pai. Depois, fará as malas, embarcará no trem para Mumbai e voltará para Jasu, para casa.

Presentes de despedida

Mumbai, Índia — 2005
Asha

—Mamãe me deixou para trás de novo. — Asha se abaixa para desamarrar os tênis.

O pai e Dadima estão sentados à mesa, tomando uma segunda xícara de chá como fazem toda manhã.

— E ela só teve uma semana para se acostumar com a adorável poluição de Mumbai — diz o pai. — Imagine como vai vencê-la no ar puro da Califórnia. — Ele massageia um pouco os ombros da filha quando ela se senta ao lado dele.

— Nada mau para uma velhota — diz a mãe, enxugando o rosto e estendendo a mão para a jarra d'água no centro da mesa.

— Devesh, *limbu pani layavo!* — grita Dadima por sobre o ombro para a cozinha. Devesh aparece com um copo gelado de caldo de cana com suco de limão recém-espremido e o coloca na mesa diante de Somer. Desde que ela demonstrou gostar dessa elaborada bebida, Dadima tem um copo pronto para ela depois da corrida pela manhã. — Não diga que é uma velhota! Se for, o que me resta? — Dadima ri.

A mãe toma um gole.

— Humm. Delicioso. Obrigada, Sarla.

Dadima balança a cabeça e pede licença, deixando os três.

— Então parou de vez com o café, mãe? — pergunta Asha.

Somer assente.

— Os primeiros 15 dias foram duros, mas agora sei que ficar hidratada me mantém alerta durante o dia todo e não sinto falta nenhuma de cafeína.

— Não dá para acreditar em como você está forte. — Asha põe a mão sobre o bíceps da mãe. — Está levantando peso?

— Um pouco. Mas é principalmente a ioga. Achei uma academia ótima perto... hã... perto da clínica.

— Ioga, é? Acho que vou com você. Seria bom eu dar uma enrijecida depois de todo o regime de engorda aqui da família do papai. Ela não está ótima, papai? — Asha se vira para ele.

— Está — responde o pai, dividindo com a mulher um sorrisinho particular. — Está mesmo. — Ele abraça Somer por trás e a beija na cabeça. — E sabia que a sua mãe publicou um artigo numa revista de medicina?

— É mesmo? — pergunta Asha.

— É, que tal? Agora você não é mais a única escritora da família. — A mãe sorri.

— Tem certeza de que não quer vir, Dadima? Prometo não contar a ninguém — diz Asha, erguendo uma das sobrancelhas para ela, sorrindo e pondo uma pilha de roupas dobradas numa mala grande em cima da cama.

— *Nai, nai, beti.* Não faz nem 15 dias desde a cremação. Só posso sair de casa para ir ao templo. Além disso, não há lugar para uma velha como eu no aeroporto. Eu só ia atrapalhar, como mais um baú para vocês ficarem de olho.

— Ela sorri para Asha. — Não se preocupe. Nimish vai levá-los e Priya vai também, não é?

— É — diz Asha, se esforçando para fechar a mala cheia demais. — Estarão aqui em duas horas. Mas ainda gostaria que você fosse.

— Então só precisa voltar logo, *beti*. Que tal ano que vem? Talvez a nossa Priya finalmente concorde em se casar na próxima temporada de enlaces.

— Não sei, Dadima. Eu não contaria com isso. — Asha ri e se senta na cama, entre a mala e a avó. No silêncio que se segue ao riso, ela volta os olhos para o chão, observando os pés antigos e encarquilhados da avó que andaram tantos quilômetros com ela nos últimos meses. Dadima enfia um fio caído do cabelo de Asha atrás da orelha da neta e, com esse toque, a moça fecha os olhos com força. Sente o rosto se contorcer quando começa a chorar.

— *Beti*. — Dadima põe a mão sobre as de Asha e acaricia o cabelo da neta com a outra, e só repete esse gesto simples enquanto a moça chora.

— Não sei como lhe agradecer por tudo. Não consigo acreditar que levei vinte anos para vir aqui. — Ela respira fundo antes de continuar. — Achei que já sabia tudo antes de vir para cá, mas estava errada sobre tantas coisas. Acho que ainda há muita coisa que não sei.

— Ah, *beti* — diz Dadima —, crescer é isso. A vida está sempre nos mudando, nos apresentando novas lições. Olhe para mim, tenho 76 anos e só agora estou aprendendo a usar branco. — Asha se força a sorrir. — E isso me lembra que tenho algumas coisas para você. — Dadima se levanta e anda rumo à porta do quarto.

— Dadima, não! — protesta Asha. — Acabei de fechar a mala! — Ela cai para trás na cama, rindo, e limpa os olhos com os punhos.

— Então vai ter que arranjar outra — diz Dadima saindo do quarto. Ela volta com uma caixa de papelão e se senta ao lado de Asha na cama. Enfia a mão na caixa, puxa um livro grosso e empoeirado e o entrega à neta.

Asha passa a mão sobre a capa azul-marinho e as letras douradas que dizem *Oxford English Dictionary*.

— Uau! Deve ter uns cinquenta anos.

— Mais — diz Dadima. — Meu pai me deu quando me formei há uns... digamos, uns sessenta anos. Eu lhe disse que ele era anglófilo. Achei muito útil quando dava aulas particulares. Você fará coisas muito maiores na sua carreira, eu sei. Guarde-o na sua mesa como lembrança da confiança que tenho em você, assim como o meu pai tinha em mim.

Asha assente, com lágrimas se acumulando no canto dos olhos.

— Vou guardar — sussurra.

— E mais uma coisa. — Dadima lhe entrega uma caixa retangular de veludo azul. Asha abre o fecho e levanta a tampa. Recua ao ver o que está lá dentro. É um conjunto de joias, ouro velho incrustado de esmeraldas de um verde vivo: colar, brincos e quatro pulseiras. Ela ergue os olhos para a avó, boquiaberta.

Dadima dá de ombros.

— Que uso tenho para joias, com a minha idade? Não vou mais a casamentos. Usei estas quando me casei.

— Ah, Dadima, mas não quer guardá-las? — Asha olha a avó com descrença.

Dadima balança a cabeça.

— No nosso costume, elas deveriam ir para a minha filha. Quero que sejam suas. É o que Dadaji gostaria. — Asha meneia a cabeça diante da visão ofuscante das joias.

— Além disso, ficam tão lindas em você — diz Dadima, segurando um dos brincos junto ao lóbulo da orelha de Asha. — Destacam os seus olhos. — Quando se abraçam,

Dadima fala baixinho: — Vai contar aos seus pais, *beti*, o que descobriu no orfanato?

Elas se soltam, Asha limpa o rosto e concorda.

— Quando chegarmos em casa. Não sei como se sentirão, principalmente mamãe, mas eles merecem saber a verdade.

Dadima põe as mãos frescas, com toque de papel, em torno do rosto de Asha.

— Sim, todos merecemos, *beti*.

A volta da esperança

Mumbai, Índia — 2005
Somer

Somer está fazendo a mala quando ouve baterem à porta.

— Entre — diz por sobre o ombro, esperando Asha. Em vez disso, a mãe de Kris entra no quarto, trazendo uma caixa grande.

— Olá, *beti*, tenho algumas coisas para você.

— Ah, Krishnan acabou de descer para se despedir de um dos vizinhos.

— Não importa — diz Sarla, pousando na cama uma trouxa grande embrulhada num pano fino e branco. — Não são para ele, são para você.

Somer afasta a mala e se senta na cama, ela e a sogra separadas pela trouxa entre as duas. Sarla começa a desamarrar o barbante e desdobrar as camadas de pano branco para revelar uma pilha de sáris em cores vivas como pedras preciosas.

— Quero que fique com eles. Darei os outros a instituições de caridade, mas queria que estes, que usei em vários casamentos, ficassem na família. — A mulher idosa pousa ambas as mãos com as palmas para baixo no alto da pilha.

— Guardei alguns para as outras, mas elas já têm muitos. Acham que os meus são antiquados, e são mesmo. Sei que você não usa roupas indianas, mas pode usá-los como colchas ou cortinas se quiser, não me importo. — Ri.

Somer desdobra o rico sári amarelo-alaranjado no alto da pilha e passa a mão sobre a seda lisa, os desenhos dourados do enfeite nas bordas. É de tirar o fôlego, da cor do pôr do sol.

— Isso seria uma vergonha. Eu gostaria de tentar usá-los. Não sei como, mas...

— Asha pode lhe ensinar. — O sorriso de Sarla acentua as rugas profundas em torno da boca.

— Obrigada. Sei como são especiais. Prometo cuidar bem deles — diz Somer, sentindo a emoção tomar o peito.

— Agradeço. E... agradeço por ter tomado conta tão bem de Asha neste último ano.

— Bem — Sarla cobre as mãos de Somer com as suas —, ninguém pode tomar o lugar da mãe, mas tentei cuidar dela por você. Ela é uma moça muito especial. Vejo muito de você nela. Você deveria se orgulhar de tê-la criado tão bem.

— Obrigada — diz Somer, com os olhos se enchendo de lágrimas. A porta range ao se abrir e Krishnan entra.

— Mas não fiz isso sozinha, não é? — Ela ri, inclinando a cabeça na direção da porta. — O seu filho também merece algum crédito.

— Sim, claro, me dê algum crédito. O que fiz desta vez? — pergunta Krishnan.

— Nada. Absolutamente nada. Venha, sente-se — diz Sarla. — Tenho umas coisinhas para você.

Somer ergue nos braços a trouxa de sáris e vai até o outro lado do quarto, enquanto Krishnan ocupa o seu lugar na cama. Ela se pergunta por um instante se devia sair para lhes dar alguma privacidade, mas então Sarla fala com os dois.

— Sei que há muita água lá onde vocês moram na Califórnia — diz ela. — Talvez vocês encontrem um lugar bonito, algum lugar tranquilo de que o seu pai gostaria. — Ela entrega a Kris um potinho cheio de cinzas. — Lá vocês podem jogar estas aqui.

Do outro lado do quarto, Somer vê os ombros de Kris se afundarem quando pega o pote.

— Vamos espalhar um pouco aqui no mar quando chegar a hora, mas... — Sarla ergue o queixo e os olhos brilham quando olha o filho. — Mas ele sempre se orgulhou tanto de você estar lá. E isso também é para você. Meio velho, mas ainda funciona. — Sarla tira da caixa um estetoscópio muito usado.

Somer reconhece imediatamente o instrumento que viu o pai de Kris usar todos os dias na última visita. Ele não se separava daquele estetoscópio, que muitas vezes o acompanhava à mesa de jantar. Krishnan tinha pouca necessidade do aparelho agora na sua prática, provavelmente não usava nenhum há anos, mas ela entende a importância do presente.

— Tem certeza? Não quer ficar com ele... — É o que diz, girando-o nas mãos.

Sarla fecha os olhos.

— *Hahn, beta*, tenho certeza. Ele deixou suas intenções muito claras.

ELES AGUARDAM NO SAGUÃO DO AEROPORTO, AINDA FALTA uma hora até o embarque. Krishnan toma o que considera a última xícara de verdadeiro *chai* indiano, e Asha e Somer tomam água tônica com limão.

— Hoje de manhã mamãe me ensinou a saudação ao sol — diz Asha a Kris. — Você devia ter feito também. Você vai ficar rígido e dolorido quando chegarmos em casa, e nós estaremos todas flexíveis. — Kris balança a cabeça com um sorriso e volta ao jornal.

— Sabe, andei pensando em fazer um retiro de ioga de 15 dias no ano que vem — diz Somer.
— Legal. Onde? — pergunta Asha.
— Em Mysore.

Kris ergue os olhos do jornal, ele e Asha se entreolham e ambos olham para Somer.
— Mysore... na Índia? — pergunta Kris.
— É — responde ela. — Mysore, na Índia. Eles têm um grande centro de retiro de ioga lá. Tenho conversado sobre isso com a minha professora. Ela acha que estou quase pronta. — Um sorriso lento se abre no rosto dela. A primeira vez que veio à Índia foi por causa de Asha. Desta vez, por Krishnan. Talvez a próxima seja por si mesma. — Talvez possamos fazer uma viagem em família.
— É — diz Asha —, seria ótimo.
— Só que você — Somer estende a mão para dar um tapinha na barriga de Kris — terá de ficar em melhor forma se quiser nos acompanhar. — Todos riem.

Asha estica os braços acima da cabeça e boceja.
— Definitivamente, não estou empolgada com o voo — diz ela. — Vinte e sete horas? Será o tempo mais longo que já passamos assim tão juntos. — Ela aponta Somer na poltrona à esquerda e Kris na da direita.
— Na verdade, não é bem assim — diz Somer. Kris espia por cima dos bifocais, e Asha a olha com a testa franzida. — Acho que há uns vinte anos fizemos esse mesmo voo.

Krishnan dá uma risadinha. Asha sorri e dá um soco brincalhão no ombro da mãe.

SOMER RECOSTA A POLTRONA DO AVIÃO, OBSERVANDO PELA janela as luzes cintilantes de Mumbai recuarem na escuridão da noite. Na poltrona ao lado, Asha já está dormindo, a cabeça e o travesseiro apoiados no colo de Somer, os pés no de Krishnan. Ambos tentarão dormir também, mas ela sabe que Krishnan, assim como ela, reluta em incomodar Asha. Ele estende a mão para Somer, que a pega. Descansam as mãos dadas no corpo adormecido de Asha, como na primeira vez que fizeram essa viagem.

Uma coisa muito boa

Mumbai, Índia — 2009
Jasu

Ele aperta com força na mão o papelzinho gasto, tentando comparar as letras ali escritas com a placa vermelha pendurada na porta à sua frente. Olha várias vezes do papel para a porta, com cuidado para não cometer erros. Quando tem certeza, toca a campainha, e um som agudo ecoa lá dentro. Enquanto espera, passa a mão sobre a placa de latão junto à porta, sentindo com os dedos as letras em relevo. Quando a porta se abre de repente, ele recolhe a mão e dá outro papelzinho à moça à sua frente. Ela lê o bilhete, olha-o e se afasta para deixá-lo entrar.

Com um leve sinal de cabeça, ela indica que ele deve segui-la pelo corredor. Ele confere se a camisa está enfiada debaixo da sua leve pança e passa os dedos pelo cabelo agrisalhado. A moça entra numa sala, entrega o papelzinho a alguém lá dentro e depois lhe indica uma cadeira. Ele entra, senta-se e cruza os dedos.

— Sou Arun Deshpande. — O homem atrás da mesa usa óculos finos. — Sr. Merchant, não é?

— É — diz Jasu, limpando a garganta. — Jasu Merchant.

— Vejo que o senhor procura alguém.

— É, nós... eu e a minha mulher... não queremos criar problemas. Só queríamos saber o que aconteceu com uma menininha que veio para cá há 25 anos. O nome dela era Usha. Merchant. Só queremos saber se ela está... bem, queremos saber o que lhe aconteceu.

— Por que agora, Sr. Merchant? Depois de 25 anos, por que agora? — pergunta Arun.

Jasu sente o rosto corar. Baixa os olhos para as mãos.

— A minha mulher — diz, baixinho —, ela não está bem... — Ele pensa em Kavita deitada na cama, ardendo em febre, sussurrando as mesmas palavras várias vezes no seu delírio: "*Usha... Shanti... Usha.*" A princípio, achou que ela rezava, até a noite em que ela lhe agarrou a mão e disse: "Vá procurá-la." Depois de um telefonema para Rupa, soube o que realmente acontecera 25 anos antes e entendeu o que ela lhe pedia. Agora, encontra as palavras certas para explicar. — Quero lhe dar um pouco de paz antes que seja tarde.

— É claro. O senhor precisa entender que a nossa maior prioridade é proteger as crianças, mesmo quando adultas. Mas lhe contarei o que puder. — Ele puxa uma pasta da gaveta da escrivaninha. — Conheci essa moça alguns anos atrás. Agora o nome dela é Asha.

— Asha — diz Jasu, concordando devagar com a cabeça. — Então ela ainda mora perto?

O homem faz que não.

— Não, agora ela mora nos Estados Unidos. Foi adotada por uma família de lá, um casal de médicos.

— Estados Unidos? — diz Jasu em voz alta pela primeira vez, com descrença, depois de novo, baixinho, para entender. — Estados Unidos. — Um sorriso se espalha devagar pelo seu rosto. — *Achha.* O senhor disse médicos?

— Os pais dela são médicos. Ela é jornalista, pelo menos era quando veio aqui.

— Jornalista?

— É, ela faz reportagens para jornais — diz Arun, erguendo da mesa o *Times* da véspera. — Na verdade, tenho uma das reportagens dela aqui no arquivo. Ela me mandou depois de voltar.

— *Achha*, muito bom. — Jasu balança a cabeça devagar de um lado para o outro e estende a mão para a página impressa que Arun segura. Agora mais do que nunca Jasu gostaria de saber ler.

— Sabe, ela veio aqui há alguns anos procurar o senhor — diz Arun, tirando os óculos para limpá-los.

— Procurar... por mim?

— É, pelo senhor e sua esposa. Ela queria conhecer os pais biológicos. Estava muito curiosa. E era muito persistente. — Arun põe os óculos de novo e força os olhos por trás das lentes. — O senhor procura alguma coisa específica, Sr. Merchant? Alguma coisa que o senhor queira?

Jasu abre um sorrisinho triste. Algo que queira? É claro que está ali por Kavita, mas isso não é tudo. No ano passado, quando a polícia o chamou para tirar Vijay da cadeia, ele gritou com o filho, bateu-lhe no rosto, jogou-o contra a parede. Vijay fez uma careta e disse ao pai que não se preocupasse mais com ele, que da próxima vez um dos amigos lhe pagaria a fiança. O garoto só fora visitar Kavita uma vez no último mês que ela ficou de cama. Jasu meneia a cabeça de leve, olhando a reportagem no jornal.

— Não, não quero nada. Só queria saber como foi a vida dela. Há coisas na minha vida das quais não me orgulho, mas... — As lágrimas se acumulam nos olhos, e ele limpa a garganta. — Mas essa menina deu certo, não é?

— Sr. Merchant — diz Arun —, há mais uma coisa. — Ele tira um envelope da pasta e lhe estende. — Gostaria que eu lesse para o senhor?

Kavita parece em paz quando dorme, quando a morfina finalmente lhe dá algum conforto. Jasu está sentado numa cadeira junto ao leito e pega a mão frágil da mulher.

Com o toque, os olhos dela se abrem e ela lambe os lábios secos. Vê o marido e sorri.

— *Jani*, você voltou — diz ela, baixinho.

— Fui lá, *chakli*. — Ele tenta começar devagar, mas as palavras saem aos borbotões. — Fui ao Shanti, o orfanato. O homem lá a conhece, ele se *encontrou* com ela, Kavi. Agora o nome dela é Asha. Ela cresceu nos Estados Unidos, os pais dela são médicos e ela escreve reportagens nos jornais. Veja, isso é dela, ela escreveu *isso*. — Ele balança o jornal na frente dela.

— Estados Unidos. — A voz de Kavita não passa de um sussurro. Ela fecha os olhos e uma lágrima escorre pelo lado do rosto e entra na orelha. — Tão longe de casa. Todo esse tempo ela esteve tão longe de nós.

— Foi uma coisa muito boa que você fez, *chakli*. — Ele acaricia o cabelo dela, puxado para trás num coque frouxo, e lhe enxuga as lágrimas com os dedos ásperos. — Imagine só se... — Ele olha para baixo, balança a cabeça e entrelaça os dedos com os dela. Descansa a cabeça nas mãos unidas e começa a chorar. — Uma coisa muito boa.

Ele ergue os olhos para ela de novo.

— Ela foi nos procurar, Kavi. Deixou isto aqui. — Jasu lhe entrega a carta. Surge um sorrisinho no rosto de Kavita. Ela espia a página enquanto ele recita de memória:

— *O meu nome é Asha...*

AGRADECIMENTOS

A semente desta história foi plantada na faculdade, durante as férias de verão que passei como voluntária num orfanato em Hyderabad, na Índia. Por essa experiência e tantas outras, agradeço à Fundação Morehead-Cain, de Chapel Hill, na Carolina do Norte, e também à Child Haven International.

Aos meus instrutores e colegas no Programa de Redação Criativa da Southern Methodist University, que me deram a oportunidade, a inspiração e as ferramentas para escrever.

Às colegas escritoras Cindy Corpier, Lori Reisenbichler, Sarah Wright e Erin Burdette, que leram os primeiros esboços do original e me ajudaram a construir a história que eu queria contar, fazendo críticas e dando estímulo quando necessário. Todo escritor deveria ter a sorte de contar com um grupo desses.

Sou grata às queridas amigas Dra. Katherine Kirby Dunleavy, Celia Savitz Strauss, Saswati Paul e Dra. Sheila Mehta Au, que leram partes importantes e deram ideias fundamentais ao longo do caminho. Muita gente contribuiu de forma inestimável com a minha pesquisa sobre vários lugares, profissões e experiências: Reena Kapoor, Michele Katyal Limaye, Faith Morningstar, Alice De Normandie, Susan Ataman, Anjali Shah Desai, Dr. Michael Desaloms, Dra. Irène Cannon, James Slavet, Stephanie Johnes, Jennifer Marsh, Sangeeta e Sandeep Sadhwani, Christine Nathan, Leela de Souza Bransten, Geetanjali Dhillon e Tushar Lakhani.

Durante esse processo, tive a sorte de ter um esquadrão pessoal de animadoras de torcida no Texas, no quarteirão de Stanford, e, mesmo a distância, o clube do livro de Stanford foi uma presença e tanto. Muitos outros amigos, numerosos demais para citar, foram generosos com as suas apresentações e inabaláveis no seu apoio.

Minha agente Ayesha Pande, da Collins Literary, acreditou neste projeto muito antes de ter boas razões para isso e, com generosidade, investiu nele tempo, ideias, conselhos e apoio. Ela é uma verdadeira dádiva para um escritor, e agradeço a Rachel Kahan e Carrie Thornton por me encaminharem a ela.

Carrie Feron adotou este projeto com entusiasmo e lhe agradeço pelo instinto aguçado e pelo toque sensível. Ela e sua equipe maravilhosa da HarperCollins/William Morrow — Tessa Woodward, Esi Sogah, Tavia Kowalchuk e Liate Stehlik — o pastorearam com habilidade até a concretização.

O ingrediente mais essencial deste projeto, assim como de tudo na minha vida, foi a influência e o apoio da minha família, em várias gerações e continentes, em especial:

Meu pai, que me apresentou à arte de contar histórias com a sua imaginação, desde a idade mais tenra que consigo me lembrar.

Minha mãe, que elogiou todo texto que já escrevi na vida como se fosse uma obra de arte inestimável.

Minha irmã Preety, a primeira a cultivar em mim a criatividade e o espírito artístico.

Dr. Ram e Connie Gowda, meus sogros, que me apoiaram de todas as formas.

Meus filhos, por trazerem alegria e novos pontos de vista a cada dia.

E, finalmente, Anand, que sempre teve para mim sonhos maiores do que jamais consegui ter.

GLOSSÁRIO DE PALAVRAS ESTRANGEIRAS

Achha — tudo bem, está certo
Agni — deus do fogo
Aloo — batata
Arre — exclamação que significa "Minha nossa!"
Asha — nome feminino que significa "esperança"
Atman — alma
Ayah — babá

Ba — mãe
Bahot — muito
Bapu — pai
Basti — povoado, favela
Bathau — mostre-me
Beechari — mulher desafortunada, menina
Beedi — cigarros enrolados à mão
Ben, bena — termo de respeito que significa "irmã"
Bengan, bhartha — conserva de berinjela
Bétele — noz dura, mascada como digestivo

Beti, beta — termo carinhoso que significa "querido" ou "querida"
Bhagwan — deus
Bhai, bhaiya — termo de respeito que significa "irmão"
Bhangra — dança indiana animada
Bhath — arroz
Bhel-puri — petisco vendido em barraquinhas de rua
Bhinda — quiabo
Bindi — marca (com maquiagem ou caneta) na testa das mulheres indianas
Biryani — prato feito de arroz

Chaat — petisco
Chai — chá
Chakli — passarinho
Challo — vamos
Chania-choli — roupa indiana de duas peças, com saia comprida e blusa curta
Chappals — sandálias
Chawl — prédio de apartamentos conjugados, com um cômodo que serve de sala e quarto e uma cozinha que serve de sala de jantar. Os banheiros são compartilhados com outros apartamentos.
Crore — 10 milhões (de rupias)

Dada, Dadaji — avô paterno
Dadi, Dadima — avó paterna
Daiji — parteira
Dal — sopa de lentilhas, prato básico da culinária indiana
Desi — termo coloquial para indiano
Dhaba-wallah — entregador de marmitas
Dhikri — filha
Dhoti — roupa tradicional masculina indiana

Divali — festa das luzes
Diya — pequena lâmpada feita com uma vasilha de barro e um pavio de algodão mergulhado em *ghee*
Doh — dois

Ek — um

Futta-fut — bem depressa

Garam — muito quente
Garam masala — mistura de temperos
Gawar — insulto que significa "aldeão", "roceiro"
Ghee — manteiga clarificada ou óleo de manteiga, usada na culinária indiana
Gulab jamun — doce indiano

Hahn, hahnji — sim
Hijra — travesti

Idli — bolinho apimentado do sul da Índia

Jaldi — depressa
Jalebi — doce indiano
Jamai — procissão matrimonial do noivo
Jani — termo de carinho usado entre cônjuges
Jhanjhaar — tornozeleira de prata
-ji — como sufixo, é um termo de tratamento respeitoso

Kabbadi — jogo de pique
Kachori — bolinho frito condimentado
Kajal — delineador
Kali — deusa da destruição
Kanjeevaram — tipo de seda
Khadi — sopa de creme de leite

Khichdi — mingau simples feito de arroz e lentilha
Khobi-bhaji — prato feito de repolho
Khush — feliz
Kulfi — sobremesa gelada de leite
Kurta-pajama — roupa doméstica larga

Laddoo — doce indiano
Lagaan — casamento
Lakh — 10 mil (rupias)
Lathi — vara de bambu usada como arma pela polícia indiana
Layavo — traga-me
Lengha — roupa feminina indiana composta por saia e blusa
Limbu pani — suco de limão adoçado

Makhani — frango na manteiga
Mandir — templo hinduísta
Mantra — canto
Masala dosa — bolo condimentado do sul da Índia, assado na grelha
Masi — tia materna
Mehndi — hena

Nai — não
Namaste, Namaskar — gesto indiano muito comum de saudação, agradecimento, oração ou respeito, com as mãos postas diante do rosto
Namkaran — cerimônia para dar nome

Paan — digestivo pós-refeição envolto em folhas
Pakora — hortaliças fritas em massa
Pandit — sacerdote hinduísta
Paneer — queijo prensado

Pau-bliaji — conserva de legumes variados com pão, vendida nas ruas
Pista — pistache
Puja — cerimônia de oração
Pulao — arroz basmati com cenouras e ervilhas
Puri — pão frito delicado

Raas-Garba — dança grupal guzerate
Ringna — berinjela
Rotli — pão achatado

Saag paneer — curry de queijo e espinafre
Sabzi-wallah — vendedor de hortaliças
Salwar khameez — roupa feminina indiana com calça e blusa
Sambar — *dal* (sopa de lentilhas) condimentada do sul da Índia
Samosa — pastéis fritos condimentados
Sári — roupa feminina tradicional indiana: um retângulo de 6 metros de tecido enrolado no corpo sobre uma anágua comprida e uma blusa curta
Sassu — sogra
Shaak — prato de legumes
Shakti — força sagrada feminina
Shukriya — obrigado
Singh-dhana — amendoim
Slokas — cantos religiosos em sânscrito

Tabla — tambor pequeno
Tandoori — feito num *tandoor* (forno de barro aberto)
Thali — grande travessa de prata ou aço inoxidável
Tiffin — marmita de aço inoxidável
Tindora — tipo de legume indiano

Usha — nome feminino que significa "aurora"

Wallah — vendedor

Yaar — gíria que significa amigo

Zari — bordados em ouro ou prata

Este livro foi composto na tipologia Garamond,
em corpo 12/14,2, e impresso em papel off-white no Sistema
Cameron da Divisão Gráfica da Distribuidora Record.